Rubem Fonseca

O homem de fevereiro ou março

Fronteira

Editora Nova Fronteira Participações S.A.
R. Nova Jerusalém, 345 – Bonsucesso
Rio de Janeiro – RJ – CEP: 21042-235
Tel.: (21) 3882-8200 – Fax: (21) 3882-8212/8313
http://www.novafronteira.com.br
e-mail: sac@novafronteira.com.br

Texto revisto pelo novo Acordo Ortográfico.

CIP-Brasil. Catalogação na fonte.
Sindicato Nacional dos Escritores de Livros, RJ.

F747h Fonseca, Rubem, 1925-
2.ed. O homem de fevereiro ou março / Rubem Fonseca — 2.ed. — Rio de Janeiro: Nova Fronteira, 2010.
(Coleção Fronteira)

ISBN: 978.85.209.2447-1

1. Conto brasileiro. 2. Século XX. I. Título. II. Série

CDD 869.93
CDU 821.134.3 (81)-3

O homem de fevereiro ou março

A imagem utilizada na capa deste livro é um recorte da fotografia aqui integralmente reproduzida.
A fotografia é de autoria de José Medeiros/Acervo Instituto Moreira Salles.

Sumário

Fevereiro ou março

A CONDESSA BERNSTROFF usava uma boina onde dependurava uma medalha do kaiser. Era uma velha, mas podia dizer que era uma mulher nova e dizia. Dizia: põe a mão aqui no meu peito e vê como é duro. E o peito era duro, mais duro que os das meninas que eu conhecia. Vê minha perna, dizia ela, como é dura. Era uma perna redonda e forte, com dois costureiros salientes e sólidos. Um verdadeiro mistério. Me explica esse mistério, perguntava eu, bêbado e agressivo. Esgrima, explicava a condessa, fiz parte da equipe olímpica austríaca de esgrima — mas eu sabia que ela mentia.

Um miserável como eu não podia conhecer uma condessa, mesmo que ela fosse falsa; mas essa era verdadeira; e o conde era verdadeiro, tão verdadeiro quanto o Bach que ele ouvia enquanto tramava, por amor aos esquemas e ao dinheiro, o seu crime.

Era de manhã, no primeiro dia de carnaval. Ouvi dizer que certas pessoas vivem de acordo com um plano, sabem tudo o que vai acontecer com elas durante os dias, os meses, os anos. Parece que os banqueiros, os amanuenses de carreira, e outros homens organizados fazem isso. Eu —

eu vaguei pela rua, olhando as mulheres. De manhã não tem muita coisa para ver. Parei numa esquina, comprei uma pera, comi e comecei a ficar inquieto. Fui para a academia.

Isso eu me lembro muito bem: comecei com um supino de noventa quilos, três vezes oito. O olho vai saltar, disse Fausto, parando de se olhar no espelho grande da parede e me espiando enquanto somava os pesos da barra. Vou fazer quatro séries pro peito, de cavalo, e cinco para o braço, disse eu, série de massa, menino, pra homem, vou inchar.

E comecei a castigar o corpo, com dois minutos de intervalo entre uma série e outra para o coração deixar de bater forte; e eu poder me olhar no espelho e ver o progresso. E inchei: quarenta e dois de braço, medidos na fita métrica.

Então Fausto explicou: eu vou vestido de melindrosa e mais o Sílvio, e o Toão, e o Roberto, e o Gomalina. Você não fica bem de mulher, tua cara é feia, você vai na turma de choque, você, o Russo, Bebeto, Paredón, Futrica e o João. O povo cerca a gente pensando que somos bichas, nós estrilamos com voz fina, quando eles quiserem tascar, a gente, e mais vocês, se for preciso, põe a maldade pra jambrar e fazemos um carnaval de porrada pra todo lado. Vamos acabar com tudo que é bloco de crioulo, no pau, mesmo, pra valer. Você topa?

Sílvio já se vestia de melindrosa, pintava os lábios de batom. O ano passado, dizia ele, mulher às pampas botou bilhetinho na minha mão, com telefone; quase tudo puta, mas tinha uma que era mulher do seu bacana, andei com ela mais de seis meses, me deu um relógio de ouro.

Ele passava, disse Russo, e virava a cabeça de tudo quanto era mulher. Não havia mulher que não olhasse o Sílvio na rua. Ele devia ser artista de cinema.

Como é? Você topa?, insistiu Fausto.

A essa altura o conde Bernstroff e o seu mordomo já deviam ter feito os planos para aquela noite. Nem eu, nem a condessa sabíamos de nada; eu nem mesmo sabia se iria sair quebrando a cara de pessoas que não conhecia. É o lado ruim do sujeito não ser banqueiro ou amanuense do Ministério da Fazenda.

De tarde, sábado, a cidade ainda não estava animada. As cinco melindrosas requebravam sem entusiasmo e sem graça. Os blocos na cidade se formam assim: uma bateria de alguns surdos, várias caixas e tamborins e às vezes uma cuíca saem batendo pela rua, os sujos vão chegando, juntando, cantando, se avolumando e o bloco cresce.

Surgiu uma bateria assim na nossa frente. Seis sujeitos descalços, caminhando lentamente, enquanto batiam no couro. Moreno, meu moreno gostoso, me empresta teu tambor, disse Sílvio. Os homens fizeram uma pequena parada e pensaram, e mudaram o pensamento, a mão de Sílvio agarrou o pescoço de um deles, me dá esse tambor seu filho da puta. Como um raio as melindrosas caíram em cima da bateria. Só no tapa, só no tapa!, gritava Sílvio, que eles são fracos. Mesmo assim um ficou no chão, caído de costas, um pequeno tamborim na mão fechada. Um tapa do Sílvio arrebentava porta de apartamento de sala e quarto conjugados.

Tínhamos vários tambores, que batíamos sem ritmo. A cuíca, como ninguém sabia tocar, Russo arrebentou com um soco. Um soco só, bem no meio, fez a coisa em pedaços. Depois Russo andou dizendo que a mão dele tinha inchado de bater na cara de um malandro tinhoso na praça Onze. Eu não sei, pois não fui para a praça Onze, depois daquilo que aconteceu no aterro eu me desliguei do grupo e acabei encontrando a condessa, mas acho que a mão dele inchou foi de arrebentar a cuíca, pois cara de malandro não incha a mão de ninguém.

Uma mulher tinha chegado e dito, me leva com vocês, nunca vi tanto homem bonito junto; e se agarrava na gente, metia a unha no braço da gente. Fomos para o aterro e ela dizia, me fode, mas não me maltrata, com meiguice, como se estivesse falando para o namorado; e isso ela falou para o terceiro, e o quarto sujeito que andou com ela; mas para mim, estendendo a mão de unhas sujas e pintadas de vermelho, ela disse, homem bonito, meu bem — e riu, um riso limpo; eu não pude fazer nada, e vesti a mulher, joguei fora o lança-perfume que ela cheirava, e disse para todos ouvirem, chega, e olhei nos olhos azuis pintados de Sílvio e disse para ele, baixo, a voz lá do fundo, ruim — chega. Russo segurou Sílvio com força, o tríceps saltando como se fosse uma bigorna. Ele vai levar a mulher, disse Sílvio, puxando peito; mas ficou nisso; levei a mulher.

Fui andando com a mulher pela beira-mar. No princípio ela cantava, depois calou a boca. Então eu disse para ela, agora você vai para casa, ouviu, se eu te encontrar zanzando por aí eu te quebro os cornos, entendeu?, vou te seguir, se você não fizer o que eu estou mandando você vai se arrepender — e agarrei o braço dela com toda a força, de maneira que ficasse doendo os três dias de carnaval e mais uma semana de quebra. Ela gemeu e disse que sim, e foi andando, eu seguindo, na direção do bonde, atravessou a rua, pegou o bonde que vinha vazio de volta da cidade, olhou para mim, eu fiz cara feia, o bonde foi embora, ela arriada num banco, um bucho.

Voltei para a praia, com vontade de ir para casa, mas não para a minha casa, pois a minha casa era um quarto e no meu quarto não tinha ninguém, só eu mesmo. E fui andando, andando, atravessei a rua, começou a cair uma chuvinha e onde eu estava não havia carnaval, só edifícios grã-finos e silenciosos.

Foi então que eu conheci a condessa. Ela chegou na janela gritando e eu não sabia que ela era condessa nem nada. Gritava, uma palavra que era socorro, mas soava esquisita. Corri para o edifício, a portaria estava vazia: voltei para a rua mas não tinha mais ninguém na janela; calculei o andar e subi pelo elevador.

Era um edifício bacana, cheio de espelhos. O elevador parou, eu toquei a campainha. Um sujeito de roupa a rigor abriu a porta, sim, o que o senhor deseja?, me olhando com ar superior. Tem uma mulher aí na janela pedindo socorro, disse eu. Ele me olhou como se eu tivesse dito um palavrão — socorro?, aqui? Eu insisti, aqui sim, da sua casa. Sou o mordomo, falou ele. Aquilo tirou a minha autoridade, eu nunca tinha visto um mordomo em minha vida. O senhor está enganado, disse ele e eu já me dispunha a ir embora quando surgiu a condessa, com um vestido que na ocasião eu pensei que era um vestido de baile mas que depois eu vi que era roupa de dormir. Fui eu sim, pedi socorro, entre, por favor, entre.

Foi me levando pela mão e dizendo, o senhor vai me fazer um grande favor, revistar essa casa, há uma pessoa escondida aqui dentro que quer o meu mal, o senhor não tenha medo, não, é tão forte, e tão moço, vou chamá-lo de você. Eu sou a condessa Bernstroff.

Comecei a revistar a casa. Eram salões enormes, cheios de luzes, pianos, quadros nas paredes, lustres, mesinhas e jarras e jarrões e estatuetas e sofás e poltronas enormes onde cabiam duas pessoas. Não vi ninguém, até que, numa sala menor, onde uma vitrola tocava música muito alto, um homem de casaco de veludo levantou-se quando abri a porta e disse calmamente, colocando um monóculo no olho, boa noite.

Boa noite, disse eu. Conde Bernstroff, disse ele, estendendo a mão. Depois de me olhar um pouco ele deu um sorriso que não era para mim, que era para ele mesmo. Com licença, disse ele, Bach me transforma num egoísta, e me virou as costas e sentou-se numa poltrona, a cabeça apoiada na mão.

Para falar com toda franqueza eu fiquei confuso, agora mesmo ainda estou confuso, pois já esqueci muitas coisas, a cara do mordomo, a medalha do kaiser, o nome da amiga da condessa, com quem deitei na cama, juntamente com a condessa, no apartamento do Copacabana Palace. Além do mais, antes de sairmos, ela me deu uma garrafa cheia de Canadian Club que eu bebi quase toda dentro do carro quando ia para Copacabana, me sentindo como um lorde: mas saltei direitinho do carro e subimos para o apartamento e tenho a impressão que nós três nos divertimos bastante no quarto da amiga da condessa, mas dessa parte eu me esqueci completamente.

Acordei com uma dor de cabeça danada e duas mulheres na cama. A condessa queria ir para casa me mostrar um bicho que queria morder ela e que tinha invadido a sua casa e que ela tinha trancado dentro do piano de cauda. Voltamos de táxi, nem sei que horas eram pois estava sem fome e tanto podiam ser dez como três horas da tarde. Ela foi direto para o piano e não encontrou nada. Eu devia ter mostrado ontem, dizia ela, agora eles já o tiraram daqui, eles são muito espertos, são diabólicos. Que bicho era esse, perguntei, uma dor de cabeça terrível nem me deixava pensar direito, mal podia abrir os olhos. É uma espécie de barata grande, disse a condessa, com um ferrão de escorpião, dois olhos salientes e pernas de besouro. Eu não conseguia imaginar um bicho assim, e disse para ela. A condessa sentou-se numa das cinquenta mesinhas que tinha na casa e desenhou o bicho para mim, uma coisa muito esquisita, num papel de seda azul, que eu dobrei e guardei no bolso e perdi. Já perdi muita coisa em minha vida mas a coisa que eu mais lamento ter perdido foi o desenho do bicho que a condessa fez e fico triste só em pensar nisso.

A condessa fazia a minha barba quando o conde apareceu, de monóculo e dizendo bom-dia. A condessa fazia a barba melhor do que qualquer barbeiro; uma navalha afiada que roçava a cara da gente como se fosse uma esponja, e depois ela fez massagem no meu rosto com um líquido cheiroso; e massagem no meu trapézio e nos meus deltoides melhor que o Pedro Vaselina, da academia. O conde olhava isso tudo com um certo desinteresse, dizendo, ela deve simpatizar muito com você para lhe fazer a barba, há anos que ela não faz a minha. A isso a condessa respondeu irritada: você sabe muito bem por quê; o conde encolheu os ombros como se não soubesse de nada e foi saindo e da porta disse para mim, gostaria de lhe falar depois.

Quando o conde saiu a condessa me disse: ele quer comprá-lo, ele compra todo mundo, o dinheiro dele está acabando, mas ele ainda tem algum, muito pouco, e isso ainda o deixa mais desesperado, pois o tempo está passando e eu ainda não morri e se eu não morrer ele fica sem nada, pois eu não lhe dou mais dinheiro; e ele já está velho, quantos anos você pensa que ele tem, ele podia ser meu pai, e daqui a pouco ele já não pode mais beber, fica surdo e não pode ouvir música; o tempo, depois de mim, é o maior inimigo que ele tem; já viu como ele me olha? um olho frio de peixe caçador, esperando um momento para liquidar sem misericórdia a sua presa; você entende, um dia eles me jogam da janela, ou me dão uma injeção quando eu estiver dormindo e depois ninguém mais se lembrará de mim e ele pega o meu dinheiro todo e volta para a terra dele para ver a primavera e as flores no campo que ele tanto me pediu, com lágrimas nos olhos, para rever; lágrimas fingidas, eu sei, seu lábio nem tremia; e eu podia ir embora, largá-lo sozinho, sem nada, nem mesmo oportunidade para os seus planos sinistros, um pobre-diabo; acho até que ele já está começando a ficar surdo, as músicas que ele ouve ele sabe de cor e por isso talvez nem tenha percebido que está ficando surdo — e a condessa foi por aí afora dizendo que alguma coisa ia acontecer naqueles dias e que ela estava muito horrorizada e que nunca tinha se sentido tão excitada em toda a sua vida, nem mesmo quando fora amante do príncipe Paravicini, em Roma.

Fui procurar o conde enquanto a condessa tomava banho. Ele me perguntou muito delicado, mas direto, como quem quer ter uma conversa curta, onde eu ganhava o meu dinheiro. Eu expliquei para ele, também curto, que para viver não é preciso muito dinheiro; que o meu dinheiro eu ganhava aqui e ali. Ele punha e tirava o monóculo, olhando pela janela. Continuei: na academia eu faço ginástica de graça e ajudo o João, que é o dono, que ainda me dá um dinheirinho por conta; vendo sangue pro banco de sangue, não muito para não atrapalhar a ginástica, mas sangue é bem-pago e o dia em que deixar de fazer ginástica vou vender mais e talvez viver só disso, ou principalmente disso. Nessa hora o conde ficou muito interessado e quis saber quantos gramas eu tirava, se eu não ficava tonto, qual era o meu tipo de sangue e outras coisas. Depois o conde disse que tinha uma proposta muito interessante para me fazer e que se eu aceitasse eu nunca mais precisaria vender sangue, a não ser que eu já estivesse viciado nisso, o que ele compreendia, pois respeitava todos os vícios.

Não quis ouvir a proposta do conde, não deixei que ele a fizesse; afinal eu tinha dormido com a condessa, ficava feio me passar para o outro lado. Disse para ele, nada que o senhor tenha para me dar me interessa. Tenho a impressão que ele ficou magoado com o que eu disse, pois deixou de me encarar e ficou olhando pela janela, um longo silêncio que me deixou inquieto. Por isso, continuei, não vou ajudar o senhor a fazer nenhum mal à condessa, não conte comigo para isso. Mas como?, exclamou ele, segurando o monóculo delicadamente na ponta dos dedos como se fosse uma hóstia, mas eu só quero o bem dela, eu quero ajudá-la, ela precisa de mim, e também do senhor, deixe-me explicar tudo, parece que uma grande confusão está ocorrendo, deixe-me explicar, por favor.

Não deixei. Fui-me embora. Não quis explicações. Afinal, elas de nada serviriam.

A força humana

Eu queria seguir em frente mas não podia. Ficava parado no meio daquele monte de crioulos — uns balançando o pé, ou a cabeça, outros mexendo os braços; mas alguns, como eu, duros como um pau, fingindo que não estavam ali, disfarçando que olhavam um disco na vitrina, envergonhados. É engraçado, um sujeito como eu sentir vergonha de ficar ouvindo música na porta da loja de discos. Se tocam alto é pras pessoas ouvirem; e se não gostassem da gente ficar ali ouvindo era só desligar e pronto: todo mundo desguiava logo. Além disso, só tocam música legal, daquelas que você *tem* que ficar ouvindo e que faz mulher boa andar diferente, como cavalo do exército na frente da banda.

A questão é que passei a ir lá todos os dias. Às vezes eu estava na janela da academia do João, no intervalo de um exercício, e lá de cima via o montinho na porta da loja e não aguentava — me vestia correndo, enquanto o João perguntava, "aonde é que você vai, rapaz? você ainda não terminou o agachamento", e ia direto para lá. O João ficava maluco com esse troço, pois tinha cismado que ia me preparar para o concurso do melhor físico do ano e queria que eu malhasse quatro horas por dia e eu parava no meio e ia para a calçada ouvir música. "Você está maluco", dizia, "assim não é possível, eu acabo me enchendo com você, está pensando que eu sou palhaço?"

Ele tinha razão, fui pensando nesse dia, reparte comigo a comida que recebe de casa, me dá vitaminas que a mulher que é enfermeira arranja, aumentou meu ordenado de auxiliar de instrutor de alunos só para que eu não vendesse mais sangue e pudesse me dedicar aos exercícios, puxa!, quanta coisa, e eu não reconhecia e ainda mentia para ele; podia dizer para ele não me dar mais dinheiro, dizer a verdade, que a Leninha dava para mim tudo que eu queria, que eu podia até comer em restaurante, se quisesse, era só dizer para ela: quero mais.

De longe vi logo que tinha mais gente que de costume na porta da loja. Gente diferente da que ia lá; algumas mulheres. Tocava um samba de balanço infernal — tum schtictum tum: os dois alto-falantes grandes na porta estavam de lascar, enchiam a praça de música. Então eu vi, no asfalto, sem dar a menor bola para os carros que passavam perto, esse crioulo dançando. Pensei: outro maluco, pois a cidade está cada vez mais cheia de maluco, de maluco e de viado. Mas ninguém ria. O crioulo estava de sapato marrom todo cambaio, uma calça mal-ajambrada, rota no rabo, camisa branca de manga comprida suja e suava pra burro. Mas ninguém ria. Ele fazia piruetas, misturava passo de balé com samba de gafieira, mas ninguém ria. Ninguém ria porque o cara dançava o fino e parecia que dançava num palco, ou num filme, um ritmo danado, eu nunca tinha visto um negócio daqueles. Nem eu nem ninguém, pois os outros também olhavam para ele embasbacados. Pensei: isso é coisa de maluco mas maluco não dança desse jeito, para dançar desse jeito o sujeito tem que ter boas pernas e bom molejo, mas é preciso também ter boa cabeça. Ele dançou três músicas do long-play que estava tocando e quando parou todo mundo começou a falar um com o outro, coisa que nunca acontece na porta da loja, pois as pessoas ficam lá ouvindo música caladas. Então o crioulo apanhou uma cuia que estava no chão perto da árvore e a turma foi colocando notas na cuia que ficou logo cheia. Ah, estava explicado, pensei, o Rio estava ficando diferente. Antigamente você via um ou outro ceguinho tocando um troço qualquer, às vezes acordeão, outras violão, tinha até um que tocava pandeiro acompanhado de rádio de pilha — mas dançarino era a primeira vez que eu via. Já vi também uma orquestra de três paus de arara castigando cocos e baiões e o garoto tocando o "Tico-tico no fubá" nas garrafas cheias d'água. Já vi. Mas dançarino! Botei duzentas pratas na cuia. Ele colocou a cuia cheia de dinheiro perto da árvore, no chão, tranquilo e seguro de que ninguém ia mexer na gaita, e voltou a dançar.

Era alto; no meio da dança, sem parar de dançar, arregaçou as mangas da camisa, um gesto até bonito, parecia bossa ensaiada, mas acho que ele estava era com calor, e apareceram dois braços muito musculosos que a camisa larga escondia. Esse cara é definição pura, pensei. E isso não foi palpite, pois basta olhar para qualquer sujeito vestido que chega na academia pela primeira vez para dizer que tipo de peitoral tem ou qual o abdômen, se a musculatura dá para inchar ou para definir. Nunca erro.

Começou a tocar uma música chata, dessas de cantor de voz fina e o crioulo parou de dançar, voltou para a calçada, tirou um lenço imundo do bolso e limpou o suor do rosto. O grosso debandou, só ficaram mesmo os que sempre ficam para ouvir música, com ou sem show. Cheguei perto do crioulo e disse que ele tinha dançado o fino. Riu. Conversa vai, conversa vem ele explicou que nunca tinha feito aquilo antes. "Quer dizer, fiz uma outra vez. Um dia passei aqui e me deu uma coisa, quando vi estava dançando no asfalto. Dancei uma música só, mas um cara embolou uma notinha e jogou no meu pé. Era um cabral. Hoje vim de cuia. Sabe como é, estou duro que nem, que nem —" "Poste", disse eu. Ele olhou para mim, da maneira que tinha de olhar sem a gente saber o que ele estava pensando. Será que pensava que eu estava gozando ele? Tem poste branco também, ou não tem?, pensei. Deixei passar. Perguntei, "você faz ginástica?". "Que ginástica, meu chapa?" "Você tem o físico de quem faz ginástica." Deu uma risada mostrando uns dentes branquíssimos e fortes e sua cara que era bonita ficou feroz como a de um gorila grande. Sujeito estranho. "Você faz?", perguntou ele. "O quê?" "Ginástica", e me olhou de alto a baixo, sem me dar nenhuma palavra, mas eu também não estava interessado no que ele estava pensando; o que os outros pensam da gente não interessa, só interessa o que a gente pensa da gente; por exemplo, se eu pensar que eu sou um merda, eu sou mesmo, mas se alguém pensar isso de mim o que que tem?, eu não preciso de ninguém, deixa o cara pensar, na hora de pegar para capar é que eu quero ver. "Faço peso", disse. "Peso?" "Halterofilismo." "Ah, ah!", riu de novo, um gorila perfeito. Me lembrei do Humberto de quem diziam que tinha a força de dois gorilas e quase a mesma inteligência. Qual seria a força do crioulo? "Como é o seu nome?", perguntei, dizendo antes o meu. "Vaterlu, se escreve com dábliu e dois ós." "Olha, Waterloo, você quer ir até à academia onde eu faço ginástica?" Ele olhou um pouco para o chão, depois pegou a cuia e disse "vamos". Não perguntou nada, fomos andando, enquanto ele punha o dinheiro no bolso, todo embolado, sem olhar para as notas.

Quando chegamos na academia, João estava debaixo da barra com o Corcundinha. "João, esse é o Waterloo", eu disse, João me olhou atravessado, dizendo "quero falar contigo", e foi andando para o vestiário. Fui atrás. "Assim não é possível, assim não é possível", disse o João. Pela cara dele vi que estava piçudo comigo. "Você parece que não entende", continuou João, "tudo que eu estou fazendo é para o teu bem, se fizer o que eu digo papa esse campeonato com uma perna nas costas e depois está feito. Como é que você pensa que eu cheguei ao ponto em que eu cheguei? Foi sendo o melhor físico do ano. Mas tive que fazer força, não foi parando a série no meio não, foi malhando de manhã e de tarde, dando duro, mas hoje tenho academia, tenho automóvel, tenho duzentos alunos, tenho o meu nome feito, estou comprando apartamento. E agora eu quero te ajudar e você não ajuda. É de amargar. O que eu ganho com isso? Um aluno da minha academia ganhar o campeonato? Tenho o Humberto, não tenho? O Gomalina, não tenho? O Fausto, o Donzela — mas escolho você entre todos esses e essa é a paga que você me dá." "Você tem razão", disse enquanto tirava a roupa e colocava a minha sunga. Ele continuou: "Se você tivesse a força de vontade do Corcundinha! Cinquenta e três anos de idade! Quando chegou aqui, há seis meses, você sabe disso, estava com uma doença horrível que comia os músculos das costas dele e deixava a espinha sem apoio, o corpo cada vez caindo mais para os lados, chegava a dar medo. Disse para mim que estava ficando cada vez menor e mais torto, que os médicos não sabiam porra nenhuma, nem injeções nem massagens estavam dando jeito nele; teve nego aqui que ficou de boca aberta olhando para o seu peito pontudo feito chapéu de almirante, a corcunda saliente, todo torcido para a frente, para o lado, fazendo caretas, dava até vontade de vomitar só de olhar. Falei pro Corcundinha, te ponho bom, mas tem que fazer tudo que eu mandar, tudo, tudo, não vou fazer um Steve Reeves de você, mas daqui a seis meses será outro homem. Olha ele agora. Fiz um milagre? *Ele* fez o milagre, castigando, sofrendo, penando, suando: não há limite para a força humana!".

Deixei o João gritar essa história toda pra ver se sua chateação comigo passava. Disse, pra deixar ele de bom humor, "teu peitoral está bárbaro". João abriu os dois braços e fez os peitorais saltarem, duas massas enormes, cada peito devia pesar dez quilos; mas ele não era o mesmo das fotografias espalhadas pela parede. Ainda de braços abertos, João caminhou para o espelho grande da parede e ficou olhando lateralmente seu corpo. "É esse supino que eu quero que você faça; em três fases: sentado, deitado de cabeça para baixo na prancha e deitado no banco; no banco eu faço de três maneiras, vem ver." Deitou-se no banco com a cara sob o peso apoiado no cavalete. "Assim, fechado, as mãos quase juntas; depois, uma abertura média; e, finalmente, as mãos bem abertas nos extremos da barra. Viu como é? Já botei na tua ficha nova. Você vai ver o teu peitoral dentro de um mês", e dizendo isso me deu um soco forte no peito.

"Quem é esse crioulo?", perguntou João olhando Waterloo, que sentado num banco batucava calmamente. "Esse é o Waterloo", respondi, "trouxe para fazer uns exercícios, mas ele não pode pagar." "E você acha que eu vou dar aula de graça para qualquer vagabundo que aparece por aqui?" "Ele tem base, João, a modelagem deve ser uma sopa." João fez uma careta de desprezo: "O que, o quê?, esse cara!, ah: manda embora, manda embora, você tá maluco". "Mas você ainda não viu, João, a roupa dele não ajuda." "Você viu?" "Vi", menti, "vou arranjar uma sunga para ele."

Dei a sunga para o crioulo, dizendo: "Veste isso, lá dentro".

Eu ainda não tinha visto o crioulo sem roupa, mas fazia fé: a postura dele só seria possível com uma musculatura firme. Mas fiquei preocupado; e se ele só tivesse esqueleto? O esqueleto é importante, é a base de tudo, mas tirar um esqueleto do zero é duro como o diabo, exige tempo, comida, proteína e o João não ia querer trabalhar em cima de osso.

Waterloo de sunga saiu do vestiário. Veio andando normalmente: ainda não conhecia os truques dos veteranos, não sabia que mesmo numa aparente posição de repouso é possível retesar toda a musculatura, mas isso é um troço difícil de fazer, como por exemplo definir a asa e os tríceps ao mesmo tempo, e ainda simultaneamente os costureiros e os retoabdominais, e os bíceps e o trapézio, e tudo harmoniosamente, sem parecer que o cara está tendo um ataque epilético. Ele não sabia fazer isso, nem podia, é coisa de mestre, mas no entanto, vou dizer, aquele crioulo tinha o desenvolvimento muscular cru mais perfeito que já vi na minha vida. Até o Corcundinha parou seu exercício e veio ver. Sob a pele fina de um negro profundo e brilhante, diferente do preto fosco de certos crioulos, seus músculos se distribuíam e se ligavam, dos pés à cabeça, num crochê perfeito.

"Te dependura aqui na barra", disse o João. "Aqui?", perguntou Waterloo, já debaixo da barra. "É. Quando a tua testa chegar na altura da barra, para." Waterloo começou a suspender o corpo, mas no meio do caminho riu e pulou para o chão. "Não quero palhaçada aqui não, isso é coisa séria", disse João, "vamos novamente." Waterloo subiu e parou como o João tinha mandado. João ficou olhando. "Agora, lentamente, leva o queixo acima da barra. Lentamente. Agora desce, lentamente. Agora volta à posição inicial e para." João examinou o corpo de Waterloo. "Agora, sem mexer o tronco, levanta as duas pernas, retas e juntas." E o crioulo começou a levantar as pernas, devagar, e com facilidade, e a musculatura do seu corpo parecia uma orquestra afinada, os músculos funcionando em conjunto, uma coisa bonita e poderosa. João devia estar impressionado, pois começou também a contrair os próprios músculos e então notei que eu e o próprio Corcundinha fazíamos o mesmo, como a cantar em coro uma música irresistível; e João disse, com voz amiga que não usava para aluno nenhum, "pode descer", e o crioulo desceu e João continuou, "você já fez ginástica?" e Waterloo respondeu negativamente e João arrematou "é não fez mesmo não, eu sei que não fez; olha, vou contar para vocês, isso acontece uma vez em cem milhões; que cem milhões, um bilhão! Que idade você tem?". "Vinte anos", disse Waterloo. "Posso fazer você famoso, você quer ficar famoso?", perguntou João. "Pra quê?", perguntou Waterloo, realmente interessado em saber para quê. "Pra quê? Pra quê? Você é gozado, que pergunta mais besta", disse João. Para que, eu fiquei pensando, é mesmo, para quê? Para os outros verem a gente na rua e dizerem lá vai o famoso fulaneco? "Para que, João?", perguntei. João me olhou como se eu tivesse xingado a mãe dele. "Ué, você também, que coisa! O que vocês têm na cabeça, hein? Ahn?" O João de vez em quando perdia a paciência. Acho que estava com uma vontade doida de ver um aluno ganhar o campeonato. "O senhor não explicou pra quê", disse Waterloo respeitosamente. "Então explico. Em primeiro lugar, para não andar esfarrapado como um mendigo, e tomar banho quando quiser, e comer — peru, morango, você já comeu morango? —, e ter um lugar confortável para morar, e ter mulher, não uma nega fedorenta, uma loura, muitas mulheres andando atrás de você, brigando para ter você, entendeu? Vocês nem sabem o que é isso, vocês são uns bundas-sujas mesmo." Waterloo olhou para João, mais surpreso que qualquer outra coisa, mas eu fiquei com raiva; me deu vontade de sair na mão com ele ali mesmo, não por causa do que havia dito de mim, eu quero que ele se foda, mas por estar sacaneando o crioulo; cheguei até a imaginar como seria a briga: ele é mais forte, mas eu sou mais ágil, eu ia ter que brigar em pé, na base da cutelada. Olhei para o seu pescoço grosso: tinha que ser ali no gogó, um pau seguro no gogó, mas para dar um cacete caprichado ali por dentro ia ter que me colocar meio lateral e a minha base não ficava tão firme se ele viesse com um passa-pé; e por dentro o bloqueio ia ser fácil, o João tinha reflexo, me lembrei dele treinando o Mauro para aquele vale-tudo com o Juarez em que o Mauro foi estraçalhado; reflexo ele tinha, estava gordo mas era um tigre; bater dos lados não adiantava, ali eram duas chapas de aço; eu podia ir para o chão tentar uma finalização limpa, uma chave de braço; duvidoso. "Vamos botar a roupa, vamos embora", disse para Waterloo. "O que que há?", perguntou João apreensivo, "você está zangado comigo?" Bufei e disse: "Sei lá, estou com o saco cheio disso tudo, quase me embucetei contigo ainda agora, é bom você ficar sabendo". João ficou tão nervoso que quase perdeu a pose, sua barriga chegou a estufar como se fosse uma fronha de travesseiro, mas não era medo da briga não, disso ele não tinha medo, ele estava era com medo de perder o campeonato. "Você ia fazer isso com o teu amigo", cantou ele, "você é como um irmão para mim, e ia brigar comigo?" Então fingiu uma cara muito compungida, o artista, e sentou abatido num banco com o ar miserável de um sujeito que acaba de ter notícia que a mulher o anda corneando. "Acaba com isso, João, não adianta nada. Se você fosse homem, você pedia desculpa." Ele engoliu em seco e disse "tá bem, desculpa, porra!, desculpa, você também (para o crioulo), desculpa; está bem assim?". Tinha dado o máximo, se eu provocasse ele explodia, esquecia o campeonato, apelava para a ignorância, mas eu não ia fazer isso, não só porque a minha raiva já tinha passado depois que briguei com ele em pensamento, mas também porque João havia pedido desculpa e quando homem pede desculpa a gente desculpa. Apertei a mão dele, solenemente; ele apertou a mão de Waterloo. Também apertei a mão do crioulo. Ficamos sérios, como três doutores.

"Vou fazer uma série para você, tá?", disse João, e Waterloo respondeu "sim senhor". Eu peguei a minha ficha e disse para João: "Vou fazer a rosca direta com sessenta quilos e a inversa com quarenta, o que que você acha?". João sorriu satisfeito, "ótimo, ótimo".

Terminei minha série e fiquei olhando João ensinar ao Waterloo. No princípio a coisa é muito chata, mas o crioulo fazia os movimentos com prazer, e isso é raro: normalmente a gente demora a gostar do exercício. Não havia mistério para Waterloo, ele fazia tudo exatamente como João queria. Não sabia respirar direito, é verdade, o miolo da caixa ainda ia ter que abrir, mas, bolas, o homem estava começando!

Enquanto Waterloo tomava banho, João disse para mim: "Estou com vontade de preparar ele também para o campeonato, o que que você acha?". Eu disse que achava uma boa ideia. João continuou: "Com vocês dois em forma, é difícil a academia não ganhar. O crioulo só precisa inchar um pouco, definição ele já tem". Eu disse: "Também não é assim não, João; o Waterloo é bom, mas vai precisar malhar muito, ele só deve ter uns quarenta de braço". "Tem quarenta e dois ou quarenta e três", disse João. "Não sei, é melhor medir." João disse que ia medir o braço, antebraço, peito, coxa, barriga da perna, pescoço. "E você quanto tem de braço?", me perguntou astuto; ele sabia, mas eu disse, "quarenta e seis". "Hum... é pouco, hein?, pro campeonato é pouco... faltam seis meses... e você, e você..." "Que que tem eu?" "Você está afrouxando..." A conversa estava chata e resolvi prometer, para encerrar: "Pode deixar, João, você vai ver, nesses seis meses eu vou pra cabeça". João me deu um abraço, "você é um cara inteligente... Puxa! com a pinta que você tem, sendo campeão! já imaginou? Retrato no jornal... Você vai acabar no cinema, na América, na Itália, fazendo aqueles filmes coloridos, já imaginou?". João colocou várias anilhas de dez quilos no pulley. "Teu pulley é de quanto?", perguntou. "Oitenta." "E essa garota que você tem, como é que vai ser?" Falei seco: "Como é que vai ser o quê?". Ele: "Sou teu amigo, lembre-se disso". Eu: "Está certo, você é meu amigo, e daí?". "Tudo que eu falo é para o teu bem." "Tudo que você fala é para o meu bem, e daí?" "Sou como um irmão para você." "Você é como um irmão para mim, e daí?" João agarrou a barra do pulley, ajoelhou-se e puxou a barra até o peito enquanto os oitenta quilos de anilhas subiam lentamente, oito vezes. Depois: "Qual é o teu peso?". "Noventa." "Então faz o pulley com noventa. Mas olha, voltando ao assunto, sei que peso dá um tesão grande, tesão, fome, vontade de dormir — mas isso não quer dizer que a gente faça isso sem medida; a gente fica estourado, na ponta dos cascos, mas tem que se controlar, precisa disciplina; vê o Nelson, a comida acabou com ele, fazia uma série de cavalo pra compensar, criou massa, isso criou, mas comia como um porco e acabou com um corpo de porco... coitado..." E João fez uma cara de pena. Não gosto de comer, e João sabe disso. Notei que o Corcundinha, deitado de costas, fazendo um crucifixo quebrado, prestava atenção na nossa conversa. "Acho que você anda fuçando demais", disse João, "isso não é bom. Você chega aqui toda manhã marcado de chupão, arranhado no pescoço, no peito, nas costas, nas pernas. Isso nem fica bem, temos uma porção de garotos aqui na academia, é um mau exemplo. Por isso eu vou te dar um conselho" — e João olhou para mim com cara de amigos-amigos-negócios-à-parte, com cara de contar dinheiro; já se respaldava no crioulo? — "essa garota não serve, arranja uma que queira uma vez só por semana, ou duas, e assim mesmo maneirando." Nesse instante Waterloo surgiu do vestiário e João disse para ele, "vamos sair que eu vou comprar umas roupas para você; mas é empréstimo, você vai trabalhar aqui na academia e depois me paga". Para mim: "Você precisa de um ajudante. Guenta a mão aí, que eu já volto".

Sentei-me, pensando. Daqui a pouco começam a chegar os alunos. Leninha, Leninha. Antes que fizesse uma luz, o Corcundinha falou: "Quer ver se eu estou puxando certo na barra?". Fui ver. Não gosto de olhar o Corcundinha. Ele tem mais de seis tiques diferentes. "Você está melhorando dos tiques", eu disse; mas que besteira, ele não estava, por que eu disse aquilo? "Estou, não estou?", disse ele satisfeito, piscando várias vezes com incrível rapidez o olho esquerdo. "Qual a puxada que você está fazendo?" "Por trás, pela frente, e de mãos juntas na ponta da barra. Três séries para cada exercício, com dez repetições. Noventa puxadas, no total, e não sinto nada." "Devagar e sempre", eu disse para ele. "Ouvi a tua conversa com o João", disse o Corcundinha. Balancei a cabeça. "Esse negócio de mulher é fogo", continuou ele, "eu briguei com a Elza." Raios, quem era a Elza? Por via das dúvidas, disse "é". Corcundinha: "Não era mulher para mim. Mas ocorre que estou agora com essa outra pequena e a Elza vive ligando lá para casa dizendo desaforos para ela, fazendo escândalos. Outro dia na saída do cinema foi de morte. Isso me prejudica, eu sou um homem de responsabilidade". Corcundinha num ágil salto agarrou a barra com as duas mãos e balançou o corpo para a frente e para trás, sorrindo, e dizendo: "Essa garota que tenho agora é um estouro, um brotinho, trinta anos mais nova do que eu, trinta anos, mas eu ainda estou em forma — ela não precisa de outro homem". Com puxadas rápidas Corcundinha içou o corpo várias vezes, por trás, pela frente, rapidamente: uma dança; horrível; mas não despreguei olho. "Trinta anos mais nova?", eu disse maravilhado. Corcundinha gritou do alto da barra: "Trinta anos! Trinta anos!". E dizendo isso Corcundinha deu uma oitava na barra, uma subida de rim e após balançar-se pendularmente tentou girar como se fosse uma hélice, seu corpo completamente vermelho do esforço, com exceção da cabeça que ficou mais branca. Segurei suas pernas; ele caiu pesadamente, em pé, no chão. "Estou em forma", ofegou. Eu disse: "Corcundinha, você precisa tomar cuidado, você... você não é criança". Ele: "Eu me cuido, me cuido, não me troco por nenhum garoto, estou melhor do que quando tinha vinte anos e bastava uma mulher roçar em mim para eu ficar maluco; é toda noite, meu camaradinha, toda noite!". Os músculos do seu rosto, pálpebra, narina, lábio, testa começaram a contrair, vibrar, tremer, pulsar, estremecer, convulsar: os seis tiques ao mesmo tempo. "De vez em quando os tiques voltam?", perguntei. Corcundinha respondeu: "É só quando eu fico distraído". Fui para a janela pensando que a gente vive distraído. Embaixo, na rua, estava o montinho de gente em frente à loja e me deu vontade de correr para lá, mas eu não podia deixar a academia sem ninguém.

Depois chegaram os alunos. Primeiro chegou um que queria ficar forte porque tinha espinhas no rosto e voz fina, depois chegou outro que queria ficar forte para bater nos outros, mas esse não ia bater em ninguém, pois um dia foi chamado para uma decisão e medrou; e chegaram os que gostam de olhar no espelho o tempo todo e usar camisa de manga curta apertada pro braço parecer mais forte; e chegaram os garotos de calças Lee, cujo objetivo é desfilar na praia; e chegaram os que só vêm no verão, perto do carnaval, e fazem uma série violenta para inchar rápido e eles vestirem suas fantasias de sarong, grego, qualquer coisa que ponha a musculatura à mostra; e chegaram os coroas cujo objetivo é queimar a banha da barriga, o que é muito difícil, e, depois de certo ponto, impossível; e chegaram os lutadores profissionais: Príncipe Valente, com sua barba, Testa de Ferro, Capitão Estrela, e a turma do vale-tudo: Mauro, Orlando, Samuel — estes não dão bola pra modelagem, só querem força para ganhar melhor sua vida no ringue: não se aglomeram na frente dos espelhos, não chateiam pedindo instruções; gosto deles, gosto de treinar com eles nas vésperas de uma luta, quando a academia está vazia; e vê-los sair de uma montada, escapar de um arm-lock ou então bater quando consigo um estrangulamento perfeito; ou ainda conversar sobre as lutas que ganharam ou perderam.

O João voltou, e com ele Waterloo de roupa nova. João encarregou o crioulo de arrumar as anilhas, colocar barras e halteres nos lugares certos, "até você aprender para ensinar".

Já era de noite quando Leninha telefonou para mim, perguntando a que horas eu ia para casa, para casa dela, e eu disse que não podia passar lá pois ia para minha casa. Ouvindo isso Leninha ficou calada: nos últimos trinta ou quarenta dias eu ia toda noite para a casa dela, onde já tinha chinelo, escova de dentes, pijama e uma porção de roupas; ela perguntou se eu estava doente e eu disse que não; e ela ficou outra vez calada, e eu também, parecia até que nós queríamos ver quem piscava primeiro; foi ela: "Então você não quer me ver hoje?". "Não é nada disso", eu disse, "até amanhã, telefona para mim amanhã, tá bem?"

Fui para o meu quarto, o quarto que eu alugava de dona Maria, a velha portuguesa que tinha catarata no olho e queria me tratar como se fosse um filho. Subi as escadas na ponta dos pés, segurando o corrimão de leve e abri a porta sem fazer barulho. Deitei imediatamente na cama, depois de tirar os sapatos. No seu quarto a velha ouvia novelas: "Não, não, Rodolfo, eu te imploro!", ouvi do meu quarto, "Juras que me perdoas? Perdoar-te, como, se te amo mais que a mim mesmo... Em que pensas? Oh! não me perguntes... Anda, responde... às vezes não sei se és mulher ou esfinge..." . Acordei com batidas na porta e dona Maria dizendo "já lhe disse que ele não está", e Leninha: "A senhora me desculpe, mas ele disse que vinha para casa e eu tenho um assunto urgente". Fiquei quieto: não queria ver ninguém. Não queria ver ninguém — nunca mais. Nunca mais. "Mas ele não está." Silêncio. Deviam estar as duas frente a frente. Dona Maria tentando ver Leninha na fraca luz amarela da sala e a catarata atrapalhando, e Leninha... (é bom ficar dentro do quarto todo escuro). "... sair mais tarde?" "Ele não tem vindo, há mais de um mês que não dorme em casa, mas paga religiosamente, é um bom menino."

Leninha foi embora e a velha estava de novo no quarto: "Permiti-me contrariá-lo, perdoe-me a ousadia... mas há um amor que uma vez ferido só encontra sossego no esquecimento da morte... Ana Lucia! Sim, sim, um amor irredutível que paira muito além de todo e qualquer sentimento, amor que por si resume a delícia do céu dentro do coração...". Coitada da velha que vibrava com aquelas baboseiras. Coitada? Minha cabeça pesava no travesseiro, uma pedra em cima do meu peito... um menino? Como é que era ser menino? Nem isso sei, só me lembro que urinava com força, pra cima: ia alto. E também me lembro dos primeiros filmes que vi, de Carolina, mas aí eu já era grande, doze?, treze?, já era homem. Um homem. Homem...

De manhã quando ia para o banheiro dona Maria me viu. "Tu dormiste aqui?", ela me perguntou. "Dormi." "Veio uma moça te procurar, estava muito inquieta, disse que era urgente." "Sei quem é, vou falar com ela hoje", e entrei no banheiro. Quando saí, dona Maria me perguntou, "não vais fazer a barba?". Voltei e fiz a barba. "Agora sim, estás com cara de limpeza", disse dona Maria, que não se desgrudava de mim. Tomei café, ovo quente, pão com manteiga, banana. Dona Maria cuidava de mim. Depois fui para a academia.

Quando cheguei já encontrei Waterloo. "Como é? Está gostando?", perguntei. "Por enquanto está bom." "Você dormiu aqui?" "Dormi. O seu João disse para eu dormir aqui." E não dissemos mais nada, até a chegada do João.

João foi logo dando instruções a Waterloo: "De manhã, braço e perna; de tarde, peito, costas e abdominal"; e foi vigiar o exercício do crioulo. Para mim não deu bola. Fiquei espiando. "De vez em quando você bebe suco de frutas", dizia João, segurando um copo, "assim, ó", João encheu a boca de líquido, bochechou e engoliu devagar, "viu como é?", e deu o copo para Waterloo que repetiu o que ele tinha feito.

A manhã toda João ficou paparicando o crioulo. Fiquei ensinando os alunos que chegaram. Arrumei os pesos que espalhavam pela sala. Waterloo só fez a série. Quando chegou o almoço — seis marmitas — João me disse: "Olha, não leve a mal, vou repartir a comida com o Waterloo, ele precisa mais do que você, não tem onde almoçar, está duro, e a comida só dá pra dois". Em seguida sentaram-se colocando as marmitas sobre a mesa de massagens forrada de jornais e começaram a comer. Com as marmitas vinham sempre dois pratos e talheres.

Me vesti e saí para comer, mas estava sem fome e comi dois pastéis num botequim. Quando voltei, João e Waterloo estavam esticados nas cadeiras de lona. João contando a história do duro que tinha dado para ser campeão.

Um aluno me perguntou como é que fazia o pullover reto e fui mostrar para ele, outro ficou falando comigo sobre o jogo do Vasco e o tempo foi passando e chegou a hora da série da tarde — quatro horas — e Waterloo parou perto do leg-press e perguntou como funcionava e João deitou-se e mostrou dizendo que o crioulo ia fazer agachamento que era melhor. "Mas agora vamos pro supino", disse ele, "de tarde, peito, costas e abdômen, não se esqueça."

Às seis horas mais ou menos o crioulo acabou a série dele. Eu não tinha feito nada. Até àquela hora João não tinha falado comigo. Mas aí disse: "Vou preparar o Waterloo, aluno igual a ele nunca vi, é o melhor que já tive", e me olhou, rápido e disfarçado; não quis saber onde queria chegar; saber, sabia, eu manjo os truques dele, mas não me interessei. João continuou: "Já viu coisa igual? Não acha que ele pode ser o campeão?". Eu disse: "Talvez; ele tem quase tudo, só falta um pouco de força e de massa". O crioulo, que estava ouvindo, perguntou: "Massa?". Eu disse: "Aumentar um pouco o braço, a perna, o ombro, o peito — o resto está —", ia dizer ótimo mas disse, "bom". O crioulo: "É força?". Eu: "Força é força, um negócio que tem dentro da gente". Ele: "Como é que você sabe que eu não tenho?". Eu ia dizer que era palpite, e palpite é palpite, mas ele me olhava de uma maneira que não gostei e por isso: "Você não tem". "Acho que ele tem", disse João, dentro do seu esquema. "Mas o garotão não acredita em mim", disse o crioulo.

Para que levar as coisas adiante?, pensei. Mas João perguntou: "Ele tem mais ou menos força do que você?".

"Menos", eu disse. "Isso só vendo", disse o crioulo. O João era o seu João, eu era o garotão: o crioulo tinha que ser meu faixa, pelo direito, mas não era. Assim é a vida. "Como é que você quer ver?", perguntei, azedo. "Tenho uma sugestão", disse João, "que tal uma queda de braço?" "Qualquer coisa", eu disse. "Qualquer coisa", repetiu o crioulo.

João riscou uma linha horizontal na mesa. Colocamos os antebraços em cima da linha de modo que meu dedo médio estendido tocasse o cotovelo de Waterloo, pois meu braço era mais curto. João disse: "Eu e o Gomalina seremos os juízes; a mão que não é da pegada pode ficar espalmada ou agarrada na mesa; os pulsos não poderão ser curvados em forma de gancho antes de iniciada a disputa". Ajustamos os cotovelos. Bem no centro da mesa nossas mãos se agarraram, os dedos cobrindo somente as falanges dos polegares do adversário, e envolvendo as costas das mãos, Waterloo indo mais longe pois seus dedos eram mais extensos e tocavam na aba do meu cutelo. João examinou a posição dos nossos braços. "Quando eu disser *já* vocês podem começar." Gomalina se ajoelhou de um lado da mesa, João do outro. "Já", disse João.

A gente pode iniciar uma queda de braço de duas maneiras: no ataque, mandando brasa logo, botando toda força no braço imediatamente, ou então ficando na retranca, aguentando a investida do outro e esperando o momento certo para virar. Escolhi a segunda. Waterloo deu um arranco tão forte que quase me liquidou; puta merda!, eu não esperava aquilo; meu braço cedeu até a metade do caminho, que burrice a minha, agora quem tinha que fazer força, que se gastar, era eu. Puxei lá do fundo, o máximo que era possível sem fazer careta, sem morder os dentes, sem mostrar que estava dando tudo, sem criar moral no adversário. Fui puxando, puxando, olhando o rosto de Waterloo. Ele foi cedendo, cedendo, até que voltamos ao ponto de partida, e nossos braços se imobilizaram. Nossas respirações já estavam fundas, sentia o vento que saía do meu nariz bater no meu braço. Não posso esquecer a respiração, pensei, essa parada vai ser ganha pelo que respirar melhor. Nossos braços não se moviam um milímetro. Lembrei-me de um filme que vi, em que os dois camaradas, dois campeões, ficam um longo tempo sem levar vantagem um do outro, e enquanto isso um deles, o que ia ganhar, o mocinho, tomava whisky e tirava baforadas de um charuto. Mas ali não era cinema não; era uma luta de morte, vi que o meu braço e o meu ombro começavam a ficar vermelhos; um suor fino fazia o tórax de Waterloo brilhar; sua cara começou a se torcer e senti que ele vinha todo e o meu braço cedeu um pouco, e mais, raios!, mais ainda, e ao ver que podia perder isso me deu um desespero, e uma raiva! Trinquei os dentes! O crioulo respirava pela boca, sem ritmo, mas me levando, e então cometeu o grande erro: sua cara de gorila se abriu num sorriso e pior ainda, com a provocação grasnou uma gargalhada rouca de vitorioso, jogou fora aquele tostão de força que faltava para me ganhar. Um relâmpago cortou minha cabeça dizendo: agora!, e a arrancada que dei ninguém segurava, ele tentou mas a potência era muita; seu rosto ficou cinza, seu coração ficou na ponta da língua, seu braço amoleceu, sua vontade acabou — e de maldade, ao ver que entregava o jogo, bati com seu punho na mesa duas vezes. Ele ficou agarrando minha mão, como uma longa despedida sem palavras, seu braço vencido sem forças, escusante, caído como um cachorro morto na estrada.

Livrei minha mão. João, Gomalina queriam discutir o que tinha acontecido mas eu não os ouvia — aquilo estava terminado. João tentou mostrar o seu esquema, me chamou num canto. Não fui. Agora Leninha. Me vesti sem tomar banho, fui embora sem dizer palavra, seguindo o que meu corpo mandava, sem adeus: ninguém precisava de mim, eu não precisava de ninguém. É isso, é isso.

Eu tinha a chave do apartamento de Leninha. Deitei no sofá da sala, não quis ficar no quarto, a colcha cor-de-rosa, os espelhos, o abajur, a penteadeira cheia de vidrinhos, a boneca sobre a cama estavam me fazendo mal. A boneca sobre a cama: Leninha a penteava todos os dias, mudava sua roupa — calcinha, anágua, sutiã — e falava com ela, "minha filhinha linda, ficou com saudades da mamiquinha?". Dormi no sofá.

Leninha com um beijo no rosto me acordou. "Você veio cedo, não foi na academia hoje?" "Fui", disse sem abrir os olhos. "E ontem? Você foi cedo para sua casa?" "Fui", agora de olho aberto: Leninha mordia os lábios. "Não brinca comigo não, querido, por favor..." "Fui, não estou brincando."

Ela suspirava. "Sei que você foi lá em casa. A hora não sei; ouvi você falar com dona Maria, ela não sabia que eu estava no quarto." "Fazer uma sujeira dessas comigo!", disse Leninha, aliviada. "Não foi sujeira nenhuma", eu disse. "Não se faz uma coisa dessas com... com os amigos." "Não tenho amigos, podia ter, até príncipe, se quisesse." "O quê?", disse ela dando uma gargalhada, surpresa. "Não sou nenhum vagabundo, conheço príncipe, conde, fique sabendo." Ela riu: "Príncipe?!, príncipe! no Brasil não tem príncipe, só tem príncipe na Inglaterra, você está pensando que sou boba". Eu disse: "Você é burra, ignorante; e não tem príncipe na Itália? Esse príncipe era italiano". "E você já foi na Itália?" Eu devia ter dito que já tinha comido uma condessa, que tinha andado com um príncipe italiano e, bolas, quando você anda com uma dona com quem outro cara também andou, isso não é uma forma de conhecer ele? Mas Leninha também não ia acreditar nessa história da condessa, que acabou tendo um fim triste como todas as histórias verdadeiras: mas isso não conta para ninguém. Fiquei de repente calado e sentindo a coisa que me dá de vez em quando, nas ocasiões em que os dias ficam compridos e isso começa de manhã quando acordo sentindo uma aporrinhação enorme e penso que depois de tomar banho passa, depois de tomar café passa, depois de fazer ginástica passa, depois do dia passar passa, mas não passa e chega a noite e estou na mesma, sem querer mulher ou cinema, e no dia seguinte também não acabou. Já fiquei uma semana assim, deixei crescer a barba e olhava as pessoas, não como se olha um automóvel, mas perguntando, quem é?, quem é?, quem-é-além-do-nome?, e as pessoas passando na minha frente, gente pra burro neste mundo, quem é?

Leninha, me vendo assim apagado como se fosse uma velha fotografia, sacudiu um pano na minha frente dizendo, "olha a camisa bacana que comprei para você; veste, veste para eu ver". Vesti a camisa e ela disse: "Você está lindo, vamos na boate?". "Fazer o que na boate?" "Quero me divertir, meu bem, trabalhei tanto o dia inteiro." Ela trabalha de dia, só anda com homem casado e a maioria dos homens casados só faz essa coisa de dia. Chega cedo na casa da dona Cristina e às nove horas da manhã já tem freguês telefonando para ela. O movimento maior é na hora do almoço e no fim da tarde; Leninha não almoça nunca, não tem tempo.

Então fomos à boate. Acho que ela gosta de me mostrar, pois insistiu comigo para levar a camisa nova, escolheu a calça, o sapato e até quis pentear o meu cabelo, mas isso também era demais e não deixei. Ela é gozada, não se incomoda que as outras mulheres olhem para mim. Mas só olhar. Se alguma dona vier falar comigo fica uma fera.

O lugar era escuro, cheio de infelizes. Mal tínhamos acabado de sentar um sujeito passou pela nossa mesa e disse: "Como vai, Tânia?". Leninha respondeu: "Bem obrigada, como vai o senhor?". Ele também ia bem obrigado. Me olhou, fez um movimento com a cabeça como se estivesse me cumprimentando e foi para a mesa dele. "Tânia?", perguntei. "Meu nome de guerra", respondeu Leninha. "Mas o teu nome de guerra não é Betty?", perguntei. "É, mas ele me conheceu na casa da dona Viviane, e lá o meu nome de guerra era Tânia."

Nesse instante o cara voltou. Um coroa, meio careca, bem-vestido, enxuto para a idade dele. Tirou Leninha para dançar. Eu disse: "Ela não vai dançar não, meu chapa". Ele talvez tenha ficado vermelho, no escuro, disse: "Eu pensei...". Não dei mais pelota pro idiota, ele estava ali, em pé, mas não existia. Disse para Leninha: "Esses caras vivem pensando, o mundo está cheio de pensadores". O sujeito sumiu.

"Que coisa horrível isso que você fez", disse Leninha, "ele é meu cliente antigo, advogado, um homem distinto, e você fazer uma coisa dessas com ele. Você foi muito grosseiro." "Grosseiro foi ele, não viu que você estava acompanhada, por — um amigo, freguês, namorado, irmão, fosse o que fosse? Devia ter-lhe dado um pontapé na bunda. E que história é essa de Tânia, dona Viviane?" "Isso é uma casa antiga que frequentei." "Casa antiga? Que casa antiga?" "Foi logo que me perdi, meu bem... no princípio..."

É de amargar.

"Vamos embora", eu disse. "Agora?" "Agora."

Leninha saiu chateada, mas sem coragem de demonstrar.

"Vamos pegar um táxi", ela disse. "Por quê?", perguntei, "não sou rico para andar de táxi." Esperei que ela dissesse "o dinheiro é meu", mas ela não disse; insisti: "Você é boa demais para andar de ônibus, não é?"; ela continuou calada; não desisti: "Você é uma mulher fina"; — "de classe"; — "de categoria". Então ela falou, calma, a voz certa, como se nada houvesse: "Vamos de ônibus".

Fomos de ônibus para a casa dela.

"O que que você quer ouvir?", perguntou Leninha. "Nada", respondi. Fiquei nu, enquanto Leninha ia ao banheiro. Com os pés na beira da cama e as mãos no chão fiz cinquenta mergulhos. Leninha voltou nua do banheiro. Ficamos os dois nus, parados dentro do quarto, como se fôssemos estátuas.

No princípio, esse princípio era bom: nós ficávamos nus e fingíamos, sabendo que fingíamos, que estávamos à vontade. Ela fazia pequenas coisas, arrumava a cama, prendia os cabelos mostrando em todos os ângulos o corpo firme e saudável — os pés e os seios, a bunda e os joelhos, o ventre e o pescoço. Eu fazia uns mergulhos, depois um pouco de tensão de Charles Atlas, como quem não quer nada, mas mostrando o animal perfeito que eu também era, e sentindo, o que ela devia também sentir, um prazer enorme por saber que estava sendo observado com desejo, até que ela olhava sem rebuços para o lugar certo e dizia com uma voz funda e arrepiada, como se estivesse sentindo o medo de quem vai se atirar num abismo, "meu bem", e então a representação terminava e partíamos um para o outro como duas crianças aprendendo a andar, e nos fundíamos e fazíamos loucuras, e não sabíamos de que gargantas os gritos saíam, e implorávamos um ao outro que parasse mas não parávamos, e redobrávamos a nossa fúria, como se quiséssemos morrer naquele momento de força, e subíamos e explodíamos, girando em rodas roxas e amarelas de fogo que saíam dos nossos olhos e dos nossos ventres e dos nossos músculos e dos nossos líquidos e dos nossos espíritos e da nossa dor pulverizada. Depois a paz: ouvíamos alternadamente o bater forte dos nossos corações sem sobressalto; eu botava o meu ouvido no seu seio e em seguida ela, por entre os lábios exaustos, ela soprava de leve o meu peito, aplacando; e sobre nós descia um vazio que era como se a gente tivesse perdido a memória.

Mas naquele dia ficamos parados como se fôssemos duas estátuas. Então me envolvi no primeiro pano que encontrei, e ela fez o mesmo e sentou-se na cama e disse "eu sabia que ia acontecer", e foi isso, e portanto ela, que eu considerava uma idiota, que me fez entender o que tinha acontecido. Vi então que as mulheres têm dentro delas uma coisa que as faz entender o que não é dito. "Meu bem, o que que eu fiz?", ela perguntou, e eu fiquei com uma pena danada dela; com tanta pena que deitei ao seu lado, arranquei a roupa que a envolvia, beijei seus seios, me excitei pensando em antigamente, e comecei a amá-la, como um operário no seu ofício, e inventei gemidos, e apertei-a com força calculada. Seu rosto começou a ficar úmido, primeiro em torno dos olhos, depois a face toda. Ela disse: "O que que vai ser de você sem mim?", e com a voz saíram também os soluços.

Botei minha roupa, enquanto ela ficava na cama, com um braço sobre os olhos. "Que horas são?", ela perguntou. Eu disse: "Três e quinze". "Três e quinze... quero marcar a última hora que estou te vendo...", disse Leninha. E não adiantava eu dizer nada e por isso saí, fechando a porta da rua cuidadosamente.

Fiquei andando pelas ruas vazias e quando o dia raiou eu estava na porta da loja de discos louco que ela abrisse.

Primeiro chegou um cara que abriu a porta de aço, depois outro que lavou a calçada e outros, que arrumaram a loja, puseram os alto-falantes para fora, até que afinal o primeiro disco foi colocado e com a música eles começaram a surgir de suas covas, e se postaram ali comigo, mais quietos do que numa igreja. Exato: como numa igreja, e me deu uma vontade de rezar, e de ter amigos, o pai vivo, e um automóvel. E fui rezando lá por dentro e imaginando coisas, se tivesse pai ia beijar ele no rosto, e na mão tomando bênção, e seria seu amigo e seríamos ambos pessoas diferentes.

O desempenho

Consigo agarrar Rubão, encurralando-o de encontro às cordas. O filho da puta tem base, agarra-se comigo, encosta o rosto no meu rosto para impedir que eu dê cabeçadas na cara dele; estamos abraçados, como dois namorados, quase imóveis — força contra força. O público começa a vaiar. Rubão me dá um pisão no dedo do pé, afrouxo, ele se solta, me dá uma joelhada no estômago, um pontapé no joelho, um tapa na cara. Ouço os gritos. O público está torcendo por ele. Outro bofetão: um esporro danado nas arquibancadas. Não posso dar bola pra isso, não posso dar bola pra isso, não posso dar bola para esses filhos da puta chupadores. Tento agarrá-lo mas ele não deixa, ele quer brigar em pé, ele é ágil, a cutelada dele é um coice.

Os cinco minutos mais longos da vida são passados num ringue de vale-tudo. Quando o *round* acaba, o primeiro de cinco por um de descanso, eu mal aguento chegar ao meu canto. O Príncipe me abana com a toalha, Pedro Vaselina me massageia. Esses putos estão torcendo por ele, não estão? Deixa isso pra lá, diz Pedro Vaselina. Estão, não estão?, insisto. Estão, diz Pedro Vaselina, não sei o que houve, eles sempre torcem pro boa-pinta mas hoje a escrita não está funcionando. Tento ver as pessoas na arquibancada, filhos das putas, cornos, veados, marafonas, cagões, covardes, chupadores — me dá vontade de tirar o pau pra fora e sacudir na cara deles. Cuidado com ele, quando você der a queda, passa a guarda dele rápido, não fica tentando na ignorância, ele tem base e está inteiro, e você, e você, hein, andou fodendo ontem? Cada vez que ele te acertar um bife nos cornos não fica olhando para a arquibancada como um cu-de-vaca qualquer, que que há? Tua mãe está lá te olhando? Presta atenção no cara, porra, não tira o olho dele, deixa a torcida pra lá, olho nele, e não se preocupe com a bolachada, não tira pedaço e ele não ganha nada com isso. Quando te deu o último tapa e a turma do poleiro gozou, ele fez tanta firula que parecia uma bicha da Cinelândia. É numa hora dessas que você tem que pegar ele. Paciência, PACIÊNCIA, viu?, poupa energia que você está meio-jogado-fora, diz Pedro Vaselina.

O gongo bate. Estamos no meio do ringue. Rubão faz uma ginga de tórax na minha frente, os pés plantados, movimenta as mãos, esquerda na frente, direita atrás. Fico parado, olhando as mãos dele. Vap! o pontapé me pega na coxa, vou pra cima dele, plaft! uma porrada na cara quase me joga no chão, olho para a arquibancada, o som que vem de lá parece uma chicotada, sou uma besta, que merda, se continuar plaft! dando bola para esses chupadores vou acabar me fodendo-em-copas plaft! — bloqueia, bloqueia, ouço Pedro Vaselina — minha cara deve estar inchada, sinto uma certa dificuldade em ver com o olho esquerdo — levanto a esquerda — bloqueia! — blam! uma cacetada canhota me acerta no lado direito dos cornos — bloqueia! a voz de Pedro Vaselina fica fina como a de uma mulher — levanto as duas mãos — bum! o chute me pega na bunda. Rubão gira e de costas me acerta o pé no pescoço — das arquibancadas vem um som de onda do mar quebrando na praia — com um físico desses você vai acabar no cinema, mulheres, morango com creme, automóvel, apartamento, filme em tecnicólor, dinheiro no banco, onde é que está? corro pra cima dele de braços abertos, vum! o balão me estatela — Rubão pula em cima de mim, vai montar! — estou fugindo, rastejo cobra minhoca pra debaixo das cordas — o juiz separa — fico deitado flutuando na vaia injeção de morfina. Gongo.

Estou no meu *corner*. Nunca te vi tão mal, no físico e na técnica, fodeu hoje? anda tomando bolinha? É a primeira vez que um lutador da nossa academia foge por debaixo das cordas, você está mal, que que há contigo? É assim que você quer lutar com o Carlson? com o Ivã? você está fazendo um papel ridículo. Deixa ele, diz o Príncipe. Pedro Vaselina: ele vai ser estraçalhado, conforme for a coisa neste *round* eu vou jogar a toalha. Puxo a cara de Pedro Vaselina para perto da minha, digo cuspindo nos cornos dele, se você jogar a toalha, seu puta, eu te arrebento, enfio um ferro no teu cu, juro por Deus. O Príncipe joga um monte de água em cima de mim, pra ganhar tempo. Gongo.

Estamos no meio do ringue. Tempo, segundos!, diz o juiz — assim molhado não vai, não faz mais isso não — o Príncipe me enxuga fingindo pressa — segundos, fora! diz o juiz. Novamente no meio do ringue. Estou imóvel. Meu coração saiu da garganta, voltou para o peito mas ainda bate forte. Rubão ginga. Olho bem o rosto dele, o cara está com a moral, respira pelo nariz sem trincar os dentes, não há um músculo tenso no seu rosto, sujeito apavorado fica com o olhar de cavalo, mas ele está tranquilo, mal se vê o branco do seu olho. Muito rápido, faz uma negaça, ameaça, eu bloqueio, recebo um pisão no joelho, uma dor horrível, mas ainda bem que foi de cima pra baixo, se fosse na horizontal quebrava a minha perna — Zum! o tapa no ouvido me deixa surdo de um lado, com o outro ouvido escuto a corja delirando na arquibancada — o que foi que eu fiz? eles sempre torceram pra mim, o que foi que eu fiz pra esses escrotos, engolidores de porra plaft, plaft, plaft! ficarem contra mim? — com um físico desses você vai acabar no cinema, Leninha onde é que está você? sua puta — vou recuando, bato com as costas nas cordas, Rubão me agarra — no chão! guincha Pedro Vaselina — eu ainda estou bloqueando e já é tarde: Rubão me dá uma joelhada no estômago, se afasta; pela primeira vez fica imóvel, a uns dois metros de distância, me olhando, deve estar pensando em partir pra uma finalização — estou zonzo, mas ele é cauteloso, quer ter certeza, sabe que no chão eu sou melhor e por isso não quer se arriscar, quer me cansar primeiro, não vai no escuro — sinto uma vontade doida de baixar os braços, meus olhos ardem de suor, não consigo engolir a gosma branca agarrada na minha língua — levanto o braço, armo uma cutelada, ameaço — ele não se mexe — dou um passo à frente — ele não se mexe — dou outro passo à frente — ele dá um passo à frente — nós dois damos um lento passo à frente e nos abraçamos — o suor do corpo dele me faz sentir o suor do meu corpo — a dureza dos músculos dele me faz sentir a dureza dos meus músculos — o sopro da respiração dele me faz sentir o sopro da minha respiração — Rubão me abraça sob os meus braços — eu tento uma gravata — ele coloca a perna direita por trás da minha perna direita, tenta me derrubar — minhas últimas forças — Leninha, coitada — o cara vai me derrubar — tento me agarrar nas cordas como um escroto arreglador — o tempo não anda — eu queria lutar no chão, agora quero ir pra casa — Leninha — caio de costas, giro antes da montanha dele — Rubão me pega na gravata, me imobiliza — tum, tum, tum! três joelhadas seguidas na boca e no nariz — gongo — Rubão vai para o seu canto debaixo de aplausos.

Pedro Vaselina não diz uma palavra, com rosto triste de segundo, de perdedor. É fogo, meu chapa, diz o Príncipe limpando o meu suor. É foda, respondo, um dente balança na minha boca, preso apenas na gengiva. Meto a mão, arranco o dente com raiva e jogo na direção dos chupadores. Todos vaiam. Não faz isso não, diz Pedro Vaselina dando água para eu bochechar, não adianta provocar. Cuspo fora do balde a água vermelha de sangue, pra ver se cai em cima de algum chupador. Gongo. Ao centro, diz o juiz.

Rubão está inteirinho, eu estou podre. Nem sei em que *round* estamos. É o último? Último ou penúltimo, Rubão vai querer me liquidar agora. Parto para cima dele para ver se acerto uma cabeçada no seu rosto — Rubão se desvia, me segura entre as pernas, me joga fora do ringue — os chupadores deliram — tenho vontade de ir embora — se fosse valente ia embora, de calção mesmo — pra onde! — o juiz está contando — ir embora — há sempre um juiz contando — automóvel, apartamento, mulheres, dinheiro — sempre um juiz — *pulley* de oitenta quilos, rosca de quarenta, vida dura — Rubão está me esperando, o juiz está com a mão no peito dele, para que não me ataque no momento em que estiver voltando — estou mesmo fodido — me curvo, entro no ringue — ao centro, diz o juiz — Rubão me agarra, me derruba — rolamos pela lona, ele fica preso na minha guarda — entre as minhas pernas com a cara no meu pau — ficamos algum tempo assim, descansando — Rubão projeta o corpo para a frente e acerta uma cabeçada no meu rosto — sangue enche a minha boca de um gosto doce enjoado — bato com as duas mãos espalmadas nos seus ouvidos, Rubão desce um pouco o corpo — subitamente ele ultrapassa a minha perna esquerda numa montada parcial — estou fodido, se ele completar a montada estou fodido e mal pago, fodido e trumbicado, fodido e estraçalhado, fodido e acabado — ele faz uma pequena parada antes de tentar a montada definitivamente — fodido, fodido! — dou uma virada forte, rolamos pela lona, paramos, puta que pariu! comigo montado-montada-completa em cima dele, puta que pariu! meus joelhos no chão, o tórax dele entre as minhas pernas imobilizado — montei! puta que pariu! montei! — alegria, alegria, vento quente de ódio da corja que ria de me ver apanhando na cara — canalha de chupadores putos escrotos covardes — golpeio a cara de Rubão bem em cima do nariz, um, dois, três — agora na boca — de novo no nariz — pau, cacete, porrada — sinto o osso quebrando — Rubão levanta os braços para tentar impedir os golpes, sangue começa a brotar de toda a sua cara, da boca, do nariz, dos olhos, dos ouvidos, da pele — a chave de braço, a chave de braço! grita Pedro Vaselina, enfiando a cabeça por baixo das cordas — é fácil dar uma chave de braço numa montada, pra se defender, quem está embaixo tem que botar os braços pra cima, basta cair para um dos lados com o braço dele entre as pernas, o sujeito é obrigado a bater na lona — um silêncio de morte no estádio — a chave de braço! grita o Príncipe — Rubão me oferece o braço para acabar com o sofrimento, para ele poder bater no chão desistindo, desistir na chave é digno, desistir debaixo de pau é vergonhoso — os chupadores e putas fizeram silêncio, gritem! — a cara de Rubão é uma pasta vermelha, gritem! — Rubão fecha os olhos, cobre o rosto com as mãos — homem montado não pede penico — Rubão deve estar rezando para desmaiar e acabar tudo, já viu que eu não vou lhe dar a chave da misericórdia — corja — minhas mãos doem, bato nele com os cotovelos — o juiz se ajoelha, Rubão desmaiou, o juiz me tira de cima dele — no meio do ringue o juiz levanta meus braços — as luzes estão acesas, de pé, nas arquibancadas, homens e mulheres aplaudem e gritam o meu nome — levanto os braços bem no alto — dou pulos de alegria — os aplausos aumentam — dou saltos — aplausos cada vez mais fortes — olho comovido a arquibancada cheia de admiradores e curvo-me enviando beijos para os quatro cantos do estádio.

Madona

EU NÃO TINHA UM PLANO MUITO DEFINIDO: mas uma coisa era certa: eu não queria Elizabeth, nem nenhuma das outras garotas conhecidas. Eu queria uma coisa, uma coisa diferente e que fosse para valer. Do quarto veio a voz do meu pai, e o aparelho de barba? Meti rápido a cara no livro de química, antes que minha mãe respondesse já botei aí. Fiquei olhando as páginas do livro, sem ler, é claro, eu estava era pensando. Ufa, disse minha mãe, como é cansativo fazer malas. Minha mãe cansa à toa.

Minha mãe entrou no meu quarto, perguntando, quer dizer que você não quer mesmo vir?, e eu, fingindo surpresa, levantei os olhos do livro e respondi, ahn? Quer dizer que você não quer mesmo ir?, insistiu ela. Eu repeti que tinha prova segunda-feira, que tinha de estudar, que estava atrasado na matéria: como era possível ir passar o fim de semana em Teresópolis? Está bem, está bem, a Shirley só volta domingo de noite: não se esqueça de fazer as refeições na casa da sua avó, disse ela. Eu respondi OK, OK, mal levantando os olhos do livro. Mas mãe não desiste assim: ela exigiu uma promessa, promete que vai fazer as refeições na casa da tua avó; então eu coloquei a mão esquerda sobre o meu coração e levantando a direita disse, prometo que vou fazer as refeições na casa da minha avó; em seguida acrescentei: esta química é fogo. Nessa hora entrou o meu pai e disse, até a volta meu filho, juízo, hein?; só isso, eu e o meu pai conversamos pouco, discutimos muito, mas conversamos pouco. Respondi, até a volta papai, até a volta mamãe, boa viagem.

Ouvi os ruídos que ambos faziam se retirando do apartamento. Corri para a janela, e, escondido, vi os dois entrarem no automóvel, o automóvel partir e então, só então a minha aflição passou e eu dei um pulo enorme para o ar enquanto berrava iaúdabadabadu! Depois, tirei a roupa e nu tentei dançar um twist, mas não dá pé, nu, e assim, vesti minha bermuda, camisa esporte, sandália japonesa, óculos escuros e me mandei para a praia.

Encontrei logo esse cara que veio me dizer que o dia estava bom para jacaré, como se eu estivesse a fim de apanhar jacaré. Sérgio, ouvi o grito fininho, olhei e era a chata da Elizabeth que já vinha andando na minha direção; isso é uma coisa que ela faz bem, andar, ela anda bonito, mas também é só; tem também o corpo, que não é de se mandar para o bispo; mas ela é muito chata. Alô, Sérgio, disse ela, enquanto eu respondi, o que há? e por seu turno ela respondeu, tudo azul. Em seguida ficamos em silêncio, o vento mexendo nos cabelos dela. Eu fiz para ela uma cara que queria dizer, olha você pode continuar me adorando, mas eu não quero nada com você entendeu?, mas ela não entendeu porque me perguntou, o que você vai fazer hoje de tarde? Respondi que ia estudar. Ela disse que tinha um filme bom no Rian. De quem?, eu perguntei e ela respondeu que era do Ingmar Bergman, mas quando eu achei esquisito um filme de Bergman passar no Rian, que só passa porcaria, ela disse que estava brincando, que era um filme do Rock Hudson. Eu bronqueei, você está me achando com cara de ver filme do Rock Hudson? Ela ficou chateada comigo, disse ah você é muito bobo, e voltou para a barraca dela. Andando bonito. Era uma das poucas garotas que de costas ficava bem de biquíni.

Zanzei pela praia olhando as garotas. As melhores são aquelas que leem livros, com jeito elas acabam topando tudo. Mas o diabo é que as que leem livros na praia são quase sempre feias. As que jogam vôlei às vezes servem, às vezes não servem; as que vão para a praia muito pintadas e penteadas, e nunca caem na água, essas não valem nada, só vão com o sujeito a lugares públicos onde tenha muita gente, querem ser vistas, seja lá por quem for, homem, mulher, criança ou velho, só isso que elas querem.

Perguntei ao banhista se ele tinha visto a Carminha, mas Carminha não tinha aparecido. E aquela que anda sempre com ela?, perguntei. Aquela da lambreta?, perguntou ele. Também não tinha dado as caras.

Na hora do almoço eu estava num bar com amigos. Nem pensava na minha avó. Pensava que a manhã já tinha passado em brancas nuvens. E no entanto a primeira frase que disse para os amigos no bar foi que o lugar que tem mais mulher no mundo é o Rio de Janeiro. E está ficando cada vez melhor, respondeu um cara. Tudo naquela base, disse outro. E foi nesse instante que eu vi, na mesa em frente, uma garota. Me veio logo uma ideia, assim sem mais nem menos, que aquilo ia render, que me fez acender um cigarro e tentar encontrar o olho da moça. Afinal, nossos olhos se encontraram. Ela ajeitou os cabelos e sorriu para a amiga ao lado, devia ser para mostrar os dentes para mim, eram lindos; depois acendeu um cigarro e passou a soprar a fumaça de maneira provocante. Estará dando bola?, pensei. Achei que estava, mas resolvi checar, eu não queria levar um fora ali, na frente de todo mundo. Primeiro passo: mudar de mesa, ir conversar com alguém numa outra colocada em tal posição que a moça, para me ver, tivesse que virar o rosto ligeiramente. Fui para outra mesa. Salve, disse pros caras que estavam lá; dali via a moça de perfil. Ela virou o rosto um pouquinho; mas isso não deu para me ver, quando muito eu devia aparecer todo embaçado. Ela virou mais o rosto, os nossos olhos se encontraram, o meu coração bateu com força. Para mim isso não chegou, eu queria jogar na certa. Segundo passo: ir para trás do lugar onde ela estava; assim, ela teria que se virar toda para saber onde eu estava, se saí, se fiquei. Se estivesse interessada, é claro.

Fui para uma mesa estrategicamente colocada. A sorte é que eu conhecia todo mundo. Vista de trás a cabeça dela também era bonita. O raio da garota era toda bonita. Como seriam as pernas? O peito eu já podia prever: era mais ou menos. Sentei-me, puxei conversa. Ouvia por alto: uma matada daquelas não é sopa, rapaz vou te contar: com uma queda de corpo ele deixou o beque órfão de pai e mãe; por um instante a bola ficou presa no seu peito como se fosse uma medalha, depois ele deixou ela escorrer pelo corpo e antes de dar o chute olhou para o goleiro que fascinado deixou a bola entrar sem fazer um movimento sequer; o crioulo é fogo.

A moça começou a virar o rosto, em estágios. Mas para me ver ela tinha que mexer o bumbum na cadeira, ela não era águia do zoológico para virar o rosto cento e oitenta graus. Foi o que ela fez. Encaramo-nos novamente. Eu fiz um movimento com a cabeça: lá fora. Ela riu e voltou à posição anterior. E agora?, pensei. Voltei para a primeira mesa. Estávamos frente a frente, quando muito três metros de distância.

Vou lá, vou lá, comecei a falar com os meus botões. Eu fumava, ela fumava. Ela fazia caretas sutis, eu devia estar fazendo o mesmo. Afinal enchi-me de coragem e caminhei em direção a ela. Alô, um som curto, mas todo tremido, meu. Alô, respondeu ela. Existiam outras pessoas na mesa mas eu não tinha coragem de olhá-las. Enfiei as mãos no bolso, passei as mãos nos cabelos, chutei uma chapinha no chão. Ela então respondeu, depois do que me pareceu um longo tempo, em que ela me observou, sorrindo: mais um pouco, estou esperando o meu noivo. Sorri também, não passei recibo, disse está certo, e bati em retirada. Estariam rindo de mim, pensei enquanto meu rosto pegava fogo; que papelão, que filha da —

Sentei-me numa das mesas, não me lembro qual, doido para dar o fora daquele bar infecto, o mais rápido possível, sentindo-me, agora, pálido, malvestido. Se tivesse uma Ferrari ia ficar na porta e quando ela saísse prum! prrurrum!, mas escapuli de mansinho, o rabo entre as pernas, fui para bem longe, a mais de dois quilômetros, onde encontrei esse cara, que jogava vôlei comigo na praia, era chato e burro, mas servia para o desabafo — veja você, esperando o noivo e me dando a maior das bolas! É por isso que eu não me caso, disse o burro; a maior das bolas, repeti, e ele querendo me confortar disse que eram todas umas vigaristas, noivas, casadas, todas. Você vai amanhã lá na rede?, perguntou o jogador de vôlei. Eu disse que ia. Dali fui a um outro bar, mas lá não tinha nada. Telefonei para a minha avó e disse, não vou almoçar com a senhora, vou almoçar com uns amigos. Do outro lado minha avó me fez prometer que eu me alimentaria bem. Igualzinho minha mãe. Prometi. Então fui para minha casa, apanhei presunto na geladeira, fiz um sanduíche e comi o sanduíche olhando para o livro de química. Para a capa.

Mudei de roupa: Lee, camisa vermelha, um mocassim legal. Apanhei o livrinho de endereços, acendi um cigarro, prendi o telefone entre a cabeça e o ombro, disquei. Glorinha está? Não estava. Disquei de novo, Katia está? Não estava. De novo, Ana Maria está? Não estava. Ainda, Gilda está? Não estava. Larguei o telefone desconsolado. Liguei o rádio. Não podia ficar sentado. Dei uma olhada para o livro de química, para a capa, e saí.

Fui ao cinema, sozinho. O filme era uma bomba. Ao sair pensei, agora é a tarde que está se acabando. Fui ao Bob's comer um sanduíche, tomar uma laranjada, olhar as garotas. De saída não tinha nada, mas de repente a coisa começou a melhorar. Atrás da caixa, comprando uma ficha, estava essa guria de quem eu só via os olhos, e olhos assim eu nunca tinha visto, não era aquele olho bonito e brilhante de boneca, era um olho fundo e intenso, mas macio, e neles balançava uma sombra, como a sombra de um galho de árvore soprado pelo vento. E logo em seguida vi outra dona, mas essa era boca, uma boca limpa, arejada, de lábios grossos e justo nesse mesmo instante vi a terceira garota, ou melhor, vi suas pernas, longas, longas. Essas visões caíam em cima de mim como uma casa desabando. Qual escolher? Perna bem-feita é a coisa mais bem-feita que existe; perna é perna, há que respeitar: cruzadas, na cadeira, o joelho uma cúpula poderosa; ou carregando a dona, como era o caso, mostrando a perfeição dos engonços; perna é perna, se a perna é bem-feita, mas bem-feita mesmo, o resto, lá pra cima, também é bom: o lugar onde elas acabam, as saliências e reentrâncias, os hemisférios inferiores, a linha do ventre, o molejo da cintura e a firmeza estreita do seu diâmetro — isto é provado; só não se garantem os peitos, que às vezes são tímidos e frágeis. Escolher os olhos? Ser acariciado por luzes e cores e sombras? Ouvir e entender olhos, e não estrelas, estabelecer sinais universais de amor, ciúme, medo, cólera, solidariedade, burrice num estimulante decifrar de códigos? Ou procurar a boca? Que primeiro deve ser vista e revista em todas as suas mil posturas; e depois ser aproximada, boca fechada junto de boca fechada, sem se tocarem, mas bem próximas de modo a que somente os calores dos lábios se encontrem e dessa maneira se afaguem; e depois os lábios se tanjam como a asa do passarinho roça às vezes a folha da árvore; e depois os lábios percorram como pingos d'água as respectivas estruturas: a comissura direita, a comissura esquerda, a polpa inferior — um longo caminhar em poucos centímetros; e depois os lábios se esmaguem; e depois os lábios se comam com avidez e voracidade, servidos pelas fadas e elfos esmaltados e glóssicos do seu recôncavo.

Escolhi as pernas. As pernas comiam um cheeseburguer. Iniciei outro jogo de posições táticas. Na terceira posição ri para a moça. Ela respondeu com outro sorriso, aí eu me aproximei, me encostei no balcão onde ela estava e disse, como vai? Vou bem, disse ela. Mas sem faísca. Eu fiz a minha melhor cara e continuei, você vem sempre aqui?, ao que ela respondeu, às vezes. Eu disse que já estava enjoado daquele lugar; enquanto acabava de comer o sanduíche e limpava a boca com um guardanapo de papel, ela me perguntou, muito casualmente, você joga na rede da Figueiredo Magalhães, não joga? Eu respondi que sim e perguntei se ela já me tinha visto jogar e ela tinha, duas vezes. Meu nome é Sérgio, disse. O nome dela era Sônia, morava na Barata Ribeiro. Até aí nós fomos. Sônia olhava as pessoas em volta; deslocava o peso de uma perna para outra; repetia a manobra inversamente. A conversa morrera. Perguntei o que ela ia fazer de noite. Eu?, disse ela, surpreendida, como se na sala de aula a professora subitamente lhe perguntasse, agora você Sônia, me diga o ablativo da palavra rosa. E ela não soubesse. Você tem algum programa?, insisti. Programa?, não, eu, não — eu ainda não sei, disse Sônia. Perguntei se ela queria ir a um cinema, mas ela disse que já tinha ido ao cinema naquele dia. Então, uma volta, que tal a gente dar uma volta?, perguntei. Ela veio com uma conversa que estava cansada, que tinha jogado três horas de frescobol na praia de manhã. Não vai me dizer que um joguinho mixo desses te deixou cansada. Ela placidamente, olhando para os lados, enquanto fechava os olhos e com a ponta do indicador direito tirava alguma coisa do canto interno do olho esquerdo respondeu: deixou. O gesto contagiou como um bocejo: eu também esfreguei o olho esquerdo com a ponta do dedo indicador direito. Nesse instante ela disse tchau e retirou-se com um ar de preguiça. Débil mental, pensei. Quem tem perna precisa ter cabeça? Quem não tem cabeça precisa ter perna, minha avó sempre dizia.

Então já era de noite e eu estava no posto dois com esse cara chamado Fabinho, um sujeito miúdo, cinza-pardo, falante, sabido, cabelo preto-ondeado, ligeiro, de bigodinho. Vale a pena ir, vai ser uma festa legal, dizia ele; e essa festa legal era na casa de uma tal de Licinha, cujo pai era contrabandista, estava nadando no tutu. A casa é um estouro, tem quatro televisões, dois estéreos, disse Fabinho e eu disse que já estava com o saco cheio dessas festinhas e ele disse que lá era bom, tinha mulher às pampas, aí eu falei, é?!

Ih, só vendo, a última vez que estive lá, rapaz, vou te contar. E me contou que da última vez tinha mulher aos montes, teve que dar nó no coco para saber qual que ia escolher. Apanhou um broto de fechar farmácia de plantão, um mulheraço, de um metro e oitenta, um espetáculo, e eu respondi, sem fazer pouco, um metro e oitenta é mulher demais para você, até para mim, e ele, Fabinho, disse, homem pequeno gosta de mulher grande, homem grande de mulher pequena, é a lei dos contrastes, todo grande conquistador era de baixa estatura. Napoleão, eh, Casanova. Casanova também?, perguntei. Também, disse Fabinho, li a biografia dele, era um sujeito desse tamanhozinho.

Fiz Fabinho garantir que a festa ia ser boa. Garanto, se não for pode me cuspir na cara, disse ele. Como é que eu entro lá?, perguntei. Qualquer um entra; é só chegar e entrar.

E assim, lá para as tantas, eu estava tocando a campainha da casa. Uma mulher abriu a porta, o corpo bloqueando a entrada, deixando somente uma passagem estreita. Para entrar eu teria que me esfregar nos seus peitos gordos. Não me atrevi. Além do mais, ela disse — sim?, isso exigia uma explicação. Como era o nome da moça?, pensei esbaforido, Luizinha?, Lazinha?, Leinha?, Luzinha?, daqui a pouco a mulher vai dizer, sim? de novo; Celinha?

Sim?, disse a mulher. É só chegar e entrar!... Cachorro, vou cuspir na cara dele, pensei. De dentro da casa vinha som de música, vozes. Sou amigo do Fabinho, disse e não saiu mais nada, fiquei vermelho, desejando que a mulher batesse com a porta na minha cara e acabasse logo com aquele sofrimento. Mas ela disse sorrindo, de mim um pouco e pra mim um pouco, tenha a bondade de entrar, e se afastou, dando passagem.

Entrei inseguro, procurando um conhecido. A vitrola tocava em muitos decibéis, um som potente, sem a menor distorção. Dize-me que vitrola tens que te direi quem és? Quatro fileiras de dançarinos dançavam hully-gully, os movimentos alternados, sincopados, cadenciados, sincronizados — pla-pla, agora palmas, tlic-tlic, os dedos estalavam, os ombros se encolhiam, os corpos caminhavam, cada formação manobrando certo dentro do ritmo. Encantado, fiquei vendo a beleza das moças: os corpos tinham um certo torpor esportivo, um certo abandono, cheguei mesmo a esquecer que estava só, no meio daquele monte de gente jovem, espalhada pelos cantos, sentada nas poltronas, nos sofás daquele imenso salão, quase todos de copo na mão.

Fui ao bar. Já estava no segundo uísque quando Fabinho surgiu dizendo hein?, hein?, ha!, ha!, ha! e eu respondi, Fabinho você é um monstro, e ele, eu não disse?, eu não disse?, e eu, cadê a loura gigante?, e ele explicou que ela estava na geladeira, ha! ha!, estudando neolatinas para a prova, enquanto ele destacava outros golpes. Eu sei: Casanova, Napoleão... disse eu. Ele pulou, você não acredita não é?, você não acredita só porque eu sou pequeno. Senti seu bafo de uísque. Será que eu também estava assim? Acredito, acredito, disse, eu também li a biografia do Napoleão e ouvindo isso ele ficou mais apaziguado e disse, hum. Você dança hully-gully?, perguntei. Hully, twist, surf, chicken, wash-wash, hitchhiker, gogo, sirtaki, monkey, ska, limbo, frug, woble, madison, danço tudo, até tango, se tocarem, respondeu ele, e, nesse instante passou uma garota que Fabinho segurou pelo braço dizendo, Ana Luísa, quero apresentar aqui o meu amigo Sérgio. Muito prazer pra cá, muito prazer pra lá e aí já estávamos falando sobre surf, depois de termos concordado que o twist estava superado. Eu disse que não sabia dançar surf e ela disse que ensinava mas que tinha primeiro que mudar o disco, e foi na vitrola e mudou o disco e começou, olha é assim, os pés não saem do chão, com os braços você faz este movimento, está vendo?, viu?, agora você. Eu tentei e ela disse, não, não, você é muito duro, a dança é como um esporte, quanto menos contraído você estiver melhor e eu continuei tentando, sem sucesso e ela me pediu que fizesse de conta que eu estava em cima de uma prancha em Waikiki, sendo carregado pela onda e para manter o equilíbrio eu mexesse os braços, as cadeiras, o tronco. Mexi tudo errado e Ana Luísa me segurou os braços, suas mãos tinham um aperto gostoso, e disse que eu estava em pé sobre as águas, caminhando sobre as águas, como Nosso Senhor Jesus Cristo com a diferença que eu deslizava rápido enquanto que Jesus tinha que andar de maneira convencional. Entendeu?, agora dança! Mas eu disse que preferia ficar conversando com ela e Ana Luísa me olhou, disse, é muito simpático de sua parte dizer isso.

Fomos para a varanda pois na sala estava muito barulho; disse para ela que achava aquela história de Jesus Cristo muito interessante; ela riu, de um jeito diferente e eu disse, você é diferente. Então fiquei imaginando uma coisa inteligente para dizer a ela mas só lembrava uma coisa que tinha lido num livro e que não tinha a menor graça. Diz a frase, disse ela e eu disse que não tinha lido o livro todo, só tinha lido a primeira linha. Diz, disse ela; eu disse: é mais ou menos assim: o besouro não foi feito para voar e não pode voar, mas no entanto voa, contrariando sir Isaac Newton e Orville Wright. Deve ser um autor americano, disse ela; deve ser, disse eu. Perguntei se ela achava graça naquela frase; ela queria saber por que eu tinha dito aquilo mas eu não soube explicar e ela perguntou por que eu não coloquei o Santos

Dumont no lugar do Wright. Eu tinha pensado nisso mas queria mostrar que tinha lido o livro citando a frase certa. Mas você não leu o livro, nem eu, portanto podemos citar a frase errada, disse ela. Eu disse, acho que estou começando a ficar apaixonado por você, ela riu, eu continuei, é sério, agora estou citando certo, li o livro todo; e nos olhamos muito sutis, e nossos rostos foram-se aproximando e nossas bocas se encontraram. Lá embaixo estava o mar. Era uma época do ano, e uma hora, em que a lua põe uma esteira brilhante sobre as águas. Estávamos sós. Você tem namorada?, ela perguntou; respondi que tinha uma porção, era o mesmo que nenhuma. E ela? Ela tivera um amor impossível, coisa de criança, disse. Igual a sarampo? Ri. Mas ela não riu, disse grave, você tem razão, e depois: acho que isso acontece com todas. Nos beijamos novamente. Eu disse: vamos embora daqui. Para onde?; para qualquer lugar. Ela quis saber se eu não estava gostando da festa; eu disse, mais ou menos e você? Ela disse, mais ou menos, mas não posso ir embora etc. É claro que ela não podia ir embora, ela morava ali. Mas aqui não é a casa de uma tal de Licinha? É minha irmã. Ninguém te falou em Ana Luísa, não é? Sabe por quê? Porque sou muito chata e na maioria das festas nem apareço, fico no meu quarto lendo. Dizem que sou esquisita; esquisita; gosto dessa palavra, você às vezes não cisma com uma palavra?; cotovelo, por exemplo: acho horrível. Qual a palavra mais feia que você acha?

Fiquei pensando na palavra mais feia. Quando era pequeno costumava rir ao ouvir algumas palavras, quase sempre nomes de partes do corpo humano. Disse isso a ela.

Não me refiro a essas, ela disse.

Eu sei, apressei-me.

Ela: Crosta, por exemplo, detesto essa palavra.

Anhangabaú?, perguntei.

Péssima.

Salsaparrilha?

Dessa eu gosto, e também de pirilampo, salamandra, madona. Sei se gosto ou não gosto pelo som, pela forma; escrevo no papel e fico olhando ou repetindo a palavra — carrapato, car-ra-pa-to, carrapato: não gosto. Umbigo, teve uma época que gostei; depois tive horror. Agora não sei. Você gosta de umbigo?

Umbigo, respondi. Um-bi-go. Um bi-go. Um-bigo. Acho que não.

Como é que a gente faz com uma moça séria? O que é uma moça séria? Mulher honesta é aquela que o amante tem receio de comprometer, segundo o Fabinho que provavelmente ouviu isso de outra pessoa. A moça séria é aquela que faz a gente desistir antes mesmo de tentar. Ana Luísa servia, mas não para aqueles dois dias em que o apartamento estava vazio, dando sopa. Além do mais, ela era muito branca.

Depois desse pensamento inventei um pretexto para me separar dela. Ela ficou na varanda, não quis voltar para a festa. Estava triste? Bolas, eu não podia perder tempo.

Fabinho estava dançando. Bateram palmas quando ele acabou. Cheguei perto dele e disse, oba. Oba, respondeu ofegante. Disse para ele: estou meio perdido aqui. Te vira, velhinho, respondeu. Estou me virando. E a Ana Luísa? Ela é simpática, mas... Então Fabinho falou que ela era de lua. Eu disse, pois é, eu queria uma garota mais alegrinha, sabe como é? Ele repetiu: te vira.

Larguei o Fabinho para lá e fui ao bar. Fiquei parado, esperando. Eu estava igual àquele jogador mineiro de futebol que ficou imóvel no meio do campo e quando o treinador perguntou se ele ia permanecer ali igual a um dois de paus respondeu: correr atrás da bola não corro, mas se passar por perto ela leva. Ri pra burro, pensando nisso. Pensei também que já devia estar bêbado pois estava rindo de piada velha que eu mesmo me contava.

Se passar por perto ela leva, disse para o garçom. Quem?, perguntou ele. Deixa pra lá, respondi. Vupt, mandei brasa, o gelo esfriou meus lábios. Tlin, tlin, tlin: eta barulhinho gostoso. Pedi outro, que teve o mesmo caminho. Glut, glut, glut. Você tem um calicezinho pequeno?, perguntei ao garçom. Ele tinha. Podia fazer a gentileza de enchê-lo desse néctar almiscarado, não alabastrino, epa! bacanas essas palavras, não? almiscarado, al-mis-ca-ra-do, a-la-bas-tri-no. Você gosta? Ele me olhou como se eu fosse maluco e disse, nem sei o que quer dizer isso. E umbigo?, insisti. Você está começando a ficar alto, não é melhor parar?, disse ele. Eu o segurei pela gola do paletó e rosnei: alto coisa nenhuma, enche o copinho que vou tomar de um trago só como se fosse o John Wayne. Vupt.

Cadê a Ana Luísa, perguntei para todas as donas que passavam perto de mim; até que veio uma e disse, sou a Licinha. Sou o Sérgio, cadê a Ana Luísa?, quero acabar com ela uma conversa sobre besouros e umbigos. Mas Ana Luísa tinha ido para o quarto, devia estar lendo, quando ela ia para o quarto ninguém tirava ela lá de dentro.

Fui para a varanda e fiquei exclamando baixinho, analuíisa, analuíiiísa. Me deu uma saudade dela, que que tinha ela ser muito branca; já me disseram que as mulheres não devem ser nem muito brancas e nem muito pretas, mas isso é besteira, ou não é besteira?, muito branca: infernal, deve brilhar no escuro, nua sobre um lençol azul, nua, fosforescente, fluorescente, florescente no quarto todo apagado. Me vi, na penumbra, aproximando-me reverente e receoso e ávido e encantado com a mágica daquela suave combustão — e qual de nós teria pacto com o diabo, eu, que via a mulher nua no escuro, ou ela que no negrume fazia ver sua carne fantasmagórica? Eu queria tanto ela, acima de todas as coisas, principalmente porque o dia e a noite se acabavam, um dia que se acabou é um dia que se acabou, não volta mais, está perdido, sumido, é um bem que se foi, um pedaço perdido do tesouro, do tesouro de poucas riquezas — adeus pássaro, rio, pedaço de nuvem.

Enquanto isso a festa terminou e fui saindo de cambulhada com o resto da corja. Na rua um grupo batucava na capota de um Volkswagen. Fui andando, olhando para o chão, com vontade que uma moça bonita e inteligente e sensível e terna e rica, dessas que moram em grandes palacetes, me visse sentindo pena de mim: que moço tão triste, me corta o coração vê-lo. Mas quem me viu foi o Fabinho, que de longe me acenou, acompanhado de uma garota mais alta do que ele: a ver navios, hein grandão? Não respondi, fui andando pelas ruas vazias até que parei numa esquina e escrevi na calçada, com urina, Ana Luísa, e, como tinha reservas, acrescentei dois corações, um deles varado por uma flecha inacabada.

Mais tarde estava em casa, na casa em silêncio, ou quase silêncio — ouvia-se o despertador velho da cozinha; a casa vazia. Como os meus pais são barulhentos, pensei, se estivessem aqui haveria mil ruídos; televisão, discussões, roncos do meu pai, ou então se fosse tarde, como naquele dia, a voz de minha mãe direta do quarto, é você, Sérgio? vai comer alguma coisa antes de deitar, tem leite na geladeira. Mãe só fica satisfeita quando os filhos estão em casa dormindo.

Mas a casa estava em silêncio.

Deitei-me. Então ouvi, aonde é que já se viu dormir todo vestido, e de sapatos! — mas eu estava era começando a dormir, não era minha mãe, era o meu sonho que começava.

E que esqueci, quando acordei no dia seguinte, às onze horas com o telefone tocando. Era Elizabeth; queria saber se eu ia à praia. Perguntei sobre o tempo. Estava um sol bárbaro. Disse que talvez fosse. Você está resfriado?, Elizabeth me perguntou. Não, por quê? Tua voz está assim tão rouca, disse ela. Expliquei que tinha deitado tarde no dia anterior. Ah, é?, você foi a alguma festa? Fui. A voz dela tremeu: hum, muito bem, antigamente você me convidava. Botei a coisa em pratos limpos: eu convidei você umas duas vezes. Elizabeth grimpou: cinco vezes, nós fomos a cinco festas juntos; ultimamente é que você deu para me esnobar; fiquei muito triste com você ontem na praia. A conversa estava começando a ficar difícil. Essas gurias são de morte, se o sujeito bobear elas põem argolinhas de urso de circo no nariz dele. Disse, eu: nós não temos nada um com o outro. Então por que você me procura?, gritou Elizabeth. Fiz uma voz de surpresa: eu? procuro você? Novo grito dela: você sim. Foi minha vez de gritar: você está maluca. Mas ela não fugiu da raia: na semana passada mesmo fomos ao cinema juntos, você se lembra? Aí dei-lhe o tiro na nuca: lembro sim, você praticamente me arrastou para dentro do cinema, o que eu podia fazer?

Desligado o telefone descobri que estava com uma dor de cabeça dos diabos. Fui ao banheiro olhar meu rosto no espelho. Botei a língua pra fora. Puxa vida, língua é um negócio feio, pensei; e pensei também que pontinha de língua de moça bonita é bonito. Escondi a língua e olhei meu rosto, os cabelos queimados de sol, a testa ampla, os olhos inteligentes inseridos apartadamente sob sobrancelhas grossas, a boca larga, os dentes bem-implantados, o queixo de linhas definidas. Era assim que eu me via e me vendo fiz várias caretas, cara de mau, cara de bom, cara de triste, cara de cínico, cara de apaixonado, cara de valente, cara de surpreso, cara de amável, cara de desprezo, cara de absorto, cara de ternura, cara de compreensão, e mil outras caras que me deixaram muito satisfeito comigo mesmo.

Saí procurando um comprimido pela casa, que achei e tomei com um copo de leite. O comprimido estava, como não podia deixar de ser, na mesa de cabeceira de mamãe, perto do retrato que tirei em São Lourenço.

Depois fui para a praia, jogar vôlei. A turma toda já estava lá, em volta da rede. Os dois times foram formados. Eu saí na rede. Do outro lado pra me bloquear saiu o Luís. Várias barracas estavam armadas ao longo do campo, marcado por uma fita vermelha. Elizabeth estava numa das barracas.

Dei um azar bárbaro no jogo. O Luís bloqueava tudo. Quando eu escapava do bloqueio a bola ia para fora. Elizabeth torcia para o outro lado. Perdi a partida. Dei azar, disse para o Luís. Azar, não é?, disse ele. Ainda por cima, continuei, deitei ontem tarde pra burro, com a caveira cheia. Pois eu nem dormi, disse Luís, vim direto para a praia. É claro que isso não podia ser verdade, ele estava pulando que nem gato, na rede, a mim ele não enganava. Quer sair para uma dupla?, perguntei. Ele topou. Valendo Coca-Cola? OK, valendo coca, respondi. Escolhi o Ricardo, ele escolheu o Toninho. Molhamos a areia com o regador. Passei perto de Elizabeth e perguntei: como é?, você não disse que não queria mais me ver, o que é que está fazendo aqui? Engraçadinho!, disse ela, só tem você na praia é?, antes de você chegar eu já estava aqui. Vai torcer para mim na dupla?, perguntei. Para quê?, disse ela, você vai perder mesmo. E fez uma cara de desprezo — o lado esquerdo do lábio superior foi levantado, deixando aparecer um pedaço do canino; o olho direito se fechou enquanto o risco da sobrancelha era suspenso e se transformava num arco; o ombro esquerdo deu um repelão para a frente e para cima ao mesmo tempo que, finalizando o fricote, o rosto girava para a direita.

O chão está quente, vamos jogar uma só, sem virar, disse Luís.

Eu queria ganhar a partida. Vamos pra cabeça, disse para Ricardo. Mas o jogo não era mole, não. Luís jogava o fino.

O toque de bola dele era uma coisa de doido, dava a impressão, pela virada do pulso, que a bola ia para a frente, reta, mas enviesava e pingava rente à rede, no meu lado. Comecei a ficar nervoso, a perder saques. Brigava com Ricardo: te atira, dizia eu, você parece uma camélia. Não que eu jamais tivesse visto uma camélia, é aquela história de dar dois suspiros e depois morrer. Nossos corpos brilhavam de suor. Eu estava cansado pra burro e os outros também estavam: quando alguém caía no chão abria os braços e ficava estendido alguns segundos, só alguns segundos, mas a batida era tão feroz que por menor que fosse o tempo que o sujeito ficasse estendido já dava para aliviar a falta de ar, a dor no baço, o tropel do coração. Comecei a sentir a partida perdida quando estava dez a dez. Eles fizeram quatro pontos em seguida, aí nós pegamos vantagem e fui para o saque, resolvido a apelar para a ignorância.

Dei o saque com toda a força, por cima Luís defendeu, mas a bola foi para fora. Catorze a onze. Dei outro, batendo com toda a violência, fazendo a bola descrever uma curva e cair na areia, sem defesa. Catorze a doze. Tive a impressão que poderia ganhar no saque. Bati novamente na bola, um saque perfeito, rente à rede. Queimou!, gritou Luís, queimou! Queimou?, queimou nada, protestei mas os caras que estavam assistindo disseram que a bola tinha roçado de leve na rede. A vantagem voltou pro outro lado, Luís, no saque, mandou, por baixo, uma bola alta, alta mesmo, pra ver se o sol me atrapalhava. Eu me coloquei bem, de maneira a poder dar um toque leve para Ricardo. A bola veio descendo, lá de cima; ajeitei as mãos, fiz pose, enquanto acompanhava com os olhos a descida da bola, que bateu nos meus dedos, desceu por entre minhas mãos, caiu no chão. Mão furada, gritou alguém. O jogo tinha acabado. Olhei para Elizabeth, ela olhou para mim séria e aquilo me fez um grande bem: afinal ela estava torcendo por mim. Senti vontade de ir falar com ela, beijá-la como se ela fosse minha irmã, convidá-la para ir ao cinema, esquecer os planos malucos para o fim de semana. Minha irmã? Fiquei no meio da quadra, brincando com a bola, pensando, pensando, na dúvida. Luís foi cair na água, sem tripudiar, podia ter dado o gozo, não deu. Eu me senti triste, infeliz. Elizabeth estava lá, esperando, querendo me ajudar. Devia estar me olhando, com esse jeito infernal que as mulheres têm de olhar para os homens de quem gostam, um olhar que sai lá de dentro, fixo, parecido com o olhar de certos cães. Eu queria ver isso, mas não olhei para ela, não olhei, queria mas não olhei, dei um soco na bola e saí correndo e mergulhei na água, que estava um gelo.

Fui para casa. Quis dormir mas não consegui, sentia fome, fome de uma coisa diferente que eu não sabia o que era. Comi uma cenoura crua. Amanhã já é segunda-feira, pensei. Com um apartamento e uma boa conversa... Amanhã já é segunda-feira. Andei pela casa, fumei vários cigarros, liguei o rádio. Depois o telefone tocou.

Pianista? Hein? Não, ih!, tenho horror! Ah, é muito chato. Quando? Não, não vou a essas coisas. Mas sei que não gosto... Com a Lucinha? Isso foi há muito tempo. Me lembro sim... É verdade, gostei, mas acho que era porque eu estava em cima do piano. Trepado coisa nenhuma, encostado! Assim ouvindo de perto, a coisa de fato não estava tão ruim... Quem? Esse cara é estrangeiro, não é? Poxa, o cara fazia uma mímica danada... Ah, de vez em quando ele passava a mão na cabeleira enquanto mandava brasa com a outra. Esse é melhor? É nada! Como é que eu nunca ouvi falar no nome dele? Ignorante é a mamãezinha... Muita coisa nada, eu preciso aprender é química. Eu sei, mas desse pão eu estou precisando agora, ou melhor, segunda-feira. Quem? É uma branquela com dentinho de coelho? No Iate? Que dia? Não, não fui não. Morena alta?... Não!... Não sei quem é, rapaz!, você está maluco, eu guardo essas pintas. Não ponho os pés lá há uma porção de tempo. Essa eu sei quem é, é cheia de fricote, não vou com ela. Ora, tenho muito tempo para me refinar. Isso tudo é frescura! Eu não tenho ninguém para levar... Conheço, mas estou cheio delas todas! Essa é a pior... Ué, só posso entrar lá se for acompanhado? Sei que é casa de família! Olha, vamos fazer uma coisa, se me der vontade eu vou, tá bom? Tá. Que horas... OK. Delfim Moreira que número? Tá bom, vou ver. Até logo.

Na rua Delfim Moreira.

No centro da roda estava o Pianista, braços cruzados sobre o peito, falando pouco mas prestando atenção, meneando a cabeça judiciosamente, franzindo o cenho. De repente eu estava sentado e o Pianista tocava, uma coisa muito delicada. Ficou longo tempo tocando, parecia que aquilo não ia acabar nunca mais. O Pianista fechava os olhos, nos momentos mais líricos; notei que muitos dos ouvintes também estavam de olhos fechados. Ele não para?, perguntei para uma senhora ao meu lado, que estava de olhos abertos. Schhh!..., fez ela, botando um dedo sobre os lábios. Nesse justo momento alguém me cutucou e levantou-se, atrás de mim. Era uma moça, que acompanhei com os olhos e que no fundo do salão me fez um gesto de vem cá. Mas como é que eu podia me levantar, sem criar uma comoção? E se o Pianista abrisse os olhos naquele instante e me visse saindo, o que que eu fazia? Dava um adeuzinho pra ele? Fazia uma careta apontando para a minha barriga? Esperei mais cinco minutos. Olhei para trás e lá estava ela, abrindo os braços e arregalando os olhos para mim. Arregalei os meus, de volta. Que sinuca. A garota não era ruim não. Pensei, baixinho: quem sabe?, quem sabe? vai ver... Com uma vergonha danada levantei-me e fui para o fundo do salão.

Você é tímido, hein?, disse ela, lembra-se de mim? Eu lembrava coisa nenhuma, mas não era besta de dizer. Preferi: acho que só nos vimos uma vez, não é? Uma vez e meia, disse ela. Uma e meia? Uma e meia, e ela explicou que uma vez tinha me visto e outra tinha sonhado comigo e isso só valia meia. Pesadelo?, perguntei. Não, foi um sonho bom, sonhei que você era o meu cabeleireiro, disse ela. Pra princípio de conversa gostei, a dona era atrevida, estava fazendo um papel que a atriz preferida dela tinha feito num filme qualquer. Isso era bom. Torci pra ser um filme do Fellini. Foi quando me lembrei do nome dela — você é Gina, como vai?, disse, satisfeito. Ah, ah, ah, disse ela, vou bem, o que que você tem feito? Respondi: estudado, nada, só estudado. Ela me olhou, dizendo, não quero mais saber de estudar, deixei, não se aprende nada no colégio, você não acha? Eu acho, e disse para ela que achava, que no colégio só se aprende besteira, coisa que não interessa. Por isso eu deixei de estudar, disse ela, vou ser escritora, ou artista de teatro, uma coisa assim.

Na sala o Pianista tocava.

Você quer ver o que eu escrevi?, perguntou Gina, tirando um papel de dentro da pequena bolsa que carregava. Me entregou o papel.

Teresa chegava com o seu sorriso bonito e tirava a roupa. Teresa não tinha preço — não custava nada, nem a condução. Tinha um jeito de menina de treze anos. Vinha porque queria, porque se sentia amada por aquele homem, que a compreendia. Às vezes ele comprava uma rosa para ela.

Teresa sabia o lugar de cada coisa. Ela mesma apanhava o robe de chambre, desaparecia dentro dele e ia para a cama. Depois voltava para sua casa, para sua família, para as coisas feitas de cristal e veludo de segredos mútuos, de cortesia e adequações.

E ele?

Fomos andando, saindo da sala, paramos no corredor. Via-se a cozinha, apagada.

Só isso?, perguntei, mas meu coração batia mais do que isso, descobria significados, e se alvoroçava. Ainda não acabei, disse ela, é só o começo; você gosta? (Alvoroço, ah, coração!) Disse: se eu disser que não gosto, você se chateia? Claro que não; se não der para escritora vou ser artista.

Ouvia-se o Pianista tocando. Esse Pianista está enchendo, disse Gina, daqui a pouco vou botar sangue pelo nariz. Esclareceu: qualquer coisa que a emocionasse, incomodasse ou irritasse, fazia com que ela botasse sangue pelo nariz. Não há médico que dê jeito nisso, até quando do meu primeiro beijo foi assim, fiquei tão emocionada que comecei a botar sangue pelo nariz. O rapaz — se chamava Dadinho — ficou apavorado, dizia: que foi isso que foi isso, e eu, bumba, sangue pelo nariz.

Ri: já imaginou no dia do teu casamento? Ah! exclamou ela, você acha que aquilo que escrevi é mentira. Eu disse: assim você me deixa sem jeito, eu não tinha maliciado tanto. Não tinha!... duvidou ela. Dei minha palavra de honra; puxa, além do mais seria de mau gosto imaginar uma coisa daquelas. (Mulher pensa mais no hímen do que o homem?) É mentira ou verdade?, demandou Gina. Eu não sabia o que responder. Meu coração achava que era verdade, por isso tinha batido tanto: a cama, o robe de chambre, o segredo: verdade, verdade, o coração quer sempre o que é bom. Mas o que responder? De repente a resposta passou a ser uma coisa importantíssima, se errasse perdia tudo, as fichas estavam todas naquele número. Os ovos naquela única cesta. É mentira ou verdade?, ela insistiu. Maneirei: você sabe que eu sei a verdade. Ela: então, é verdade? Eu: não disse isso; quero dizer que sei se a verdade é a verdade ou a verdade é a mentira. Gina: então diz, tua salvação depende disso. Eu: a salvação ou o prêmio? Gina, num grito: anda, diz logo. Eu também gritei, não sei por que, gritei: é mentira, é sonho, é imaginação.

Ela se afastou de mim, se encostando na parede, dizendo, louco, louco, você foi condenado. Segurei na mão dela, que se soltou: Era verdade? Era verdade... eu não tenho imaginação... disse ela. Protestei: por que condenado?, quis ser discreto, uma forma de esconder a verdade. Ela então disse que a discrição não era uma forma de dizer mentiras; que eu teria que dizer; serei mentiroso: é mentira, e aí eu estaria dizendo a verdade e teria acertado e ganho o prêmio. Apelei, mas não tinha saída, ela fazia a regra do jogo, punha e dispunha, era dona do prêmio, mandava. Talvez tivesse inventado tudo naquele instante, mas o certo é que o meu coração estava partido, havia cometido o pior erro da minha vida. O pior erro da minha vida, disse para ela, falando baixo, voz dorida, fazendo cara e olho de sofrimento, enquanto o Pianista tocava o fundo musical da minha tristeza e de repente a minha angústia ficou real e o espelho imaginário em que eu refletia as minhas tretas desapareceu e me deixou só, fechado dentro de mim. Ela disse, isso é bom para o meu superego, mas não me comove nem um pouco, fique sabendo, e me olhou como as crianças olham para os adultos, o olhar direto como para um objeto, sem se importar com a duração do olhar ou, mais relevante ainda, sem se importar com o desviar do olhar.

Depois me convidou para fazer um programa bárbaro, com um sujeito chamado Pedrinho e a irmã dela Gilda. Parece que já estava tudo arranjado pois quando descemos um Volkswagen já estava lá embaixo esperando pela gente. Pedrinho era um cara pálido que estourava os dedos das duas mãos ao mesmo tempo, um dedo depois do outro só na base da pressão dos polegares; um negócio gozado: levantava as duas mãos para o alto, como um tocador de castanholas e aí, ploct, ploct — umas doze vezes pelo menos ouvi o barulhinho das ligações da falange com a falanginha, da falanginha com a falangeta no curto instante em que nos acomodávamos no carro. Depois, enquanto dirigia como um doido pela cidade, continuava estourando os dedos. Para onde vamos?, perguntei; ninguém me respondia; Petrópolis?, perguntei quando entramos na avenida Brasil; nada; Caxias?; você vai ver, espera, você está com medo de ser raptado?, disse-me Gilda, irmã de Gina; Gilda, apesar dos dois bancos da frente serem separados, conseguia o prodígio de estar praticamente sentada no colo de Pedrinho, o braço passado sobre o seu ombro; beijavam-se, com o carro a 120 km, enquanto Pedrinho olhava a estrada com a ponta do rabo do olho esquerdo. Fogo. Este Volks está envenenado?, perguntei. E como, meu chapa, e como, tem mais cicuta que o bucho de Sócrates, disse Pedrinho estalando os dedos profusamente.

Chegamos ao Galeão, subimos para a varanda, e eu ainda no escuro. Lá estão eles, lá estão eles, que beleza!, disse Gina. Os aviões?, perguntei. O que podia ser?, os aviões sim, mas espera os motores funcionarem, disse Gina. Nesse justo instante os motores foram ligados, uma luzinha vermelha começou a girar sobre a cabina e lentamente o avião iniciou seu deslizar pela pista, como um pássaro, emitindo um zunido alto e fino. Vai se colocar na cabeceira, disse Pedrinho. Todos acendemos um cigarro. Ao longe via-se o holofote. Lá vem ele, lá vem ele, fico toda arrepiada, disse Gilda. Como uma bala, como uma fera em busca do inimigo, como uma força atrás de um choque de forças o avião passou na nossa frente e alçou voo num arranque fantástico. Que beleza, dissemos um após o outro. Qual a nota?, perguntou Gilda. Nove, disse Pedrinho, dez eu só dou para o Boeing, e assim mesmo naquele esquema. As garotas tremeram. Vocês estão com medo?, perguntou Pedrinho. Elas disseram que não.

Descemos para tomar um café. O aeroporto estava cheio, saíam vários aviões internacionais naquele dia. Havia uma urgência no ar, uma ânsia, uma pressa que não se vê no cais ou na estação ferroviária. As mulheres do aeroporto são mais bonitas. Na minha frente estava uma mulher que parecia uma princesa, mas não a bela adormecida, uma princesa que tinha perdido a inocência. O que escondia o seu jeito desdenhoso, sua simplicidade ostensiva, a riqueza em surdina das suas roupas? O que teria em sua bolsa? Um passaporte, dinheiro de vários países, as cores do rosto? Como seria sua roupa íntima? Teria marido? Teria amantes? O que a fazia Princesa?

É ele, é ele, disse Pedrinho, estão ouvindo? Está indo para cabeceira, vamos embora. E saímos correndo para o estacionamento, entramos no carro de cambulhada. Eu no escuro.

Na estrada asfaltada cartazes diziam ser proibido parar em qualquer lugar. Fomos até a entrada da porta da base aérea e voltamos para a entrada do aeroporto. Depois repetimos o mesmo movimento. Em frente ao tapume encimado por luzes vermelhas Pedrinho disse, é aqui que ele passa. Sua voz tremia.

Aquele é o holofote dele, acho que agora vamos chegar nas luzinhas vermelhas na hora certa, disse Pedrinho. Passamos pelo portão da Base. A sentinela pareceu olhar na nossa direção. Ao chegarmos em frente ao tapume saltamos todos. É PROIBIDO PARAR, estava escrito em letras grandes. Pedrinho trepou na capota do carro. Eu, Gina e Gilda trepamos no capô. Lá vem ele, disse alguém. O holofote bateu na cara da gente, uma luz branca e forte que fazia tudo em volta ficar mais negro ainda. E ele, o avião, A Coisa veio correndo para cima de nós, fazendo o barulho maior do mundo. Meu Deus!, gritou uma das meninas. Quando ele passou em cima da minha cabeça, fechei os olhos, e tapei os ouvidos, mas o barulho entrava pela minha boca, fazia os meus dentes doerem, varava os meus poros, um troço insuportável de grande, como a certeza da morte imediata.

Que coisa infernal, gritou Pedrinho, ajoelhado na calçada. Sua voz mal se ouvia, apesar de o avião já estar longe. Gina rodopiava pela estrada, botando sangue pelo nariz; Gilda se trancara no carro, cobrindo a cabeça com os braços. Corri para Gina, que mantinha as duas mãos cobrindo os ouvidos e caminhava pelo meio da estrada de olhos fechados. Sangue cobria a sua boca, o queixo, manchava o vestido. Tentei tirar as mãos dos seus ouvidos mas não consegui. Levei-a assim mesmo para o carro. Vamos dar o fora daqui, disse Pedrinho. Sua voz parecia que vinha de dentro de um barril.

A viagem de volta foi feita quase em silêncio. Que maravilha, disse alguém. Pedrinho dirigia devagar e não estalava os dedos. Disse, não devemos contar para ninguém senão todo mundo vai querer fazer isso e não vai mais dar pé.

Paramos próximo da casa de Gina, numa rua escura. Pedrinho beijou Gilda, mas nenhum dos dois estava lá muito fanático; pararam e ficaram fumando. E eu? Eu, cujos planos emergiram todos do fundo da minha cabeça; confuso: uma mulher, uma mulher, que fosse sábia, forte, tivesse calor e energia, que espremesse de dentro de mim o berne frio que ocupava um espaço de minha vida, me fizesse esquecer coisas que eu não lembrava, me afogasse, me cansasse, me deixasse arriado e acima de tudo fosse enorme, absoluta e envolvente como a terra que cobre a sepultura.

Olhei para a moça do meu lado; ah! Gina!, pensei, não é você, não é nada disso. O rosto dela ainda estava meio sujo, uma sujeira feita de sangue e Helena Rubinstein que o lenço não conseguira apagar de todo. Não é você, Gina, não é ninguém, não é, não é!

Não é o quê?, perguntou Gina. Com licença, eu disse, e fui empurrando, pisei no pé dela, ficou maluco?, espremi Gilda, saí.

Saí e fui andando pro lugar onde eu morava, sentindo. Quando eu ficar mais velho isto passa; se eu ficar mais velho. Na porta do meu edifício vi que não estava sozinho. Boa noite, eu disse e ela me olhou sem responder. Você trabalha aqui?, perguntei. Ela respondeu, trabalho no quarto andar. Eu disse vem cá, quero falar com você, e caminhei para as escadas, ela me seguindo. Subimos. Paramos no escuro. Como é o teu nome? Marli. Fiz com que ela me excitasse, dei instruções precisas que ela executou docilmente; possuía-a, ambos em pé, curvados como os dois bichos que éramos; suas mãos me agarravam com força, seu corpo tremia da posição e da ânsia, um gemido se expandia dentro do seu peito como vapor de água fervendo; nesse instante de apogeu sua boca procurou a minha, mas eu virei meu rosto: como se aquilo fosse me doer?, me perder? — também, mas principalmente como se fosse me roubar.

Ela ajeitou suas roupas. Disse, meu bem, e isso me deixou arrepiado, pois naquele momento eu era mesmo o bem dela e o meu bem qual era? Disse, vai embora, não faz barulho. Ela sussurrou, amanhã?, enquanto tirava os sapatos. Não respondi.

Desci as escadas, voltei para o hall de entrada, peguei o elevador, entrei no apartamento, tirei a roupa, fui ao banheiro, me lavei, deitei na cama.

E na cama pensei, comecei pensando: dei azar, dei azar — dei azar, dei azar, dei azar —, como carneirinhos pulando uma cerca, a coisa não acabava mais e eu não dormia. Enquanto isso um outro pensamento ia assomando, algo que me espreitava no escuro do meu quarto: o ruim do mundo eu ainda não tinha visto, mas faltava pouco, muito pouco para que isto acontecesse.

Teoria do consumo conspícuo

ESTÁVAMOS DANÇANDO ABRAÇADOS, de frente, da maneira convencional. Ela não queria brincar no cordão, nem queria outra sorte de abraços, nem queria tirar a máscara. Eu gritava no meio do barulho, pedia no seu ouvido: "Tira a máscara, meu bem." Ela nada. Ou melhor, sorria, os dentes mais lindos do mundo, de boca aberta. Eu via os molares lá no fundo.

Dançamos a noite toda. No princípio, fiquei muito excitado. Depois, fiquei cansado somente; mas continuamos abraçados, bem apertados. Eu só via o seu queixo, que era branco e redondo; e a boca. Da boca para cima nada. Nem os olhos a máscara deixava ver direito.

Me contaram uma história de um par mascarado que dançava no carnaval. Ele estava vestido de cachorro e tinha uma máscara de gente; ela estava vestida de gente e tinha uma máscara de gata. Tiraram as máscaras ao mesmo tempo. Debaixo da máscara de gata estava a cara de uma mulher; debaixo da máscara de gente estava a cara de um cachorro; o que tinha corpo de cachorro, era cachorro mesmo: as aparências não enganam.

Era o último dia de carnaval e todo carnaval eu sempre fora com uma mulher diferente para a cama. Já na terça-feira, mais um pouco o carnaval acabava e eu não teria mantido a tradição. Era uma espécie de superstição como a desses sujeitos que todo ano vão à igreja dos Barbadinhos. Eu temia que algo malévolo ocorresse comigo se eu deixasse de cumprir aquele ritual.

À meia-noite começaram a cantar no salão, com o mais genuíno dos masoquismos, "é hoje só, amanhã não tem mais".

Essa advertência, de que era aquele o último dia, me deixou muito preocupado. Continuávamos dançando, ela rindo a três por dois, jogando a cabeça para trás, boca aberta, e eu olhando os seus molares; cheio de medo, pois era hoje só, amanhã não tinha mais.

Nossa conversa era feita de olhares e apertos, pois o barulho da orquestra, dos gritos e apitos, não permitia que conversássemos. De vez em quando apertava a mão dela e ela retribuía; prendia a perna dela entre as minhas, ou a minha entre as dela, e novamente sentia a receptividade. Beijava-a no pescoço, na orelha; ela raspava na minha nuca uma unha pontuda e afiada como se fosse uma faca.

O tempo foi passando, passando e acabou. Já era de manhã. Saímos do baile e, como era verão, o sol iluminava todo mundo. Todos estavam feios, suados, sujos. Aparecia em certas caras a burla do lábio fino engrossado de batom; peitos postiços saíam de posição; sapatos altos quebravam o salto e algumas mulheres viravam anãs de repente; sovacos fediam; dedos dos pés e calcanhares surgiam calosos e imundos.

Só a minha amiga continuava bonita e fresca como se fosse uma rosa. E de máscara.

"Já é dia", disse para ela. "Você já pode tirar a máscara."

"Você quer mesmo que eu tire?", perguntou ela.

Íamos andando pela rua, sós. As outras pessoas tinham desaparecido.

"Já é dia", repeti, achando boa a razão que eu apresentava. "Além do mais, o carnaval acabou", disse com certa tristeza. "Hoje é quarta-feira de cinzas."

"Você quer mesmo que eu tire?", tornou ela.

"Já é dia", insisti.

Continuamos andando. Eu de mau humor.

"Vamos para a minha casa?", perguntei, urgente e sem esperança.

"Não posso tirar a máscara", disse ela.

"Não tira", disse eu, decididamente. Mas estava apreensivo. Não havia tempo a perder. "Vamos."

Como ela não respondesse, eu a peguei por um braço e a levei para minha casa.

Quando entramos ela disse:

"Não posso."

"Tirar a máscara?"

"Quem falou em tirar a máscara?", disse ela, botando as mãos no rosto e dando um passo para trás.

"Eu não falei em tirar a máscara", defendi-me. "Foi você, dizendo 'não posso'."

"Eu não falei na máscara", protestou ela. "Não posso outra coisa."

Eu me sentei e tirei os sapatos.

"Nós dois estamos perdendo o nosso tempo", disse eu. "É melhor você ir embora."

"Você não entende", disse ela.

Num gesto dramático, tirou a máscara.

"Não suporto o meu nariz", disse com desafio na voz.

Era um nariz muito bonito, arrebitado.

"O seu nariz é muito bonito", disse eu. "Você é toda muito bonita."

"Não sou não", disse ela, com jeito de quem ia chorar. "Vocês homens são todos iguais."

"Está certo. Somos todos iguais. E daí?"

"O meu problema é não ter duzentos contos. Você me dá duzentos contos?"

"Duzentos contos?"

"Você me dá duzentos contos?", arguiu ela, como se estivesse me pondo à prova.

De boca fechada, me olhava fixamente.

Eu me levantei e vi meu talão de cheques do banco. Tinha duzentos justos.

"Dou", disse. Fiz um cheque e entreguei a ela.

"Depois eu pago", disse ela.

"Não precisa", disse eu olhando o relógio. "Hoje já é quarta-feira."

"Pago sim. Vou trabalhar e pago. Eu não gosto de dever a ninguém."

"Está certo; você paga."

Bocejamos os dois.

"Os médicos são muito caros, você não acha? Duzentos contos só para operar um nariz", disse ela.

Foi andando em direção à porta.

Eu estava tão cansado que continuei sentado.

“Você vai querer me ver de nariz novo?”, perguntou ela.

Eu tive vontade de dizer: “Você não precisa de um nariz novo, está gastando dinheiro à toa; além do mais, me deixou completamente na miséria levando os últimos duzentos contos da minha indenização trabalhista.” Mas achei que isso não seria gentil da minha parte e disse somente: “Vou.”

“Tchau”, disse ela, saindo e fechando a porta.

Deixou a máscara em cima de uma cadeira. Era preta, de cetim, com um perfume forte e bom. Botei a máscara e fui para a cama. Estava quase dormindo quando me lembrei de tirá-la: um sujeito que sempre dorme de janelas abertas não pode dormir com uma máscara que lhe cobre o nariz.

O encontro e o confronto

Roberto abre a porta.

"Você que é o Roberto?" Duas jovens.

"Sou."

"E o seu primo?"

"Ainda não chegou."

Altas, elaboradamente vestidas, pintadas e penteadas.

"Posso telefonar?"

"À vontade. Vocês querem tomar alguma coisa? Uísque, cerveja..."

"Uísque."

"Qual de vocês duas é a Renata?"

"Eu" (ao telefone).

"Meu nome é Kátia" (a outra).

Roberto abre uma porta e surge uma quitinete; prepara as bebidas.

"O seu primo vem?", pergunta Kátia.

"Vem, vem", diz Roberto. "Quantos anos você tem?"

"Vinte", diz Renata.

"Eu tenho vinte e dois", diz Kátia.

Os três bebem em silêncio.

"Você está triste?"

"Eu? Não, não", responde Roberto.

"Você está tão calado..."

"Eu sou assim mesmo..."

"A Rutinha diz que você fala tanto..."

"Que Rutinha?".

"A Ruth, Jacqueline —"

"Ah!"

Roberto coça a sobrancelha.

"Hoje é dia do meu aniversário", diz Renata.

"Meus parabéns", diz Roberto, beijando Renata no rosto. "Você é noiva?"

Renata tira a aliança do dedo. "Sou mesmo. Olha." Dá a aliança para Roberto, mostrando o nome gravado na parte interna. Roberto olha, sem conseguir ler o que está escrito.

Renata abre a bolsa. "Este aqui é o meu noivo." Um retrato três por quatro. Um rosto. No verso, letra redonda: "para Renata, meu amor, com carinho J. Gomes."

"Esta aqui é a senhora minha mãe." Outra fotografia três por quatro. Uma mulher gorda; um pescoço imensamente grosso.

"E este é o meu finado pai." Uma fotografia maior. Seis por nove. Um homem calvo, de rosto fino, e três meninas. O homem está acocorado, de perfil, duas meninas estão brincando com uma boneca e a terceira está olhando para a câmera. "Esta aqui sou eu", diz Renata apontando para a menina que não está brincando.

"Muito bem", diz Roberto devolvendo as fotografias para Renata.

Chega Chico.

"Este é o Chico", diz Roberto.

"Com licença, minhas queridas", diz Chico.

Roberto e Chico se trancam no banheiro.

"Com qual você quer ficar?", pergunta Chico.

"Eu quero ficar com a morena", diz Roberto. "Estou fascinado por ela. Ela tem uma perna roliça de americana dos *roaring twenties*. Parece que a qualquer momento vai dançar o charleston."

"Está bem. Você fica com a morena."

"Ela me mostrou três retratos e disse esta é a senhora minha mãe, este é meu finado pai, este é o meu noivo. E o nome dele é J. Gomes."

"Se ela chamasse o pai de meu pranteado pai ainda era melhor."

"Eu falo com ela."

"Você acha que a outra, a loura suculenta, gostou de mim?" (Uma ruga na testa de Chico.)

"Gostou."

"Não sei..."

"Você quer trocar?"

"Não, não precisa."

"Ela é grande mas é enxuta. O que importa são os quarenta centímetros que vão — na frente: da ponta da costela ao púbis; e atrás: da beira dos dois hemisférios do bumbum até a sexta vértebra. Aí é que não pode haver gordura. Abaixo a gordura!"

"O que que vocês estão fazendo aí dentro?", grita Kátia. "Conversando", diz Roberto. "Abraçadinhos?", pergunta Renata.

"Não." Chico abre a porta.

"Um brinde ao *blind date*", diz Roberto.

Todos bebem.

"À saúde de J. Gomes", diz Roberto.

Todos bebem.

"Você é muito bonzinho", diz Renata.

Roberto e Renata se abraçam. Beijam-se na boca.

"Vocês moram aqui?", pergunta Kátia.

"Isto é o nosso Valhala", diz Chico.

"Benzinho, eu tenho que ir embora às oito horas... outro dia fico mais tempo com você...", diz Renata no ouvido de Roberto.

"OK", diz Roberto.

" ... faço jantar para você."

"Falar segredinho é falta de educação", diz Kátia.

"... gamei por você", continua Renata.

"Vou tomar banho. Você quer tomar banho comigo?", pergunta Roberto.

"Você tem touca?", pergunta Renata.

Roberto apresenta duas, de plástico. Renata coloca uma na cabeça.

No chuveiro: "Você disse meu finado pai. Ele morreu há muito tempo?".

"Eu tinha dez anos."

Renata ensaboa Roberto.

"Eu saí a ele. Mamãe é muito feia."

"Eu vi o retrato. Você chorou muito quando o seu pai morreu?"

"Chorei. Acho que chorei."

"Então por que você não chama ele de pranteado?"

"Pranteado?"

"Pranteado pai."

"Não sei."

"Pranteado é muito mais bonito que finado."

"Você acha?"

"Acho. Vamos, diga — pranteado pai, meu pranteado pai."

"Que bobagem..."

"Bobagem? A morte do seu pai é bobagem? Vamos: pran-te-ado pai."

"Pranteado pai..."

"Meu pranteado pai."

"Meu pranteado pai."

"Viu? Não é mais bonito? E mais culto. Pranteado é uma palavra muito mais sofisticada que finado."

Renata enxuga Roberto.

"Se você chegar na sala e disser, 'Chico, já te mostrei o retrato do meu pranteado pai?', ele vai adorar."

"Assim? Não é melhor eu me enrolar numa toalha?"

"Só a parte de baixo. Faz de conta que nós estamos em Samoa."

Renata enrola na cintura uma toalha de listras azuis, vermelhas, brancas e verdes.

No *sommier* da sala Chico e Kátia estão de mãos dadas.

"Chico, já te mostrei o retrato do meu pranteado pai?", pergunta Renata.

"Meu bichinho de Deus, o mundo é um vale de lágrimas", diz Chico.

"O que você faz?", pergunta Kátia.

"Sou um dublê de entomólogo e telepata", diz Chico.

"Benzinho...", diz Renata.

"Eu vou para o quarto. Você fica aqui, OK?", pergunta Roberto.

"Fico", responde Chico.

O quarto é separado da sala por uma porta de vidro fosco.

Roberto e Renata entram no quarto, fecham a porta e apagam a luz.

Na sala: "Qual de nós dois é o mais velho?", pergunta Chico a Kátia.

"Não sei..."

"Vamos, diga! Eu ou ele?"

"Você?"

"É ele, minha cara. Ele!"

"Vocês parecem da mesma idade."

"Hei, vocês aí dentro. Vocês estão fornicando no escuro, em silêncio, como dois coveiros?", grita Chico.

"O que é bom para o Henry é bom para nós", responde Roberto.

"*Touché!*", grita Chico. "*Touché!*, viu?, *touché*, clichê, michê."

Kátia tira a roupa.

"*La chair est triste, hélas, et j'ai lu tous les livres*", diz Chico.

"O que foi que você disse?"

"O meu epitáfio. O que seria o meu epitáfio, se o

Mallarmé não tivesse escrito essa merda antes. Também o cara nasceu cem anos na frente. Você não sabe francês não, sua analfabeta?"

"Me ensina", diz Kátia se debruçando sobre o corpo nu de Chico.

Ouve-se a respiração de Renata e Roberto.

Kátia: gemidos, suspiros, gritos.

Tempo.

Chico: "Roberto! Você já acabou?".

"Benzinho, você é o máximo. Te adorei. Quero te encontrar de novo", sussurra Renata no ouvido de Roberto.

Roberto e Renata vão para o banheiro.

Renata: "Promete que me vê de novo."

Roberto: "Prometo que te vejo de novo."

"Quando?"

"Qualquer dia destes."

"Esta semana?"

"Talvez."

"Você me telefona?"

"Telefono."

"Quando?"

"Qualquer dia destes."

"Eu te amo. Estou gamada."

"E vice-versa."

"Diz que gosta de mim."

"Eu já disse: e vice-versa quer dizer que eu te amo."

"Não quero que você me dê dinheiro."

"Da próxima vez. Hoje eu dou."

"Da próxima vez você dá. Hoje não."

"Hoje sim. Da próxima vez não. Pode não haver próxima vez."

"Benzinho... por favor..."

Renata se enrosca em Roberto.

Chico e Kátia entram no banheiro.

"Laocoonte sendo destruído pela serpente", diz Chico. "Você precisa parar com o halterofilismo, meu caro. Você está ficando com a grossura do Doríforo de Policleto."

"Teu cotovelo está machucando a minha costela", diz Roberto.

Renata larga Roberto.

"A fossa de Mindanau tem dez mil, quatrocentos e noventa e sete metros de profundidade. E no fundo a escuridão é tão grande que os peixes são cegos. A cegueira também é um remédio. *Et tout le reste est littérature.*"

"*Words, words, words*", diz Roberto.

"Você sabe inglês, minha vênus calipígia? *If I should die, said I to myself, I have left no immortal work behind me — nothing to make my friends proud of my memory — but I have loved the principle of beauty in all things, and if I had time I would have made myself remembered.*"

"Que coisa bonita. Não entendi nada mas achei bonito."

"*Pauperum spiriti est regnum coelorum*", diz Chico.

"Traduz", diz Kátia.

"A inocência triunfa no paraíso. Mas no inferno o que vale é a experiência. Está na Bíblia."

"Eu faço ioga", diz Kátia.

"É mesmo?"

"Eu fico igual a uma cobra. Minha casa é toda lilás. Lilás traz bons fluidos para dentro de casa. É a cor da vida. Deixe na sua mesa um raminho de flor lilás."

"Qualquer flor? Existe flor lilás?"

"Orquídeas. A minha é artificial. Você dorme bem?"

"Mal."

"Concentra no lilás."

"Vocês podem se vestir", diz Roberto.

Roberto e Chico enrolam toalhas em torno da cintura.

Kátia e Renata colocam as calças, as ligas, prendem as meias nas ligas. Roberto e Chico dançam como se fossem havaianos.

Kátia e Renata estão vestidas.

Chico põe dinheiro, em notas dobradas, dentro da bolsa de cada uma.

"Qual é o teu nome verdadeiro?", pergunta Chico.

"Isilda", responde Kátia.

Renata abraça Roberto: "Você jurou, daquela tua maneira maluquinha vice-versa, mas jurou que ia me ver."

Roberto dá um beijo na testa de Renata.

Chico beija as mãos de Kátia.

Roberto e Chico estão sós. Chico senta-se no sofá, pernas esticadas numa cadeira. Roberto senta-se na poltrona.

Tempo.

"É uma pena nós não sermos homossexuais. Essas putas não sabem entender o nosso *wit*."

Lúcia McCartney

I

ABRO O OLHO: Isa, bandeja, torrada, banana, café, leite, manteiga. Fico espreguiçando. Isa quer que eu coma. Quer que eu deite cedo. Pensa que sou criança.

Depois que o marido da Isa foi embora ela ficou me marcando ainda mais. Isa diz que ele volta, mas eu duvido. Primeiro, ela não era casada com o marido dela. Segundo, acho que eles não se gostavam muito: Isa de vez em quando fazia programa, e ele sumia durante dias. Acho que agora sumiu de vez. Isa espera que o marido volte, a qualquer momento. As camisas dele estão todas passadinhas na cômoda e ela mandou consertar o binóculo, o cara era doido por jóquei. Ela não sai mais de casa, nem prum programa barra-limpa, mas até agora, nada.

O Renê me telefona pra fazer um programa de noite. Eu digo que está bem. Tomo nota do endereço.

Na praia está toda a turma. Combinam ir pro Zum Zum. Eu digo que talvez vá. Se o meu programa acabar cedo eu vou. Mas eu não digo nada do meu programa pra eles. Eles estão por fora. Dois já dormiram comigo, mas só dois. A gente vai pra boate, dança, bebe e depois eu venho pra casa. É mais camaradagem que outra coisa. A gente brinca, se diverte e pronto.

II

O apartamento é muito bonito. Nós somos quatro garotas e eles são também quatro. Não conheço nenhuma das outras meninas, mas devem ter sido mandadas também pelo Renê. Como ninguém conhece ninguém, começa aquela escolha chata, de sempre. Os clientes do Renê são todos coroas, muito educados mas danados de lentos para se decidir.

DIÁLOGO, POSSÍVEL (*mas inventado*)
UM COROA

<table>
<tr><td rowspan="3">Meu prezado amigo</td><td>deseja ficar com a moreninha de cabelos curtos?</td></tr>
<tr><td>ainda que reconhecendo os seus inegáveis encantos, minhas predileções se inclinam para a jovem loura de olhos verdes.</td></tr>
<tr><td>aceito qualquer composição. Fique com a loura. Eu fico com a morena.</td></tr>
</table>

OUTRO COROA

Ora, ora, meu distinto e querido companheiro {
nem por um momento pensei em privá-lo de sua eleita. Cedo-a com inexcedível prazer.
a lourinha é realmente um encanto.
a moreninha tem um ar melancólico que me seduz. E a loura é um ser esplêndido, cheio de luz que me atrai como se eu fosse uma libélula.

Bebemos e conversamos. Três são cariocas e um deles é paulista. O paulista é o que fala menos. Eu não gosto muito de paulista, eles são todos ignorantes e brutos e acham que resolvem tudo com dinheiro. Torço para o paulista não me escolher. Ele me olha e quase enfio o dedo no nariz para ele ficar com nojo. Mas não enfio, até rio para ele, um riso de garota tímida que eu sei fazer. Os cariocas estão divertindo o paulista, sem subserviência, devem ser todos do mesmo nível.

DIÁLOGO (*verdadeiro*) COROA PAULISTA

Você {
é carioca?
gosta de quê?
gosta de que poetas?
gosta de Kafka?
é a primeira miss que diz que leu Kafka e leu mesmo.
leu Pessoa etc.?

EU

<table>
<tr><td rowspan="6">Eu</td><td>sou.</td></tr>
<tr><td>gosto de música e poesia.</td></tr>
<tr><td>gosto de Fernando Pessoa, Beethoven, Lennon & McCartney. Já me chamei Lúcia McCartney.</td></tr>
<tr><td>gosto de Kafka também. Aquele pobre homem virando inseto! (Conto a história chamada Metamorfose.)</td></tr>
<tr><td>não sou nem li. Um garoto me contou a história, chama-se Metamorfose. Faz sempre um grande efeito, nas conversas.</td></tr>
<tr><td>li Pessoa etc.</td></tr>
</table>

Cada qual vai para um quarto. Renê sabe que eu não gosto de promiscuidade. Eu vou para o quarto com o paulista. Sento num sofá. Ele também senta. Depois deita a cabeça no meu colo, diz que não está com vontade de fazer nada, "esses caras cismaram que eu hoje tinha que ir com uma garota pra cama, mas vamos só conversar, está OK?" Eu digo que está OK. Ele diz que não quer estragar as coisas. Eu digo que está bem. (Quero ir para o Zum Zum.) Passo a mão nos cabelos dele. "Eu não quero fazer isso", diz ele, tirando a roupa. Eu também tiro a roupa e nos deitamos, ele sempre dizendo que não quer, mas me papando assim mesmo.

Depois de nos lavarmos, separadamente, ele se veste, põe dinheiro na minha bolsa. Ele fica muito calado, com um jeito meio distraído, meio cansado, meio desinteressado como os coroas fazem. Vamos para a sala e os outros todos já estão lá, pois nós perdemos muito tempo com aquela indecisão dele. Estão todos dançando. Ele me olha um pouco e diz "você pode ir embora". Eu pergunto se ele não quer o meu telefone e ele fica pensando um tempão, me olhando e olhando pra sala onde estão os outros, o cara é mesmo indeciso, e depois de nem sei quanto tempo ele diz: "qual é?".

Estou no Zum Zum com os garotos. De vez em quando penso no coroa. O que será que ele faz?

III

A coisa de que eu mais gosto no mundo é dormir. Acordar ao meio-dia e ir para a praia. Hoje é dia 4 de dezembro e está um sol bárbaro lá fora. Me espreguiço. Isa chega com uma bandeja. "Fiz uma gemada para você", ela põe o prato fundo na minha frente, "você agora só chega depois das seis, perdendo tempo com esses garotões." Eu gosto de dançar, ela não gosta; eu gosto dos homens (bonitos, jovens, fortes), ela gosta do marido que nem é casado com ela e ninguém sabe onde anda; eu não gosto de ficar sozinha, eu — "Isa, pelo amor de Deus!, não chateia", me levanto, ponho um disco na vitrola e começo a dançar, eu gosto de ficar o dia inteiro ouvindo música, eu preciso ouvir música, é igual ao ar pra mim. "Estou falando para o teu bem." "Eu sei que você está falando para o meu bem." "Ninguém aguenta essa vida que você está levando." "Não vejo nada de errado nela." "Pense no futuro." "O futuro não me interessa, e não me chateia mais, senão vou-me embora." "O José Roberto telefonou, o sujeito de São Paulo que esteve com você ontem."

Isa gostaria de saber coisas sobre o paulista, mas resolvo fazer mistério para ela deixar de ser chata. Também não sei nada sobre esse José Roberto. Nem sei se ele é mesmo paulista. Nem sabia que ele se chamava José Roberto. José Roberto não é nome de coroa. Ele vai telefonar de novo.

TELEFONEMA

— Alô.
— Quem fala?
— Com quem quer falar?
— Com dona Lúcia, por favor.
— Quem quer falar com ela?
— José Roberto.
— É a Lúcia que está falando.
— Como vai? Você está boa?
— Bem. E o senhor?
— Bem.
(*Ele cala a boca. Eu também calo. Fico nervosa:*)
— Alguma novidade?
— Eu queria me encontrar com você.
— Quando?

— Hoje.

— A que horas?

— À hora que você puder.

— Eu posso a qualquer hora. Depois das quatro.

— Você prefere à tardinha ou à noite?

— Qualquer hora.

— À noite, então. Oito horas? Podemos jantar juntos.

— Está certo. O senhor passa aqui, eu passo aí, como é que é?

— Você passa aqui.

— Mesmo endereço de ontem?

— É outro. Toma nota, por favor.

IV

Ele tem um cheiro bom e fala muito suavemente comigo. Estamos sós. Ele diz que ontem tinha gente demais, "eu queria ficar só com você". Ele parece meio constrangido, como se nunca tivesse saído com uma garota de programa. Senta-se longe de mim. "Você nunca saiu com uma garota de programa antes?" "Já, já saí com uma porção, muitas, nem sei quantas." "Então por que você fica fingindo?" "Não estou fingindo coisa alguma."

Ele prepara as bebidas. Em cima da mesa da sala vejo um monte de revistas e um papel, *José Roberto, estive aqui e não te encontrei, telefona pra mim, beijos, Suely.* Pego o bilhete, faço uma bolinha com ele e jogo pela janela. A noite está muito escura, eu não vejo o mar mas sinto o seu cheiro. De noite o mar tem um cheiro diferente, o mar muda de cheiro várias vezes por dia.

"Pra você", José Roberto me dá um vidro de perfume. Joy. Adoro perfume. Passo um pouco no braço. "Você quer ouvir música?" Ele me leva a um quarto, onde há um gravador imenso, coloca na minha cabeça fones que cobrem inteiramente as minhas orelhas e ouço a música mais linda do mundo. "Espetacular, vou ficar aqui a noite toda" — ele ri — "por que você está rindo?" —, ele responde, mas eu não ouço — "o quê? o quê?". Então ele tira os fones dos meus ouvidos: "não precisa gritar tanto." Com aqueles fones no ouvido a gente pensa que fala, mas grita, como um surdo. Isso deve ter acontecido com outras garotas.

CENA (*subjetiva*)

— Isso aconteceu com outras garotas?

— Isso o quê?

— De botar o fone nos ouvidos e ficar gritando igual uma surdinha, como eu fiz.

— Não. Aconteceu com minha mãe, mas ela não é propriamente uma garota.

— Você tem mãe?

— Você acha que eu sou muito velho para ter mãe?

— E ela veio aqui?

— Veio.

— E você traz a sua mãe ao mesmo lugar em que você traz as suas, essas...

— Eu moro aqui. Quando estou no Rio. Essas o quê?

— Acho que você está mentindo. Essas vagabundas.
— Eu não minto nunca.
— E quem é a Suely?
— Suely? Nunca ouvi falar em Suely.
— Mentiroso.
— Eu não minto nunca.
— Então passe bem. Adeus.
— Espere. Não me deixe. Por favor!

Tiro os fones do ouvido.

CENA (*verdadeira*)

— Isso aconteceu com outras garotas?
— Isso o quê?
— De botar os fones nos ouvidos e ficar gritando igual a uma surdinha, como eu fiz.
— Acontece sempre. Por isso eu ri.
— Com todas as garotas que vêm aqui?
— Todas.
— São muitas? Milhares?
— Milhares não. Muitas.
— E quem é Suely?
— É uma amiga minha.
— Eu sou muito ciumenta. Joguei fora o bilhete da Suely, assim você não sabe o telefone dela.
— Eu tenho num caderninho. De qualquer forma, muito obrigado pelo ciúme.

— Se eu soubesse cozinhar fazia comida pra você. Eu queria ficar aqui.

— Eu peço o jantar pelo telefone. Você gosta de champanha?

— Qualquer coisa.

Dois garçons chegam com travessas, baldes de gelo, garrafas. Que comida! "Estou no maior pilequinho." "Então você para um pouco, pois o que nós vamos fazer agora deve ser feito em plena consciência." José Roberto me leva para o quarto.

"Eu era chamada de Graveto." "O graveto mais lindo do mundo", diz ele, me beijando. Eu vou toda pra ele, me entrego, me dou, ele está dentro de mim, eu rezo pra demorar bastante, peço "demora bastante! muito! não acaba!", ele me põe doidona, me derrete e meu coração fica batendo no peito, na garganta, na barriga, que-bom, que-bom, que-bom, que-bom, que-bom!

DIÁLOGO

— Nunca vi o José Roberto. Ele telefona e diz: me manda uma garota, você sabe como eu gosto.

— Como é que ele gosta?

— Inteligente, bonita e depravada.

— Eu não sou depravada.

— Se for muito inteligente não precisa ser muito depravada, diz ele.

— Eu gamei.

(*Renê dá uma gargalhada.*)

— Que tipo de pessoa ele é?

— Não sei. Outro dia mandei um cabacinho pra ele. A garota estuda. Eles já estavam na cama quando ele descobriu que a garota estava matando aula. Ele ficou uma fera. Deu uma lição de moral na guria, fez ela se vestir, e prometer que não matava mais aula, e mandou-a para o colégio. E pagou dobrado, sem sequer tocar nela. O cara é muito esquisito.

V

José Roberto está em São Paulo. Já se passaram sete dias. Isa cismou de mudar para Ipanema. Arranjou apartamento, comprou um fiador (desses que anunciam no jornal) e quer mudar ainda esta semana. Recebi carta de José Roberto.

(Não tem data, nem nada.)

Hoje me deu vontade de escrever para uma pessoa que não conhecesse, ou que, conhecendo, nunca mais viesse a ver. Fui ao cinema e voltei para o apartamento. O filme era ruim. No meu caderninho tenho uma porção de endereços, mas não telefonei para ninguém. Existe uma garota chamada Neyde, ela é bonita, inteligente. Eu sinto (ou sentia?) uma grande atração física e mental por ela. A nossa pele combina, os nossos gostos combinam, os nossos órgãos sexuais combinam. Peguei o telefone para ligar para ela, três ou quatro vezes, mas não liguei. Na mesa do telefone havia uma folha de papel onde eu desenhava bolas e quadrados. O estéreo estava ligado, Eleanor Rigby, chovia, chovia mesmo, bolas e quadrados tinham virado Lúcia, Lúcia, l u c, ucia, LÚCIA etc. Não liguei para Neyde — passado, passou? Solidão é bom (mas) depois que eu me esvaziei com uma mulher ou me enchi com uma mulher. Eu estava sozinho, e não queria, como sempre quis, uma mulher perto de mim, para fruí-la física e espiritualmente e depois mandá-la embora, e essa é a melhor parte, mandar a mulher depois embora e ficar só, pensando e pensando.

Pensando em você, é o que eu estou fazendo agora. Você é o meu Minotauro, sinto que entrei no meu labirinto. Alguém será devorado. Adeus?

José Roberto

Deliro com a carta de José Roberto. Acho o máximo. "Por que você está chorando?", pergunta Isa. "Estou com saudade do José Roberto." "Esse sujeito é maluco", diz Isa depois de ler a carta, "você é outra maluca, sempre vive rodeada de malucos, para de chorar, sua idiota." Isa mete a mão no bolso do robe, ela passa o dia de robe (deve ter sido por isso que o marido deu o pira), e quando fica com raiva enfia a mão no bolso com força e arrebenta o tecido, "merda, lá se foi de novo o meu bolso!, sua idiota!"

"Você acha que eu vou vê-lo novamente?" "Vai me dizer que está apaixonada?" "Estou, estou!, juro! Estou apaixonada." Isa acha que isto é uma besteira, que estou apenas entusiasmada, porque o José Roberto é diferente dos garotões da turma, é mais experiente, mais sabido. "E olha, se por acaso ele aparecer, não vai logo se abrindo pra ele, os homens não gostam de mulher oferecida."

Combino com Isa que se o José Roberto me procurar eu vou fazer o doce, me fingir de desinteressada.

TELEFONEMA

— Alô.
— José Roberto! Querido!
— Como vai?
— Eu vou bem. Estou com uma saudade doida de você.
— Eu também senti saudades de você.
— Adorei sua carta. Já li mais de cem vezes. Até na hora de tomar banho eu levo ela comigo pro banheiro.

(*Ele fica calado!*)

— Onde é que você está?
— Estou no apartamento.
— Vou aí te ver.
— Eu estou saindo.
— Eu quero te ver.
— Hoje não, não é possível.
— Por favor. Eu preciso te ver.
— Sinto muito, mas é impossível.
— Eu estou triste, José Roberto, estou infeliz, deixa eu te ver.

(*Isa pega* o *telefone:* "Cavalheiro, vê se para de atormentar minha irmã, ela já não regula bem e o senhor vem atrapalhar ainda mais, fique sabendo que li a sua carta, o senhor também é doido. Como? Ela pegou um táxi e foi para aí." *Saio correndo para me vestir, volto para a sala. Isa irritada me passa o telefone.* "Ele disse que você não pegou táxi coisa nenhuma, para eu chamar você senão ele desliga o telefone na minha cara, o patife.")

— Eu vim aqui ver um negócio, e estou indo embora agora.

— Você tem uma mulher aí com você.

— Vou para São Paulo hoje e estarei de volta dentro de cinco dias. Dentro de cinco dias, aqui no meu apartamento, às oito horas.

Ele tem a voz tão bonita! Estou no Le Bateau, no meio do maior barulho, mas só ouço a voz dele. (No interior da minha cabeça.)

A turma diz que eu estou no mundo da lua, dançando de olhos fechados, e rindo sozinha. Eles não sabem de nada! Não sabem o que é o amor! Todos uns bobos.

VI

Já se passaram quatro dias. Nós mudamos para Ipanema e estamos sem dinheiro, pois o apartamento é maior e precisa de móveis novos, e tivemos que dar um mês adiantado para o fiador que a Isa comprou. Isa está fazendo um programa por dia, de tarde, com uns amigos antigos. Ela é uma grande mulher, programa para ela não falta, mas ela não gosta de sair de noite. Acho que ela ainda está esperando pelo marido.

Recebo carta do José Roberto.

Solidão é muito importante. O telefone tocava sem parar. Eu dera folga às empregadas. A campainha da porta tocava. Fui ouvir música usando os audiofones, bloqueando o mundo exterior. Mas a todo instante tirava os fones dos ouvidos e SEMPRE uma campainha tocava, alguém me procurava, quem seria? Sofreria?

Resolvi sair de casa, ir para um lugar onde certamente não encontraria quem queria me encontrar. Apenas uma das pistas do boliche estava ocupada (por três jovens). Ocupei a pista mais distante. A cada strike o apanhador de pinos batia palmas, lentamente, com preguiça; eu só via as pernas dele, magras, protegidas por umas calças desbotadas cortadas na altura dos joelhos.

Uma moça chegou e sentou numa mesa próxima. Eu tentei várias vezes, sem êxito, uma jogada de efeito.

"Você quer que eu marque para você?", perguntou a moça sentando-se em frente à minha cartela.

"Pode marcar", disse eu.

Eu fiquei jogando, ela marcando. Terminada a décima jogada, eu perguntei: "Você quer jogar?". Ela respondeu: "Não. Eu já joguei muito isso. Olha no quadro, há mais de seis meses estou lá na cabeça e ninguém bate a minha contagem. Nenhuma mulher, bem entendido." No quadro estava escrito ELIETE 275 — 11 DE MAIO. "Enjoei", continuou ela, "deixei crescer as unhas..."

Eu joguei mais uma partida, enquanto conversávamos trivialidades. Terminada a partida, chamei o garçom, pedi uma Coca, botei a gravata, o paletó e a moça sumiu. Eu fiquei frustrado. Um desconhecido total não te pode fazer mal. Além disso ela tinha um sorriso bonito, sabia falar (som) e cruzar as pernas. Botei uma nota alta na bola e mandei pro apanhador. Ele mostrou a cara e riu; tinha poucos dentes. Eu bati palmas pra ele, do jeito preguiçoso e gozador que ele tinha usado comigo.

Ela estava na porta, esperando por mim.

"Duzentos e setenta e cinco não é mole não", eu disse.

"Eu jogava todo dia", disse ela.

Fomos andando.

"Eliete", eu disse.

"E você, como se chama?"

"José Roberto."

"Você disse Eliete como quem diz o leão é o rei dos animais."

"Você quer beber alguma coisa?", perguntei.

"Quero", disse ela.

Eliete usa o cabelo curto, como você, e os olhos dela têm o mesmo brilho negro dos seus. É uma sensação boa, ficarmos frente a frente, sem pressa e sem mentira, disponíveis, recíprocos, enquanto bebemos e o mundo flui suavemente.

Estou com muitas saudades de você. Lúcia. Lúcia. O leão é o rei dos animais?

José Roberto

É tão bom a gente receber uma carta dessas, inteligente. Uma vez eu briguei com um namorado que teve a audácia de me escrever uma carta que começava dizendo: espero que estas mal traçadas linhas etc. Não pude nem olhar mais para a cara dele. José Roberto me faz pensar. Ele acredita que eu posso pensar, que eu sei pensar. Será que ele foi para a cama com a moça do boliche? Deve ter ido. Ah, meu Deus, eu podia estar lá com ele, marcando o jogo de boliche dele, no lugar daquela piranha. Parecida comigo! Vou cortar meu cabelo à joãozinho, curtinho, só eu vou ter esta cara, ele vai ver.

VII

Chego no apartamento antes das oito horas. Ele me recebe com uma revista americana na mão. Me dá uma vontade de rir, quando o vejo, e rio, abraçada a ele, feliz. José Roberto sorri apenas, divertido e surpreendido, com o meu entusiasmo e com minha cara nova. Ele passa a mão na minha cabeça, tenta segurar meus cabelos, eu solto minha cabeça sempre abraçada nele, meu corpo grudado no corpo dele, fervendo. "Quantos anos você tem?" Ele tem trinta e seis mas eu não me incomodo, ele pode ser coroa mas é melhor que todos os outros. "E você?" "Dezoito anos", repete ele, lentamente, como se estivesse dizendo uma palavra mágica.

"Saí todas as noites, do Zum Zum para o Le Bateau, do Le Bateau para o Sachinha, todas as noites, você não se incomoda?" "Você é que sabe o que pode e o que não pode fazer." "Eu quero te fazer ciúme." Ele ri, misteriosamente, me beija no rosto, não sei o que ele está pensando ou sentindo, mas ciúme certamente não existe no coração (e na cabeça) dele.

Eu não quero saber o que ele faz. Ele diz que talvez seja espião russo (ou americano) ou trapezista de circo ou poeta ou fotógrafo ou farmacêutico. Ele pode ser isto tudo, ou outra coisa qualquer. Ele é estranho, às vezes fala no telefone em inglês, francês e creio que uma vez em alemão. Ou português, frases curtas, enigmáticas. Mas nada disso me incomoda, ele pode ser o que bem entender, o segredo me atrai ainda mais.

Ir para a cama com ele é cada vez melhor. Ele sabe amar, me deixa louca, horas seguidas. Me deixa mortinha — durmo direto e quando acordo ele está calmamente lendo um livro, ou fumando cachimbo e ouvindo música naqueles fones dele, pronto pra me amar de novo.

Amanhã ele vai para São Paulo, ou Buenos Aires ou Lima, o assunto não ficou bem esclarecido. É meia-noite e ele diz que tem o que fazer, que tem que sair. Isso apenas, "tenho que sair". Coloca um monte de dinheiro na minha bolsa: "para você ir à boate." Descemos juntos, ele carregando uma pasta. José Roberto me beija no rosto e me põe num táxi. Nesse instante vejo um enorme carro negro se aproximar, e José Roberto entrar dentro dele. O sinal fechado coloca o meu táxi ao lado do carro dele. O chofer dele está todo de preto, boné preto, roupa preta e tem uma cara dura. José Roberto me vê, eu aceno para ele. Ele acena de volta, alheio, distante, fechando os dedos sobre a mão espalmada, como faz a rainha da Inglaterra no cinema.

DIÁLOGO (*inventado, depois de um sonho*)

CLIENTE (*José Roberto*)

Por que você {
faz programa?
é prostituta?
vai para a cama com os homens?
}

PROSTITUTA (*eu*)

Porque {
ganho pouco {
no escritório.
na loja.
na TV.
}

me perdi.
gosto.
perdi meu emprego.
tenho um filhinho para sustentar.
estou esperando uma nomeação.
}

Eu não sou prostituta.
Você não vai tirar a roupa, benzinho?

CLIENTE (*José Roberto*)

O dinheiro que você ganha é { fácil?
muito?
vil?

Você sabe o que é complexo de Édipo?

Já ouviu falar em { Freud?
Sófocles?

Daqui a pouco eu tiro.

PROSTITUTA (*eu*)

Ganho { regularmente.
mais do que uma datilógrafa.
mais do que um gerente de banco.
mais do que uma operária.
mais do que um coronel do Exército.

Conheço os dois mas prefiro o Sócrates (porque tomou cicuta).

Você não vai tirar a roupa, benzinho?

CLIENTE (*José Roberto*)

Daqui a pouco eu tiro.

A prostituta é uma mulher imoral?

PROSTITUTA (*eu*)

Não tenho vergonha de ser prostituta.

Meu trabalho
não é pior do que
- o de uma lavadeira que lava cuecas.
- o de uma massagista.
- o de uma arrumadeira que limpa banheiros.
- o de uma dentista.
- o de uma ginecologista.

O que você acha do amor livre?
Você não vai tirar a roupa, benzinho?

CLIENTE (*José Roberto*)

O amor livre
- não acabará com a prostituição.
- é uma iniquidade.
- é injusto
    - com os feios.
    - com os pobres-diabos.
    - com os pobres de espírito.
    - com os pobres.
- deixa você na mão se você não é
    - artista de cinema.
    - bonito.
    - conquistador.
    - rico.
    - poderoso.
    - famoso.

Daqui a pouco eu tiro.

PROSTITUTA (*eu*)

Você não vai tirar a roupa, benzinho?

CLIENTE (*José Roberto*)

Daqui a pouco eu tiro.

PROSTITUTA (*eu*)

Minha vida
- dá um romance
  - lindo.
  - triste.
  - edificante.
  - pornográfico.
  - novo.
  - hermético.
- dá samba (de festival).
- é de amargar.
- é um punhal de dois gumes fatais:
  - amar é sofrer.
  - não amar é sofrer mais.

Você não vai tirar a roupa, benzinho?

CLIENTE (*José Roberto*)

Quais os melhores clientes?
Daqui a pouco eu tiro.

PROSTITUTA (*eu*)

Você — é o melhor cliente.
Você não vai tirar a roupa, benzinho?

(O cliente tira a roupa e debaixo da camisa tem outra camisa e debaixo da calça tem outra calça e debaixo do sapato tem outro sapato. As roupas já estão batendo no teto. José Roberto continua tirando roupas do corpo com rapidez cada vez maior e dizendo importantes coisas em alemão.)

CARTA (*reconstituição mnemônica*)

Ilmo. sr.
Isaac Zaltman
Programa HOJE É DIA DE ROCK
Rádio Mayrink Veiga
Nesta

Prezado sr. Zaltman

Sempre ouço o seu programa HOJE É DIA DE ROCK, o melhor do rádio brasileiro. Muito obrigado por transmitir diariamente a música dos THE BEATLES. Continue sempre assim.
Lúcia McCartney

CARTA (*ipsis litteris*)

"Palavras, palavras, palavras", diz Hamlet para Polonius no segundo ato.

Palavras, palavras, palavras, dirá você, vítima também da mesma dúvida existencial do personagem shakespeariano, ao ler esta carta.

Um dos poemas de John Lennon conta a história de uma moça que abandona a família em busca de fun. "Ela tinha tudo", dizem os pais perplexos ao lerem a carta de despedida. É uma sexta-feira, a moça saiu sub-repticiamente, apertando o lenço de encontro ao peito e sentindo não ter podido dizer na carta tudo aquilo que pretendia. Tem um encontro marcado com um homem que representa para ela, fun, alegria, diversão. "Fun is the one thing that money can't buy." A letra inteira está na capa do disco. Você já deve conhecê-la. A música, do teu irmão (ou ex-noivo?) McCartney, é muito bonita também.

Você saiu de casa (que era um edifício de tijolos, convenções e miséria) para entrar num circuito fechado, sem ar e sem luz, como o túnel de uma toupeira. Túnel que não pode ser o caminho da libertação individual que você talvez estivesse procurando.

Enfrente a realidade com suas dificuldades e asperezas.

José Roberto

"Sujeito pernóstico e besta", diz Isa depois de ler a carta. "Ele é mais besta e mascarado do que maluco. Faroleiro. Velho desfrutável. Atrevido." "Ele não é velho." Isa tem marcação com o José Roberto. Ela acha que se ele gostasse de mim ele se tornava uma espécie de protetor meu. Horrível, essa palavra. Meu protetor. Meu coronel. Se pudesse, *eu* era o coronel dele. Coitada da Isa. Eu não preciso de protetor, preciso de amor. Mas começou tudo errado. O túnel é eu ser uma puta? A libertação individual é ser bem-comportado? Ter um emprego decente? Ele não me entende, meu Deus, como é possível isso, se ele não me entende, quem vai me entender? "Chora, manteiga derretida", diz Isa, saindo do quarto, batendo a porta.

Isa está cada vez pior, reclamando que eu chego tarde (ou cedo) todo dia. Estou muito feliz e queria ver José Roberto. Passo os dias escrevendo cartas. (Para o José Roberto.) Assim que acordo (meio-dia) começo a escrever cartas. (Que não mando.) Hoje estou muito angustiada. Ele não precisava me dar adeusinho como se eu fosse um súdito (uma súdita?).

MINHOCA ENROLADA NO MEU PESCOÇO
LAGARTIXA ANDANDO NO MEU PEITO
BARATA ENROSCADA NOS MEUS CABELOS
RATO ROENDO A MINHA BOCA:

DIÁLOGO

— José Roberto esteve aqui.

— A que horas?

— De tarde.

— De tarde? Mas ele sabia que hoje eu tinha a primeira aula do curso de inglês.

— Ele vai embora, Lúcia. Veio deixar um cheque para você. Disse que vai ficar anos e anos fora.

— Anos e anos? Ele disse isso?

— Disse que talvez nem voltasse. Ele disse, eu não sou dono de mim, nem de ninguém, diga isso a ela.

— O que significa essa frase?

— Não sei.

— Ele estava triste?

— Não sei. A cara dele não dizia nada.

— Não acredito, não acredito. Ele me ama.

— Fala devagar! Não estou te entendendo.

"Seis horas da manhã, isso é hora de chegar em casa", repete Isa. Eu grito: "Vou embora, vou passar um belo fim de semana longe de tudo, onde ninguém me chateie, vou sumir, se o José Roberto telefonar (de onde?), diz que eu morri. Eu tenho que ir embora, Isa, do contrário quando ele chegar (de onde?) e ligar para mim eu saio rastejando, juro, estou sentindo dor no corpo todo de tanta saudade desse homem."

Isa: "Estou cercada de doidos por todos os lados."

VIII

Em São Paulo, na casa da minha tia. Estou aqui há uma semana. A geladeira tem um cadeado. Minha tia chama a parte da casa onde vivem as empregadas de edílica. O passatempo dela (minha tia) é falar mal das empregadas, dos vizinhos, do governo, do marido e dos artistas de cinema, rádio e televisão. Meu tio chega diariamente por volta das sete horas, com *O Estado de S. Paulo* debaixo do braço e diz sempre a mesma frase: "Uf, que dia, nem tive tempo de ler o jornal", sempre com a mesma inflexão e a mesma falta de significado ou destinatário. (Como o jornal, que no fim de semana é vendido a peso pela minha tia.)

Meu tio liga a televisão.

CENA (*verdadeira, com pequenas adaptações*)

LOCUTOR: O presidente da República pede a união de todos os brasileiros!
MEU TIO: Este país não tem jeito!
MINHA TIA: São todos uns ladrões!
MEU TIO: Quem paga somos nós!
LOCUTOR: Gloriosos destinos da nação brasileira!
MINHA TIA: O dinheiro vai para as amantes e para os parentes!

(*À mesa de jantar*)

MINHA TIA: A filha está grávida e eles querem esconder, pensando que os outros são imbecis!
MEU TIO: Coitados! A filha única!
MINHA TIA: Coitados!? Só não viu o que ia acontecer quem não quis. Aquela sirigaita não podia acabar de outro jeito!

(*De volta à sala de televisão*)

CANTORA: Larali, laralá etc.
MINHA TIA: Larali, laralá mas foi presa pela polícia tomando as tais bolinhas!
MEU TIO: Fulana?!
MINHA TIA: Fulana sim senhor! Você não sabe nada! Gastaram uma fortuna para abafar o escândalo!

Hoje é o sétimo dia do meu desterro. Sou a mulher mais infeliz do mundo. Não tenho pai nem mãe. (Mas até acho bom eles terem morrido, para não ficarem iguais aos meus tios. Pai e mãe não fazem falta. Irmão faz, foi por isso que eu arranjei a Isa pra irmã, ela é um pouquinho burra e chata, mas é minha irmã, não no sangue, no coração.)

Passo os dias e as noites ouvindo música no rádio de pilha e escrevendo cartas. Querido José Roberto eu te amo eu te amo eu te amo eu te amo eu te amo eu te amo eu te amo eu te amo eu te amo. RASGO. Querido José Roberto. Não posso viver sem você, quero ficar perto de você, pode ser como empregada ou cozinheira ou engraxate ou lavadeira ou tapete ou cachimbo ou chinelo ou cachorro ou barata ou rato, qualquer coisa da sua casa, você não precisa falar comigo, nem olhar para mim. RASGO. Na casa dele não tem barata, cachorro, rato. Cachorro tem acento circunflexo? Circunflexo tem acento circunflexo? Sou muito ignorante para escrever para ele. (Esqueço que nem sei onde ele está.)

Não sei onde ele está.

Meu coração está negro. O ar que eu respiro atravessa um caminho de carne podre cancerosa que começa no nariz e termina com uma pontada em algum lugar nas minhas costas. Quando penso em José Roberto um raio de luz corta o meu coração. Ilumina e dói. Às vezes penso que minha única saída é o suicídio. Fogo às vestes? Barbitúricos? Pulo da janela? Hoje à noite vou à boate.

Os graus

ESTOU FELIZ, ME SINTO COMO SE FOSSE UM, um — um animal. Sinto que se der um salto os músculos me levarão longe; sou leve, embora meu peso seja poderoso; com uma dentada arranco, se quiser, um pedaço da carne da mulher ao meu lado, com roupa e tudo. No meio desses pensamentos de euforia surge a lembrança de alguns bifes difíceis de mastigar; e a voz dela lendo a capa do disco: puxa, cantochão e tudo.

Encolho a barriga; não quero ter o ar de coruja de certos amigos. As rugas do meu rosto não são vistas na penumbra em que nos encontramos. Ser velho. Sou um homem, ainda. Ela dança ao som da música. Me beija nas costas, enquanto deito a cabeça sobre os braços. É um gênio, ela me pergunta: diz o nome dessa coisa.

Eu (*em pensamento*): Ah, ah, ah, se morro, o que é que fica?
Ela: Como é o nome?
Eu: Carmina Burana.
Ela: *O quê?*
Eu: Carmina Burana.

Ela: Ca — ca o quê?
Eu: Carmina Burana.
Ela: Você quer escrever num papelzinho?

Você é muito louca, digo. Por quê?, ela responde, você é louco? O tempo todo ela me olha dessa maneira esquisita; algo que lembra um gato observando dissimuladamente um rato. Mas por quê? Ainda há pouco pareceu-me sentir um certo desdém, não no olhar, na sua boca. Absurdo.

Eu sou louco? A opereta está no fim, diz ela. Se veste. Tem sardas. Eu tenho rugas. Ah, ah, ah, ah, ah, ah, ah, ah, ah!, que os pariu! Encolho outra vez minha barriga. Ela agora está vestida, deita na cama e lê novamente a capa do disco. O que vai pela sua cabeça? E pela minha? O cabelo dela lhe cai pelo rosto. Estou esgotado. Quando era jovem não tinha as mulheres que queria; tenho-as quando velho, juro. Mas me canso facilmente. Inferno! Já andei pelas ruas, como um louco, procurando uma mulher, uma qualquer, e não conseguia; agora as tenho, mas faltam-me as forças. Mundo besta, este.

A menina deitada na minha cama, prestes, disponível pergunta, esse Carl Orff é conhecido? Eu respondo: por quem conhece. Ela, cheirando as minhas mãos: que sabonete é este? Eu penso, e digo: Phebo. Ela diz: não. Então qual é?, pergunto. Ela: outro, um rosa, outro rosa. Tentou: Lux? Ela enfia a mão no meu nariz e diz, é um rosa, outro rosa. Qual a marca então, hein?, pergunto. Esse cheiro, meu caro, não é Phebo nem Lux, diz ela; e alisa os meus cabelos, e o meu peito e me beija debaixo do braço, e nas costas, e nas omoplatas, e no pescoço, e no nariz. Gosto dessa balda: ela inteiramente vestida e eu inteiramente nu. A música a perturba: é uma opereta diferente, essa: ah, estou corrompendo essas meninas: nunca mais serão as mesmas: num só golpe liquido Rodgers & Hammerstein, Lerner & Loewe.

Tenho que ir embora, digo. Já estou pronta, ela responde, e continua: você não muda, sempre a mesma coisa. Pergunto: o que é que você quer dizer com isto? Ela responde: aparece e some, não envelhece, não emagrece, não engorda. Você é uma louca, eu digo. Diabinho, diz ela, estou tremendo de medo de você; quanto tempo faz que nos conhecemos? Dois anos? Sei lá, o que você acha?, respondo. Ela diz: dois anos, um instante, nesses dois anos encontrei você vinte vezes, não?

Eu: Vinte vezes, é?

Ela: Só...?

Eu: Só, você perguntou?

Ela: Hein?

Eu: Você perguntou ou afirmou?

Ela: Perguntou ou afirmou o quê?

Eu: Que vinte vezes era só.

Ela: O que que você acha?

Eu: Eu perguntei primeiro.

Ela: É pouquíssimo. Já te disse que você tem cara de santo?

Eu: Eu sou santo.

Ela: Não estou brincando, não. Vou trazer o retrato dele para você ver. Desse santo que eu falo.

Eu: Retrato?

Ela: É igualzinho, igualzinho — o mesmo olho triste, essa mesma ruga, aqui...

Muito de leve seus dedos correm pelas rugas do meu rosto. Me conta uma história, antes de eu ir embora, ela pede. E tira a roupa com a naturalidade de alguém que se senta numa poltrona: ela gosta das minhas histórias e quer ouvi-las confortavelmente. Engraçado: ainda no ano passado o quarto não era escuro suficientemente para ela se despir e apesar das cortinas cerradas, da penumbra, ela se encolhia e se cobria com as mãos, aflita e envergonhada.

Começo: vou te contar. O Herói estava na casa de uma moça: muito bonita, judia, de perna quebrada. Além do Herói uma porção de pessoas estavam na casa da moça; essas pessoas não interessam, são irrelevantes; mas não iam embora e o Herói e a Moça Judia se olhavam ansiosos, ainda que de maneira secreta e rapidíssima; e o tempo ia passando e quando parecia que todos iam embora um gaiato inventava de assinar no gesso da perna quebrada ou então em transformar amor em *ódio* no jogo de palavras inventado pelo Lewis Carol — e tudo começava de novo, para sofrimento do Herói e da Moça Judia. Até que de madrugada resolveram todos se despedir. Um ainda disse: você vai ficar sozinha?, não precisa que alguém fique aqui com você?, e a judia respondeu enfática, a minha empregada dorme aqui comigo, não se preocupe. Afinal saíram todos. Na porta da rua conversaram um pouco, e, em seguida, cada qual seguiu o seu caminho. Como batia o coração do Herói! Quinze minutos depois ele estava de novo na porta do edifício da judia, olhando para a janela do nono andar, onde ela morava; quando ela surgiu os dois se olharam e, mesmo de longe, o olhar deles queimava. Depois a judia embrulhou a chave num papel branco e mirou bem onde o nosso Herói estava e jogou-lhe a chave com incrível pontaria: o embrulhinho foi cair diretamente no fundo do bueiro da rua. Era a chave da portaria do edifício. O Herói ficou desesperado; tentou levantar a grade, tentou enfiar a mão pela abertura da grade, cansou-se nesses labores inúteis; ofegante pelo esforço, xingava a judia de todos os nomes sujos que sabia; depois, desesperado, olhou para a janela e murmurou baixinho, e agora?, e agora?, com tanta dor que ela ouviu e sentiu lá de cima, do nono andar, e respondeu também num murmúrio tão necessitado que desceu como uma gaivota faminta mergulhando no mar e entrou pelos ouvidos do Herói: *espera!* Esperar? O que iria ela fazer? Se chegasse alguém que abrisse a porta da rua seria tão bom! Mas não chegaria ninguém a uma hora daquelas e se chegasse ele não teria coragem de se aproveitar para entrar no edifício. Mas ele esperou e nada acontecia e por isso começou a sorrir e mesmo a gargalhar com raiva e desprezo, dele mesmo e da judia. De repente parou assustado pois viu um vulto horrível que rastejava como um bicho pelo hall do edifício em direção à porta de entrada, em busca dele, Herói. Seu corpo tremeu de medo, e continuou tremendo mesmo depois que viu o que era aquilo, agora não mais de medo, mas de excitação e fascínio: era a judia que se arrastava deitada sobre a perna engessada e que pouco depois abria a porta. O Herói a pegou no colo e carregou até o elevador e até a cama, sem sentir peso algum pois nunca se sentira tão forte em sua vida.

Ela: O que eles fizeram na cama? Eles... eles — e a perna engessada?!

O que fizeram?! ah! Ouça: o Herói era tarado pela Moça da Perna Quebrada, tarado porque ela era judia, tarado porque os seus cabelos eram cor de fogo, tarado porque o corpo dela era todo coberto de sardas, tarado porque ela era linda, tarado porque estavam no princípio do seu amor — pois bem, depois que ela, para poder ir para cama com ele, fez o que fez, você acha que ambos dariam importância a uma coisa pífia como o gesso de uma perna? han, han!? Eles se engolfaram e se abismaram, se entregaram um ao outro, fruíram-se orgulhosamente... a coisa mais linda que aconteceu na vida deles...

Ela: Você?

Eu (*as lágrimas escorrendo pelo meu rosto*): Sim... aos vintes e um anos...

Ela: Não chora...

Eu: Não é nada não, é que isso nunca mais vai acontecer, uma dona infernal fazer misérias para dormir comigo.

Ela: E eu?

Eu: E eu?

Ela: Sim. E eu?

Eu: A tua perna não está quebrada.

Ela: Me conta a minha história. Eu quero ouvir a *minha* história.

Eu: Sem retoques, nem ornamentos?...

Eu conto histórias para ela, histórias de homem, de mulher, de homem-e-mulher: a história da minha jovem vizinha que sai de casa no sábado de carnaval, e volta na quarta-feira de cinzas dizendo: "mais uma vez cheguei em casa inteira, nunca chego sem pedaço"; ou do ascensorista do edifício onde tenho escritório que, sem que ninguém soubesse, morava dentro do elevador — ele, a mulher e dois filhos; ou a história do casal doido de amor que se trancou dentro de um quarto e fornicou sem parar uma semana inteira até ficar com ódio um do outro.

Muitas histórias, mas a história dela eu nunca contei; no entanto a sua complacência me irrita, a casualidade com que ela encara, ou melhor *não* encara a nossa diferença de idade, a sua docilidade, a sua inteligência, a sua magnífica e arquetípica ignorância, a sua beleza, a sua saúde, a sua tranquilidade me causam raiva, vontade de puni-la.

Eu: Sem retoques nem ornamentos?
Ela: Crua...
Eu: Nua?
Ela: Como convém à verdade.

Vamos começar então dizendo que qualquer semelhança é mera coincidência e a história se chamará a história da mulher cujo marido não lhe dava dinheiro para a sua vaidade. Posso continuar?

"Você é casado, não é? Se não fosse eu não confiava..." Isso depois de uma treta comprida que nós dois terçamos; claro: "Sou".

(Tempos depois, na cama: "Como é o nome de tua mulher?". Não disse. Ela insistiu: "Você não quer dizer?".

"Não, meu bem, não quero que ela exista em teus pensamentos, ela tem que ser um peixe no aquário, muda, distante, indiferente.")

"Meu marido não me dá dinheiro para a minha vaidade"... Ela tinha carro —

Ela: Chega.
Eu: Nua e crua...
Ela: Tá bom, continua.

— piscina, casa enorme com todas as máquinas e aparelhos, seis empregados; porém, roupas e joias — nada. Sujeito esquisito: engenheiro; construía em tudo que era canto, tinha tabuleta dele em todo lugar, me perseguia; às vezes eu parava e ficava olhando a placa com o nome dele — aí pensava na mulher. Num dia de maior exaltação tive vontade de trepar numa escada e escrever na tabuleta em seguida ao nome dele: fulano de tal: "corno".

Ela vinha me ver vestida na maior pobreza. Não: simplicidade; nem joias, nem pintura; nada. Isso a piorava? O burro! Melhorava, afastava os rococós, as estilizações, essa porcariada que as mulheres supõem enfeitar, mas que só servem de diversionismo — e aí ela, ah! era só corpo, simetria, fome, retaliação.

Ela: Retaliação?
Eu: O marido não dava dinheiro para a vaidade dela.
Ela: Por que retaliação? E se ela estivesse interessada no amante?

Eu: Um velho?

Ela: E no entanto...

Eu: E no entanto?

Ela: E no entanto mais jovem do que muitos que, que ela conheceu...

Eu: ...Muitos...? —

Ela: Adiante, adiante com a história.

O rosto limpo, toda ela crua, pura — você não conseguia dar um beliscão nela, de tal maneira era esticada a sua pele. Pele? ela não tinha pele, ela só tinha carne, uma carne firme, em todas as partes do corpo, note bem: matava uma pulga espremendo-a com a unha do meu polegar de encontro à barriga dela, se quisesse; tão infernal que me dava vontade de lhe dar cabeçadas no corpo, já que não podia mordê-la. E eu *dava* cabeçadas no ventre rijo dela, curvado como um touro que quisesse voltar para o verde útero bovino de sua mãe, um útero que fosse Deus e o Nada. E ela segurava a minha cabeça dirigindo seus arremessos — como os de um aríete que fosse trespassá-la rompendo as portas da sua carne — e ria até que nos embolávamos suados e eu sentia o gosto do suor dela na minha boca, nosso suor estalando entre nossas barrigas, o suor empapando minhas pestanas, vaidoso por suar tanto, orgulhoso pelo longo tempo que ficava dentro dela. "Como é o nome de tua mulher?", isso ela perguntava de repente. Ora, ora, o nome da minha mulher eu não podia dizer, isto é definitivo: eu não tinha mulher, era, e sou, solteiro. Inventei um nome: Maria — todas as mulheres deviam se chamar Maria e andar de preto, com as costas e os braços à mostra. "Você gosta que ela ande bonita, a sua mulher?", ela perguntou. "De preto, com os braços e as costas à mostra", respondi. "Ele não. Me deu um Portinari, sabe, mas gosta que eu ande assim." "Assim, assim?", perguntei a ela, deitada na cama, nua como se fosse um sol ou uma cobra. "Não, assim como eu cheguei."

Ela: Você é solteiro?

Eu: Sou.

Ela: História muito instrutiva, essa.

Eu: E um pouco chata, também.

Ela: Chata não, quadrada; começo, meio, fim.

Eu: Fim?

Ela: Você se lembra daquele dia em que fomos à praia juntos?

Eu: Lembro.

Ela: Lembra mesmo?

Eu: Mais ou menos.

Ela: O dia em que resolvemos dar nota às mulheres bonitas da praia. Lembra?

Eu: Agora lembro.

Ela: Passamos por um aleijado, de cabelos compridos e barba e você disse "vamos dar nota para esse cara também", lembra?

Eu: Lembro. Ele estava na última moda; cabelos como do Búfalo Bill, barbicha, ar blasé, e desfilava.

Ela: Você deu zero para ele.

Eu: Dei? Acho que foi por estar na última moda.

Ela: Um aleijado, ainda que na última moda, merecia mais do que zero.

Eu: Dei zero, e não tiro.

Ela: Você naquele dia não deu dez para ninguém. Procurou, procurou na praia enorme, meus pés doíam de tanto andar e nenhum dez. Eu ganhei nove.

Eu: A nota mais alta.

Ela: Você procura coisas impossíveis de serem achadas.

Eu: Rrrr!

Ela: Como a pessoa que seja ao mesmo tempo anão, padre, preto, corcunda e homossexual. Isso não existe.

Eu: Anão, padre, preto, corcunda, homossexual e míope, de óculos. Não desisto, um dia acho, você vai ver.

Ela: Então você se lembra desse dia?

Eu: Lembro.

Ela: Eu lhe pedi que me ajudasse, lembra?

Eu: Lembro.

Ela: E você sumiu, durante meses, lembra?

Eu: Lembro.

Ela: Meses, meses, um dia voltou, dizendo que tinha ido aos Estados Unidos. Lembra?

Eu: Lembro.

Ela: Você tinha ido aos Estados Unidos?

Eu: Não.

(Eu *tinha* ido, mas a verdade, para os efeitos daquela conversa, era que eu *não* tinha ido.)

Ela: Por que você mentiu?

Eu: Achei que se fôssemos para cama juntos você ia querer abandonar o marido e vir viver comigo. Retidão.

Ela: Mas acabamos indo para a cama e eu não abandonei o meu marido.

Eu: Um erro de cálculo meu, felizmente.

Ela: Pois hoje decidi vir aqui, e também te dar uma nota. Uma nota alta significa que abandonarei o meu marido e virei morar com você.

Ela começa a se vestir enquanto eu protesto, que loucura, pensa bem no que vai fazer, eu não sirvo para casamento, meu gênio não presta, sou um velho solteirão, empedernido —

Calças, liga-cinta, meias, sutiã, anágua, vestido, sapatos — e ela vai para o banheiro —

Sou cheio de manias!, grito para ela ouvir e ela me solta uma gargalhada dessas que nos desenhos animados fazem partir os vidros das janelas. Fico preocupado: é uma gargalhada daquelas feiticeiras de nariz curvo, assexuadas, que tramam a desgraça do mocinho e o mocinho, o mocinho, bolas!, sou eu.

Ela sai do banheiro e ambos estamos sérios. Ela me olha de alto a baixo, o rosto impassível. Um olhar inesperado, que me surpreende.

Encho-me de coragem e pergunto: "Qual a minha nota?".

"Zero", diz ela.

Procuro no meu rosto algo que me diga que tudo não passa de uma brincadeira, mas nada consigo ver, num sentido ou no outro. Ela sai e me deixa sozinho, um velho.

Gazela

O SENHOR TALVEZ PENSE QUE EU ESTOU BÊBADO, mas não estou bêbado porra nenhuma. É esta história que me deixa tonto, nunca contei nada para ninguém. Na verdade quem me parece bêbado é o senhor. Não está? Então desculpe. Mas como eu ia dizendo, nós combinamos pegar o Vera Cruz das onze. Era uma viagem toda feita de medos. Medo de alguém ver a gente tomando o trem juntos, medo do porteiro do hotel em São Paulo, medo do que a gente ia fazer. Eu cheguei na estação quarenta minutos antes do trem partir e o trem nem estava no seu lugar. Quando o trem chegou eu coloquei a minha mala na cabine e dei uma gorjeta para o homem do trem, uma gorjeta grande, e disse, estou esperando minha senhora. Fiquei com a impressão de que ele desconfiava de tudo, o que me deixou apreensivo. A cabine era 13/14, é incrível como eu me lembro disso até hoje. Foram quarenta minutos de agonia; fiquei andando pela plataforma, me escondendo no meio das pessoas, à espera de que ela surgisse. Até então nós nunca pensáramos em ter mais intimidade do que já tínhamos. Eu ia à casa dela de noite, mas não entrava, ficava no portão, pois não conhecia nem o pai nem a mãe dela. Conhecia os dois irmãos, assim mesmo ligeiramente. Quase sempre nós íamos para uma rua deserta e sentávamos em um local isolado e ficávamos beijando horas. Ela tinha a língua um pouco fria, talvez devido à pressão baixa, nunca pude saber ao certo. Dávamos centenas de beijos numa noite, talvez milhares. Era a coisa mais limpa, decente e boa que podia existir no mundo. Aos vinte e poucos anos todo homem é um imbecil, o senhor não concorda? Teve um cara que disse que mocidade é uma doença, e é mesmo. Eu estava gamado e tarado por essa garota, era como se ela fosse minha irmã, mãe, namorada e maior amigo, ao mesmo tempo. Eu gostava dela pra burro, o senhor entende? Um dia ela foi a Buenos Aires e me escreveu uma carta dizendo: viver sem você é difícel; com *e*. Eu achava ela tão bacana e perfeita que fiquei constrangidíssimo com aquele erro de grafia, sentindo vergonha, como se tivesse cometido, eu mesmo, o pior dos enganos. Como? o senhor acha que foi isso que fez com que eu começasse a me desinteressar dela? Mas o senhor está maluco, sim, eu me lembro disso esses anos todos depois, mas isso só vem provar o meu amor por ela. O amor, meu caro, se manifesta das mais estranhas maneiras. O senhor está vendo esse dente aqui? Pois ele é um dente falso, o que os dentistas chamam de pivô. Quando o dentista me cortou o dente eu telefonei para ela e disse que não podia me encontrar com ela. Nós nos encontrávamos todas as noites. Ela perguntou por que e eu inventei uma desculpa. Naquele tempo eu trabalhava no jornal, de noite, como revisor, e saía de casa às oito horas. Pois bem, quando saí de casa lá estava ela na porta do edifício. Perguntou — por que você não quer falar comigo? Eu disse rapidamente, virando o rosto para que ela não visse a falha do dente — não posso, e saí andando depressa, sem olhar para trás. Fui para a praia do Flamengo e peguei o ônibus, o primeiro que passou. Quando o ônibus já estava quase no centro da cidade um táxi fechou a frente dele, alguém saltou do táxi e entrou no ônibus. Era ela. Estava séria, e pálida, decidida a saber a verdade de qualquer maneira. Eu a fiz sentar perto de mim no ônibus, encostei a sua cabeça no meu ombro e contei tudo, que eu não tinha um dente e tinha vergonha que ela me visse assim. Ela quis ver, mas eu não tive coragem de mostrar. Veja o senhor, naquela ocasião ela me amava, talvez mais do que eu a ela: para ela não tinha importância um dente a mais ou a menos na minha boca e eu preocupado com o *e* do difícel dela.

O tempo ia passando e eu começava a ficar indócil na estação. Faltavam cinco minutos para o trem partir quando ela surgiu, com um casaco grosso (nós sabíamos que em São Paulo estava fazendo frio). Um sujeito carregava suas malas, e isso me encheu de pânico. Quem seria? Um parente, um tio? Olhei o rosto dela mas o rosto dela, quando sério, era sempre trágico — doce, mas trágico — e triste, e assim ela estava naquela noite, caminhando pela plataforma na sua passada larga. Mas não pense o senhor que o seu rosto era tristeza só, isso lhe daria uma ideia falsa do que ela era. Tinha o sorriso mais bonito que qualquer mulher já teve ou terá em qualquer parte do mundo, um sorriso que só aparecia quando ela estava feliz, pois ela nunca ria por cortesia ou fingimento; e por ser verdadeiro, e raro, ele enchia meu coração de felicidade, era como se eu tivesse tomado uma injeção de heroína. O amor existe, fique sabendo. Quando ela chegou, acompanhada daquele estranho, eu confesso que tive medo. E me escondi, me embarafustei pelo trem adentro e fui parar no carro-restaurante, assustado. Depois de algum tempo dirigi-me à cabine, bati na porta, ela abriu e eu, após verificar que somente ela estava lá dentro, perguntei: quem era aquele cara que estava com você? Que cara?, respondeu ela. Aquele cara carregando tua mala. Ah! aquele!, foi um rapaz que se ofereceu para me ajudar. E por que você deixou?, interpelei eu, por que você não arranjou um carregador? Não vi nenhum, disse ela. Ora não viu nenhum, tá cheio de carregador por aí, retruquei eu.

Quanta besteira. A mocidade é mesmo uma doença. Perdemos quase meia hora nisso. Por culpa minha, que sentia ciúme do estranho e raiva do medo que ele me fizera passar. Ela não, ela sempre foi uma mulher adulta apesar de ser uns cinco anos mais moça do que eu. Naquela época ela era ainda uma menina, mas já sabia o que queria. Apagamos as luzes da cabine e na penumbra eu via, e sentia, o seu jeito de corcinha, à espera do que ia acontecer. O luar entrava pela janela. Em pouco tempo estávamos nos abraçando furiosamente. Por que eu estou lhe contando tudo isso? O senhor nem saberá quem era ela. O senhor não me conhece, ninguém me conhece, eu sou um popular anônimo, um perfeito desconhecido, meu retrato nunca saiu no jornal. Não pense que lhe estou contando uma história de safadezas, só de pensar que o senhor pode pensar uma coisa dessas tenho vontade de lhe quebrar a cara, ouviu? Estou lhe contando a coisa mais séria e mais bonita que já aconteceu comigo, comigo, um cretino, um imbecil, um pobre-diabo, um infeliz que um dia teve nas mãos a maior riqueza, que me tinha sido dada, como uma bênção, e eu não percebi e joguei fora. Este cigarro está ardendo na minha língua, preciso deixar de fumar e de beber mas não agora, um dia. Dentro da cabine abraçados, o rosto dela brilhava na penumbra, mas nem eu nem ela tivemos coragem. Ela me pediu que jogasse a seiva da minha paixão sobre o seu seio de bicos marrom-escuro, duros e isso eu fiz, ajoelhado, com o corpo dela entre as minhas pernas. Depois deitei ao seu lado. Senti que com aquilo ela quisera ser marcada por mim, não pela minha mão, ou pelos meus dentes, mas por algo transcendental que ela mesmo fabricara no fundo do meu ser, algo que depois de lavado e invisível ao olho, continuaria queimando a sua pele, a carne do seu seio, seus ossos, o seu coração, para o resto da vida. Somente dois jovens se amando tão fundo poderiam ter feito aquilo, com aquela pureza. Nenhum de nós conseguiu dormir e, deitados lado a lado, de mãos dadas, ficamos o resto da noite. O senhor está chocado com o que eu estou lhe contando? Pois olhe, se isso tivesse acontecido com qualquer outra mulher, entre mim e outra mulher qualquer, talvez pudesse ser considerado um ato de, digamos, libidinagem, para usar uma palavra realmente desagradável, do gosto dos jornalistas. Mas com ela não, nem naquela época, nem depois, nem hoje, nem nunca, aquilo foi, ou teria sido, uma coisa feia.

Eu acho que lhe disse que a nossa viagem era cheia de medos. Uma coisa horrível que existe no mundo é o fato de os jovens não terem liberdade para amar. Mas pior ainda do que isso é que eles não sabem amar; e no entanto foram feitos para o amor. Não sei se o senhor me entende: uns fogem do amor e outros o procuram com sofreguidão, mas no fim o que fica, em todos, é a mesma coisa, uma insuportável sensação de vazio. Aqui, tim-tim, saudemos o vazio de todos nós. Sabe o senhor que estamos bebendo há horas e esse é o primeiro, e certamente o último brinde que fazemos? Brindes são feitos para ocasiões festivas e eu estou com a pior disposição possível; não sou um homem de confidências, de contar tristezas, ou alegrias, de me abrir, para quem quer que seja, de fazer catarse com amigo ou padre, e no entanto aqui estou eu, colocando em cima da mesa todas as minhas dores e vergonhas para serem espiadas por um estranho que talvez não entenda o que está ouvindo. Mas o senhor é bom ouvinte, e isto basta, e eu lhe agradeço. Muito obrigado. Não quero a sua compreensão. Ninguém entende ninguém.

Em São Paulo fazia uma daquelas manhãs cinzentas, frias, de frio úmido. Para nós aquilo era muito estimulante. Quando chegamos no hotel o nosso medo voltou. O senhor já notou como, no fundo, são antipáticos, desagradáveis, horríveis mesmo, todos os recepcionistas de hotel? Eles tentam ser amáveis, mas é uma espécie de amabilidade gasta, falsa e basta olhar para a cara deles para ver que eles têm ódio disfarçado do hóspede poderoso, e desprezam o humilde. Eu pedi um apartamento de casal, e assinei na ficha senhor e senhora fulano de tal. Ela tinha virado para a palma da mão a pedra do seu anel para que parecesse uma aliança, que ela mostrou colocando a mão fechada sobre o balcão. O recepcionista me olhou, me mediu e afinal chamou o rapaz para levar nossas malas.

Posso vê-la, agora, com nitidez, em pé, no apartamento, sorrindo para mim, nós dois sozinhos, as portas fechadas. Meu Deus, como gravei tudo dela, as coisas mínimas: uma pequena abertura entre os seus dentes incisivos; o desenho das sobrancelhas; a meia-lua das unhas nos dedos finos e longos; a planta bem-delineada do pé, uma pequena marca no rosto — basta fechar os olhos que vejo isso tudo. E as coisas grandes: coração puro, inteligência sutil, generosidade, o amor por mim, o olhar limpo — basta fechar os olhos e sentir a dor da lembrança me comer cá dentro. Que alegria, a nossa, dentro daquele quarto. Fomos para a janela e do alto contemplamos São Paulo como se estivéssemos vendo a cidade pela primeira vez. Como era grande a nossa história, como era longa a nossa vida em comum. Foram anos. Viu o senhor a oportunidade que eu tive? Eu a amava. Eu queria casar com ela. Mas quando fui a São Paulo já não queria mais. Engraçado, só agora é que estou percebendo isso. Acho que é porque eu achava que casamento era uma besteira. Mas também não queria tê-la como outra coisa, pois gostava demais dela para isso. Eu tinha uma vaga noção de que precisava ficar livre, e depois, um pilantra como eu, que tinha que trabalhar de noite em jornal, ganhando uma miséria, não podia casar com ninguém. Serei culpado de alguma coisa?

O amor é generosidade, compreensão, ausência de egoísmo, mas no entanto os amantes são egoístas, mesquinhos e intolerantes, porque essa é a condição humana. Acontece que na fase de aguda excitação psíquica que caracteriza todo amor essas coisas não aparecem com muita nitidez. Olha aqui, eu já estou meio cansado para poder lhe explicar esse ponto direito e o pior é que ninguém explica. Freud foi um sujeito que nunca amou, eu não acredito em Freud, o senhor acredita? Freud é uma questão de fé, ou a gente crê nele ou não crê. Eu não creio. A mesma coisa com Marx. A única coisa que a gente pode fazer com eles é botar, ou não botar, o retrato na parede.

Nós andávamos pela cidade sem nos incomodarmos com a garoa fina que caía, sem pressa de voltar para casa. Todas as pessoas que viajam apreciam essa sensação de andar pelas ruas de uma cidade que não é aquela em que se vive, sem pressa, sem hora de voltar para casa. Por quê? Porque não há casa, lar doce lar, para onde voltar. A casa é uma prisão, mesmo se você vive sozinho. Uma prisão à qual você se acostuma, como os animais do jardim zoológico se acostumam com as suas jaulas.

Eu e ela gozávamos a nossa liberdade, pensando que era turismo o prazer que sentíamos. Voltávamos para o hotel sem olharmos para relógio. Às vezes íamos ao cinema, ou ao teatro, havia ocasiões em que nos sentávamos numa praça pública e víamos as pessoas passarem.

O senhor já amou? Não se ofenda se lhe pergunto isso, mas milhões de pessoas nunca amaram. Há aqueles que amaram seus livros, seu cachorro, seu país, suas roupas, suas joias, seu automóvel, mas eu não falo disso, nem de amor paterno ou fraterno — tudo isso é besteira comparado com o amor da mulher que amamos e nos ama; e que temos vontade de matar quando achamos que não nos ama mais. Uma coisa grande. Bebíamos champanhe no quarto, que eu levava da rua escondido no sobretudo. Mas mesmo bêbados nós nunca tivemos coragem. Tomávamos banho juntos e dormíamos abraçados, nus, mas não tínhamos coragem. Houve um momento em que tentamos, mas um gemido de dor me fez recuar. Eu tinha de protegê-la, entendeu?, de todos os males. Estaria fazendo um mal maior agindo daquela maneira? Na ocasião parecia que não. Na verdade eu até estava satisfeito, portava-me como um cavalheiro, sacrificava-me por ela, a menininha que eu amava.

Chegou um dia que tivemos que voltar. Viemos de avião e foi naquela hora — de viajar, que tudo acabou. Ela estava triste, calada, não respondia às perguntas que eu lhe fazia. Também fiquei calado. Vi depois que ela chorava, sem soluços, imóvel, as lágrimas escorrendo em silêncio. Eu sentia que não havia nada que eu pudesse dizer ou fazer. Ela sabia que eu não a amava, que eu estava me despedindo dela naquele dia, que era o fim.

Era o fim mesmo. Mas eu não me importava muito com isso. Ela parecia morrer ao meu lado, mas eu não sentia a menor dor. Só vim a sofrer muito tempo depois. Lentamente comecei a sentir saudades dela e quanto mais tempo passava mais eu sentia a sua ausência. Anos, muitos anos já se passaram, eu nunca mais a vi, mas cada vez ela está mais perto de mim: esqueci todas as outras mulheres que conheci depois, nem mesmo me lembro do nome de muitas, mas dela eu lembro tudo, tudo. Estranho, o senhor não acha?

O gravador

"Eu trabalho com um Grundig, um National e um Webcor."

"Qual está com defeito?"

"São todos estereofônicos. Mas algumas coisas eu gravo em monoaural."

(*Os telefonemas, por exemplo.*)

"Sim, mas qual está com defeito?"

"O Webcor. Está com som de barril."

"Deve ser o microfone."

"Talvez."

"Ou então a cabeça do gravador."

"Talvez."

"O senhor traz o gravador e o microfone aqui que eu vou ver."

"Não posso." (*Não posso, não posso.*) "O senhor não pode mandar apanhar aqui?"

Stop.

(*Rodei pela casa em grande velocidade, sem bater num móvel sequer. Minha agilidade é muito grande. Sempre desejei jogar basquete. Um dia vou à Associação para me inscrever no time. Ajustei o gravador em mono.*)

"Boa tarde. Aqui é do Instituto Brasileiro de Opinião."

"O quê?"

"A senhora quer fazer o favor de chamar a dona da casa?"

"Eu sou a dona da casa."

"Aqui é do Instituto Brasileiro de Opinião Pública."

"Sim, senhor."

"Nós estamos fazendo uma pesquisa de opinião para saber o que pensa o povo brasileiro da eutanásia."

"Eutanásia? O senhor se refere ao ato de matar uma pessoa para evitar que ela sofra?"

"Exatamente."

"Sou contra. O senhor pode colocar aí que sou contra. Veementemente contra."

"A senhora se incomoda de dar as razões?"

"Não, absolutamente. Acho que o sofrimento deve ser aliviado por entorpecentes, anestésicos, o que for necessário. A vida não deve ser abreviada por motivo algum. O senhor não acha?"

"Bem, quem está entrevistando a senhora sou eu."

"Sim, eu sei. Mas tenho a impressão que todos pensam como eu. Não pensam?"

"Bem, se a senhora quer dizer que em matéria de eutanásia é impossível dizer-se alguma coisa original, concordo com a senhora. A maioria das pessoas alega que a qualquer momento pode se descobrir uma cura para o sofrimento."

"O câncer, por exemplo."

"Ou então que somente Deus pode tirar a vida dos outros."

"É isso mesmo."

"O que é uma afirmativa horrível, a senhora não concorda?"

"Bem —"

"Mas há também afirmações favoráveis, baseadas sempre no desejo de aliviar o sofrimento de alguém considerado irremediavelmente perdido."

"Mas estão erradas!"

"Quase sempre as pessoas que cuidaram exaustivamente de parentes submetidos a uma longa agonia. Ou então enfermeiras. Muitas enfermeiras adotam esse ponto de vista. Isso não a surpreende?"

"É claro que me surpreende. Afinal de contas existem anestésicos, alívios para o sofrimento físico."

"E o sofrimento moral?"

"Como assim?"

"Quando não há dor física que a anestesia possa aliviar."

"Como assim?"

"Uma pessoa angustiada porque o mundo não é bom para ela, porque perdeu tudo, como Jó, por exemplo, porque está só e abandonada, porque perdeu a esperança —"

"Como assim?"

"Uma pessoa sofrendo mental e emocionalmente, é o que quero dizer."

(*Silêncio do outro lado.*)

"O senhor podia me dizer o seu nome?"

"Pois não: Jorge Vale."

(*Outro silêncio.*)

"Senhor Jorge, eu agora estou muito ocupada, eu — eu não poderei continuar conversando com o senhor."

"Mas minha senhora, perdoe minha insistência, mas o inquérito não está terminado, há muitas coisas que gostaria ainda de lhe perguntar. A nossa pesquisa é muito séria e participando dela a senhora está contribuindo para a elaboração de um importante documento social —"

"Eu lhe telefono depois. Eu posso lhe telefonar depois?"

(*Uma certa suspeita na voz?*)

"Eu lhe telefono depois."

Click.

(*Voltei a fita ao ponto inicial e ouvi tudo de novo.*)

"Senhor Jorge, eu agora estou muito ocupada, eu — eu não poderei continuar conversando com o senhor."

(*Havia mesmo suspeita.*)

"Senhor Jorge, eu agora estou muito ocupada, eu — eu não poderei continuar conversando com o senhor."

(*Havia mais do que suspeita.*)

"Eu lhe telefono depois. Eu posso lhe telefonar depois?"

(*Havia urgência.*)

"Eu lhe telefono depois. Eu posso lhe telefonar depois?"

(*Havia urgência e suspeita. Eu devia ter feito a gravação em estéreo e depois reproduzido a fita nos quatro alto-falantes.*)

O telefone tocou. Mudei o botão, que estava na faixa I - 3 para estéreo. Aumentei a velocidade de 3 3/4 para 7 I/2.

Tirim, tirim. (*Record. Luz verde. Modulei.*)

"Alô."

"Meu filho?"

"Sim, mamãe."

"O teu telefone vive ocupado. Com quem é que você conversa tanto?"

"Com os meus amigos!"

"Você não tem amigos."

"Ora, mamãe, a senhora é que não os conhece."

"Como, se você nunca sai de casa?"

"Mas tenho e pronto."

"Mas você não sai de casa!"

"Ora, mamãe..."

"Está bem. Não precisa se zangar com sua mãe."

"Não estou zangado."

"Fico tão preocupada com você aí sozinho!"

"Mas não precisa. Sei tomar conta de mim."

"Está bem. Logo mais vou aí botar você na cama."

"Não precisa. Já disse um milhão de vezes que não precisa."

"Vou aí pra te ver."

"Já disse um milhão de vezes que não precisa! Sei me deitar sozinho."

"Vou aí para ajudar. Para te ver."

"Sei me deitar sozinho."

"Meu filho... Oh! meu filho, você é tão teimoso!"

Eu estava com o rosto todo cheio de creme quando o telefone tocou. É um creme especial para rugas que, ao contrário dos outros, deve ser usado durante o dia. Isso tem uma certa lógica, pois, ao dormir, a pessoa acaba limpando o creme no travesseiro, principalmente alguém que tenha o sono agitado, como eu. Acredito em tratamentos de beleza. Uma pele cuidada é sempre mais bonita do que uma pele castigada pelo sol ou pela falta de limpeza. Não é vaidade. É mais uma questão de orgulho. Talvez o orgulho seja o meu fraco, reconheço.

Mas o telefone tocou quando eu estava com o rosto cheio de creme e quando estou com creme no rosto não sei fazer nada e muito menos falar no telefone. Nessas ocasiões gosto de ficar no sofá, imóvel, descansando, sem ter ninguém que me incomode. Eu tenho uma porção de manias. Roupa limpa de cama é uma delas. O ideal para mim seria mudar os lençóis da cama diariamente. Mas isso é impossível e por isso contento-me em fazê-lo uma vez por semana. Já Jorge não se incomoda. Para ele, tanto faz. Também, quando deita, dorme imediatamente e ronca, um ronco alto que me irrita. Além disso, durante o sono joga braços e pernas suarentos por cima de mim, o que faz com que eu fuja para um canto da cama. Aliás, ele vive suando. Naquelas ocasiões mais íntimas, ele sua um suor pegajoso que me incomoda tanto que acabo não tendo nenhum prazer.

Mas o telefone tocou. Era um homem, com uma voz muito simpática, que dizia ser de um instituto e estar interessado em saber a opinião das pessoas sobre a eutanásia. Fez uma porção de perguntas, queria saber se eu era a favor ou contra, até que em determinado momento me deu uma certa desconfiança de que ele não era uma pessoa séria e estava escondendo alguma coisa de mim. Pensei que talvez fosse industriado pelo meu marido. Cortei então a nossa conversa, dizendo-lhe estar ocupada e que lhe telefonava depois para terminar meu depoimento, mas ele não me deu o telefone.

Às sete horas Jorge chegou. Aliás, a pessoa que me telefonou disse que se chamava Jorge.

Jorge vive sempre reclamando de alguma coisa. Na hora do jantar, brigou por causa do bife, dizendo que não gostava de carne congelada. Eu também não gosto, mas há certas ocasiões em que a única carne que se encontra nos açougues é carne congelada.

"Senhoras e senhores, prosseguindo em nossa série de concertos de música concreta, apresentaremos hoje o *Concerto de rodas sibilantes*, de Jorge Vale."

Ffuffuffuffuffufufufufufufufufufufufuffffffff

Brudddd

Guhhuhuuhh

Tirrim

(*Liguei o gravador que estava conectado no fio telefônico.*)

"Alô."

"Meu filho?"

"Ah, mamãe, eu estou no meio de uma gravação. Puxa!"

"Eu não sabia, não é? Você faz essas gravações nas horas mais estranhas."

"Esta não é uma hora estranha."

"Está bem, está bem, eu desligo, não precisa tratar assim sua velha mãe."

(*Ela não é velha. Antes fosse.*)

"Ah, mamãe, não vamos brigar de novo."

"Que concerto é esse?"

"Concerto das rodas sibilantes." (*Ela ficou em silêncio por instantes. Chocada.*) "A senhora perdeu a língua?"

"Meu filho... meu filho." (*Cada locução com um ritmo diferente. Olhei o gravador para ver se estava gravando bem, nas duas faixas. Não gosto de perder as entonações de minha mãe, há qualquer coisa de falso e irritante, ainda que comovente, nas coisas que ela diz.*)

"Das rodas sibilantes. A senhora quer saber como é? Eu coloco o microfone junto das rodas —"

"Meu filho..."

"— enquanto elas deslizam céleres pelo chão."

"Meu filho..."

"O concerto começa com um som macio, sibilante, como um sopro de cobra abafado. Em seguida, ruído de multidão ao longe, combinado com concha do mar. Consigo isso amassando lentamente as cortinas de plástico do banheiro."

"As cortinas que eu te dei, que eu mesma instalei!"

"Depois um longo grito gutural, como de um bicho ou um ser supernatural, que consigo colocando o microfone junto da garganta."

"Não quero mais saber disso!"

"Mas a senhora precisa. A senhora sabe o que disse o Eurico Brum quando esteve aqui, ouvindo uma das músicas? Que sou melhor do que o Schaeffer ou o Arthuys. Mas a senhora não sabe quem são Schaeffer e Arthuys. Foram sujeitos que procuraram usar os ruídos como fonte de som.

É o que eu faço, filtro e modulo ruídos e depois cada ruído é ordenado e justaposto. A senhora uma vez disse que o meu *Estudo patético* era cruel. Me lembro quando a senhora disse isso. Aliás, está gravado. A senhora acha que música tem que ser uma chorumela adocicada."

"Eu não acho —"

"Acha, acha. O *Concerto das rodas* tem que ser mau, pois a roda é má, é horrível ainda que útil, útil, útil. É escravizante. A senhora não acha que a roda é escravizante?"

"Boa noite, meu filho."

"É ou não é escravizante!"

"Boa noite, meu filho."

(*Silêncio.*)

"Responda, meu filho, por favor, eu não quero desligar sem você me responder."

Click.

Trolotrolotro-trolotro-trolotrolotro-trolotrotrolo-trolotrolo-trolotrolotro. Purrr-purrr-purrr-purrr.

"Alô?"

"Alô?"

"Nós não acabamos a nossa conversa de ontem."

"Ah, é o senhor?"

"Sou eu."

"Como tem passado o senhor?"

"Bem. E a senhora?"

"Bem. Obrigada. O senhor sabe que eu não sei o seu nome?"

"É Jorge. Jorge Vale. Eu lhe falei ontem, não falei?" (*Não muito convincente. Teria se esquecido mesmo ou estaria mentindo?*) "Quem não sabe o seu nome sou eu."

(*Uma pausa.*)

"Aa-alice. Alice."

"Pois é, dona Alice, eu fiquei aguardando que a senhora me telefonasse, mas depois me lembrei que eu não lhe havia dado o meu telefone."

"É verdade."

(*Outra pausa.*)

"O que que o senhor faz?"

"Minha profissão?"

"É."

"Sou pesquisador de opinião pública. Como distração faço música concreta. É uma música feita de ruídos que se transformam em sons, aumentando e diminuindo a velocidade da gravação. Os ruídos são todos montados numa fita que depois a gente ouve. Como se fosse um filme — cada som um fotograma. É a minha distração preferida."

"Eu gosto de ler."

"Isso também gosto. Mas sou um homem de ação. Não posso ficar sentado muito tempo."

(*Esta frase me deixou irritado. Não faço outra coisa senão ficar sentado o dia inteiro.*)

"Por sentado quero dizer ficar sem fazer nada. Entendeu?"

"Mas ficar lendo não é ficar sem fazer nada, o senhor não acha?"

"Acho. Mas gosto de coisas que me ocupem, que me deem trabalho físico, o que a leitura evidentemente não dá."

"Isso é porque o senhor não é dona de casa. A coisa que a dona de casa mais gosta é de ficar deitada, sem fazer esforço. Nós andamos quilômetros dentro de casa. O senhor sabia que nós andamos quilômetros dentro de casa, de um lado para o outro, da cozinha para a sala, da sala para o banheiro e de volta para a cozinha e para a sala — é uma coisa que não termina nunca. O senhor é casado?"

"Eu? Não, moro sozinho."

"Mas deve ter alguém para arrumar sua casa, fazer sua comida. Uma empregada, quero dizer."

"Não, não tenho. Eu mesmo arrumo minha casa, faço a minha comida. Às vezes minha mãe vem aqui, ver como vão as coisas. Mas prefiro que ela não venha, sei tomar conta de mim mesmo."

"O senhor é um homem excepcional. É a primeira vez que ouço falar numa coisa dessas."

"Que coisa dessas?"

"Um homem autossuficiente. Todos os homens são tão dependentes! Tem sempre uma mulher tomando conta deles."

"Mas existem as exceções."

"É isso mesmo."

"E a senhora, é solteira?"

"Não, sou casada..."

"Ah, sei."

"Mas sou muito feliz com o meu marido."

"Tem filhos?"

"Não, não, nós, eehh, nós não temos filhos."

"Ah, sei."

"Mas é um casamento muito feliz o nosso. Dizem que os filhos fortalecem o matrimônio, nós não temos filhos mas nem por isso o nosso casamento é menos feliz."

"Sim, é lógico. Tudo depende..."

"Das pessoas se entenderem. Tudo depende das pessoas se entenderem."

"É, tudo depende das pessoas se entenderem."

"O senhor deve ser muito moço. A sua voz é de um homem muito moço. Cheio de vitalidade."

"Tenho trinta anos."

"Então não ficará solteiro muito tempo. Nessa idade os homens correm um enorme risco."

"Um risco? A senhora quer dizer que o casamento é uma questão de sorte?"

"Talvez. Não sei. Eu tive muita sorte, sou muito feliz no meu casamento, mas vejo tanta gente infeliz por aí, casais que não se entendem, que vivem uma vida de cão e gato, ou então uma vida triste, sem entusiasmo, sem amor, em que ambos se conformam com a vida miserável que levam, sem coragem de partir os laços que os unem e começar uma vida nova. Tenho muita pena dessa gente, talvez por ser feliz e poder ter pena dos outros, em vez de ter pena de mim mesma."

(*Pena dos outros. Pena da gente.*)

"Ligo para a senhora amanhã."

"O senhor deve ter outras coisas para fazer e eu aqui prendendo o senhor no telefone..."

"Não, não, absolutamente. Tenho mesmo que —"

"Eu sei, eu sei."

"Por favor, a senhora não pense que —"

"É claro que não, eu, eu, a-guardo o seu telefonema."

"Então, até logo. Ligo amanhã. Até logo."

Jorge me telefonou. Não creio mais que seja alguém mandado pelo meu marido. Sua voz é tão honesta, séria.

Tem trinta anos. Nessa idade o homem não é mais romântico, mas ele parece ser: sempre tão respeitador, me chamando de senhora o tempo todo. Vive sozinho e faz sua própria comida; pelo menos é o que ele diz e não creio que minta. Que interesse ele teria em mentir?

Ele é muito simpático e atencioso, mas teve alguma coisa que o deixou perturbado. Foi quando eu disse que sentia pena das pessoas e que só sentia pena das pessoas porque não sentia pena de mim mesma. Quando disse isso, ele ficou calado algum tempo, como que analisando o que eu dissera. Eu tinha dito também que era muito feliz no casamento. Teria sido por isso? Terá ele algum interesse em mim e o fato de eu ser casada e feliz o tenha deixado perturbado por ele ser tão sério que não pode pensar em ter uma aventura com uma mulher nessas circunstâncias? É bom que ele pense assim. Aliás, se não fosse isso, eu não estaria falando com ele pelo telefone. Não sou do tipo de mulher que faz essas coisas. Não que eu seja feliz com meu marido. Feliz não sou. Não adianta mentir para mim mesma. Posso mentir para os outros, mas não para mim mesma, mas isso foi no princípio, logo que nos casamos. Demorei muito a aceitar a verdade a respeito do homem com quem casei. Eu ficava dizendo, todos os homens são assim, o casamento é isso mesmo, você tem que se conformar e afinal ele não é tão ruim, foi muito melhor você ter casado do que ficar solteirona para o resto da vida. Foi esse aliás o meu erro. Eu escolhi muito e encontrava um defeito em todos os homens que me cortejavam — um não tinha dentes bonitos, outro não era inteligente, outro não tinha lido os livros que eu lera, outro era considerado muito baixinho pelas minhas amigas, o outro tinha um emprego sem futuro, o outro era meio mulato, o outro se vestia mal — em todos eu achava um defeito, eu e minhas amigas, um defeito que nada tinha a ver com o caráter deles, mas apenas com a aparência física. Enquanto isso, o tempo foi passando, minhas amigas se casaram e o mais engraçado é que uma delas casou com um homem pequenino e careca e outra casou com um mulato mesmo e ambas são muito felizes hoje, é preciso que se note.

Demorei a casar e já me sentia no fim quando Jorge surgiu. Eu me casaria com qualquer um, àquela altura dos acontecimentos, essa é que é a verdade. Como ele era um homem bonito, a minha decisão foi tomada imediatamente. Fiz tudo para que se casasse comigo. Tudo, tudo, e sobre isto não quero nem pensar, fico cheia de vergonha. Mas, afinal, casamos. Cometi aí o grande erro da minha vida, agora sei, não posso mais ter dúvidas quanto a isso. Ele nunca teve amor por mim, nenhum tipo de amor, a não ser algum desejo físico, que em pouco tempo se rotinizou. Sou uma criada para ele, uma mulher que toma conta das suas coisas e com quem vai para a cama quando lhe dá na veneta. É uma coisa horrível, ir para a cama com ele, sentir o seu peso em cima de mim. Me sinto uma cadela, um ser desprezível e infeliz. Teve época em que eu não me incomodava que ele fizesse aquilo comigo, me procurasse na cama. Sentir prazer eu não sentia, mas não me incomodava e até queria, apesar de toda a brutalidade que ele punha no ato. Eu queria porque, apesar de detestá-lo e saber que ele não tinha por mim um pingo de amor ou carinho, ou compreensão ou respeito, eu queria porque aquilo era bom para o meu amor-próprio, me dava alguma serventia como mulher. Era tudo muito sórdido, reconheço, mas eu queria que ele o fizesse e fingia que gostava. Às vezes era até bom para a minha insônia. Ele também não me procurava muitas vezes; me procurava quando bebia ou quando trazia para casa um daqueles livros indecentes que costumava comprar e queria que eu lesse. Dizia para mim: "Lê, lê, isso vai te fazer bem". Mas eu me recusava a ler o livro, ali, na frente dele, como ele fazia comigo. Mas lia escondido quando ele saía para o trabalho, na banheira, onde me masturbava e esse era todo o prazer sexual que a vida me dava; depois da primeira vez, senti vergonha, mas só depois da primeira vez. Me acostumei a fazer aquilo e era bom, era bom, era melhor do que ter um homem sobre mim cheirando a álcool, grunhindo como um porco e que depois de saciado se virava para um lado, sem se limpar, sem dizer uma palavra, sem um gesto de entendimento. Ele roncava todas as noites, mas *nessas noites* roncava mais alto e eu o empurrava e ele parava um pouco e logo depois recomeçava a roncar e eu desistia de empurrá-lo e ficava ouvindo os sons roucos da sua garganta. Isso é que é amor?, pensava, e tinha vontade de chorar, mas não conseguia. Mas não tenho raiva dele, sei que não é o único homem assim, nem sou a única mulher que sofre essas coisas. Já até li isso num livro, igualzinho, do homem virar para o lado e ficar roncando depois do ato. Ainda ontem li um livro em que isso acontecia tal e qual como acontece comigo, só que tem que a mulher, frustrada, procura um amante, e eu seria incapaz de fazer uma coisa dessas. Nunca faria uma coisa dessas. Seria uma indignidade.

"Hoje está fazendo três meses que nos conhecemos."

"Hoje?"

"Hoje, sim, dia 23. Os homens não guardam datas, mas as mulheres guardam."

"Eu tenho péssima memória." (*Minha memória está em fitas magnéticas de 1.200 pés.*)

"Você está arrependido?"

"Arrependido?"

"De me ter conhecido?"

"Não, claro que não."

"Nem eu. Nós ainda não nos vimos, mas eu conheço você como se você fosse, fosse — meu irmão. Um irmão de quem eu gostasse muito."

"Você para mim é mais do que isso."

"Sou mesmo?"

"Mais do que uma irmã."

"O que eu sou? Diz para mim."

"Eu não sei dizer. Só sei que eu penso em você o tempo todo."

"Eu também, eu também penso em você o tempo todo. Você também é mais do que um irmão para mim."

(*Fita rodando, gravando nosso silêncio. Um longo momento.*)

"Eu estou muito feliz. Há anos que não me sinto tão feliz assim."

"Eu também, Alice."

"Meu nome não é Alice. É Alda. Há muito tempo que eu queria lhe dizer isso, mas fiquei com vergonha de confessar que havia mentido. Mas agora não me incomodo. Eu menti para você! Meu nome é Alda. Foi a única e a última mentira que eu disse para você. Nunca mais mentirei, meu bem. Nunca mais, eu sei que nunca mais."

"Não faz mal. Eu não pensava em você como Alice. Eu pensava em você como alguém, uma mulher, cuja voz eu precisava ouvir diariamente para poder ter alguma alegria na vida. Também menti: não sou de nenhum instituto de opinião."

"Se você soubesse como você é tudo para mim!"

"Eu sei. Você também é tudo para mim."

"Você mudou a minha vida, Jorge. Eu era muito infeliz, sabe? Meu bem, essa foi outra mentira que eu disse para você."

"Qual?"

"Lembra o dia em que te disse que era muito feliz com o meu, com o meu —"

"Lembro." (*Quantas vezes havia tocado aquela fita!*)

"Pois era mentira. Eu nunca fui feliz com ele. Nunca. E muito menos agora. Só você me dá felicidade. E sua voz, as coisas que você me diz, a sua lembrança que levo para a cama todas as noites e que me faz dormir um sono bom e tranquilo, só você, a quem eu amo, viu?, só você me faz feliz!"

Decidi abandonar meu marido. Não posso mais viver com ele. Talvez ele não se incomode muito com isso, não creio que ele goste de mim. Não somos sequer amigos, no sentido trivial da palavra. Ele não se interessa pelo meu bem-estar, não quer saber se estou feliz ou infeliz e quando estou doente me trata com impaciência, como se eu tivesse cometido algum crime. Nunca me levou para ver um filme que eu quisesse ver; só gosta de filme de cowboy, até dos piores, com artistas desconhecidos e histórias idiotas, sem o menor interesse a não ser para um menino de oito anos. Eu não me incomodaria se ele fosse um menino de oito anos. Mas ele nada tem de menino, é um homem, de pele grossa, gordo; e pensar que já foi magro alguns anos atrás. Além de tudo, é extremamente vulgar. As pessoas quando dormem, mesmo os homens, lembro-me de meus dois irmãos, têm um ar desamparado, frágil, doce e triste, mas não ele: o seu rosto fica ainda mais duro, mais ofensivo, seu corpo se espoja na cama como o de um bicho que estivesse digerindo uma enorme quantidade de comida repugnante; sua barriga gorda e cabeluda cai sobre a cama numa posição obscena, cuja visão causa o maior asco; ronca e sua, vestido nas suas cuecas largas. As cuecas são o seu uniforme. Mal chega em casa, se põe de cuecas; janta de cuecas e depois assiste à televisão de cuecas, tomando cerveja, duas, às vezes três garrafas. Estou casada com esse homem há quase dez anos. Ou eu o abandono agora ou nunca mais. A verdade é que as mulheres têm uma enorme capacidade de se acostumar às coisas sórdidas. Eu, por exemplo, sinto prazer com a raiva e o desprezo que tenho por ele; com as pequenas vinganças que exerço; com os enganos a que o submeto. Compenso desta maneira a vida ruim que levo, me satisfaço com coisas assim, como tirar dinheiro da sua carteira sem que ele perceba, ou inventar despesas de casa inexistentes, ou ainda deixar patente sua ignorância e falta de educação. Preciso fugir disso o quanto antes, o ódio que sinto está fazendo com que eu a ele me iguale e daqui a pouco não sei mais qual dos dois será pior que o outro. Que bom que eu tenha percebido isso a tempo, que no casamento o pior é que leva sempre a melhor, o parceiro bom é sempre destruído pelo mau, pois o vício é mais forte do que a virtude.

É preciso abandoná-lo. Preciso coragem para isso. Tenho rezado muito nas últimas noites, para ter forças para ir dizer a ele "não quero mais viver com você, não quero e não adianta pedir". Não lhe direi toda a verdade. Direi: "Nosso gênio não combina, minha vida é infeliz, você arranja uma boa mulher, é melhor eu ir embora, não quero nada de você, nem pensão nem nada". Arranjarei um emprego. Sei que meus pais ficarão muito tristes com isso tudo. Em nossa família nunca houve um caso de desquite. Principalmente minha mãe, que dá muita importância a essas coisas. Terei que conversar com ela antes, dizer-lhe que não posso continuar vivendo com Jorge, que serei mais feliz assim, muito mais feliz. Agora sei quais as qualidades que uma mulher deve buscar num homem: bondade, compreensão, paciência, caráter, decência.

(*Uma bola de papel que jogo na cesta. Afasto-me o mais possível para testar a minha pontaria. Acerto sempre.*)

Trimmm!

Fhuh-fhuh-fhuh-fhuh-fhuh. (*Roda.*)

Tleckt. (*Tecla record.*)

"Alô?"

"Como vai?"

"Eu vou bem, e você?"

"Eu vou bem. Pensou em mim?"

"Muito."

"Eu também. Sem parar um instante."

"Pensei em você sozinha e em você em relação a mim. Pensei em nós dois."

"Meu bem, igualzinho a mim. Também pensei em nós dois. Antes eu ficava imaginando coisas assim como a cor dos teus olhos ou o jeito da tua boca, ou em como seriam os teus dedos e para tudo eu inventava uma coisa — os teus olhos eram verdes, tua boca tinha duas covinhas e era larga, de dentes brancos e certos, teus dedos fortes, de unhas limpas, tudo isso eu pensava e repensava, mudava a cor dos olhos, o formato da boca. Mas essas eram as coisas em que eu pensava no início. Agora isso já não importa, tudo que importa em você eu já conheço, não preciso mais imaginar: é a capacidade que você tem de fazer da relação entre o homem e a mulher alguma coisa digna e bonita. Espero que entenda, eu ainda não vi você nem estivemos juntos, mas posso desde logo prever tudo, você me entende, não? Sabe o que eu quero dizer com isso tudo, não sabe?"

"Claro, meu bem. Não precisamos nos ver para saber disso."

"Mas agora quero ver você, tenho uma coisa muito importante para te dizer e tem que ser pessoalmente, é melhor se for pessoalmente, não sei, sabe, como dizer isso pelo telefone. Alô, alô, Jorge?"

"S-sim."

"Pensei que você tinha desligado."

"Não... não, é que —"

"Não estou ouvindo nada, quer falar mais alto?"

"Eh... hum, eh..."

"Não estou entendendo nada."

"Não sei se já podemos."

"Podemos o quê?"

"Nos encontrar."

"Mas o que impede?"

"Não sei."

"Ah, meu bem, deixa de ser bobo, deixa de ser bobinho, nós vamos nos encontrar na rua, para conversarmos. Tenho uma coisa muito importante para te dizer."

"Você não pode dizer pelo telefone? Diz pelo telefone."

"Não posso. Quer dizer, posso, mas não quero, acho que devo te dizer isso pessoalmente, entendeu?"

"Não. Acho que qualquer coisa que pode ser dita pessoalmente pode ser dita pelo telefone."

"Mas, meu bem, eu quero encontrar com você, tenho essa coisa para te dizer!"

"Mas que coisa é essa tão importante que você não pode me dizer pelo telefone? Você parece criança, fazendo mistério e vai ver é uma bobagem à toa."

"Está certo, meu bem, esquece isso, eu não quero te irritar —"

"Eu não estou irritado, minha querida, palavra de honra, não estou mesmo. Sei lá, acho que saio tão pouco de casa que só em pensar nisso fico perturbado."

"Você quer então que eu vá aí?"

"Não!"

"Jorge!"

"Me desculpa, meu bem, eu hoje não estou num bom dia."

"Eu sei, querido, eu sei, querido, mas não se preocupe com isso não, viu?, eu entendo."

"Quem tem razão é você, meu bem; nós temos que nos encontrar mesmo, mais dia, menos dia. Olha! Você quer se encontrar, está bem, nós nos encontramos. Mas olha, eu não sou nada do que você está pensando, nada."

"Eu sei, meu bem."

"Você não sabe nada."

"Está certo, não sei nada. Você realmente está com um gênio horrível hoje."

"Você sabia que eu, que eu..."

"Sim, meu bem..."

"Que eu..."

"Alô, alô."

"Eu..."

"Você está se sentindo mal, meu bem? Aconteceu alguma coisa?"

"Não, estou bem."

"Você está tão diferente..."

"Onde é que você quer se encontrar comigo?"

"Onde você quiser, meu bem."

"Não, você diz."

"Na praça, no centro, perto da estátua, daquela estátua que você diz ser muito feia."

"Quando?"

"Amanhã, de manhã, às dez horas. Está bem?"

"Está."

"Nem dormirei, pensando no meu encontro. Estou tão feliz, Jorge!"

"Até amanhã."

"Até amanhã."

(*Disquei o telefone.*)

"Mamãe?"

"Sim, meu filho, como vai você?"

"Vou bem."

"Vai bem mesmo?"

"Vou, mamãe, vou."

"Tua voz está diferente."

"Eu vou bem, mamãe, eu vou bem, mamãe, eu vou bem, mamãe."

"Está certo, não precisa me maltratar."

"Eu não quero maltratar a senhora. Só quero que a senhora mande o Pedro aqui amanhã."

"Você vai sair?"

"Mande o Pedro aqui amanhã, mamãe."

"Você vai sair?"

"Mande o Pedro aqui amanhã, mamãe, bem cedo."

Click.

Dormi mal a noite inteira. Acordei várias vezes. É sempre assim, quando a gente quer dormir não consegue. Estou numa idade em que não posso mais passar uma noite sem dormir, sem que isso apareça no meu rosto. Não que eu seja velha, ainda não tenho quarenta anos. Mas quando passo uma noite sem dormir, meus olhos ficam com olheiras e minha pele fica ruim, eu pelo menos fico com essa impressão. Houve uma ocasião em que me levantei e fui ver o meu rosto no banheiro; estava horrível, amarelo flácido e as rugas em volta dos meus olhos estavam fundas, chegavam a brilhar. Tenho amigas mais velhas do que eu cujo rosto não está assim tão vincado, mas elas levam uma vida mais feliz que a minha. Não há coisa que envelheça mais a mulher do que o sofrimento.

Jorge saiu às oito horas. Nunca demorei tanto a me vestir! E a me pintar também. Fiz uma pintura moderna no meu rosto, como dessas mocinhas que encontro em Copacabana, quando vou fazer compras. Tudo isso para nada. Esperei duas horas, duas horas contadas no relógio e Jorge não apareceu. Olhava ansiosa todos os cantos da praça vazia, esperando que Jorge surgisse a qualquer momento. Quando algum homem surgia, meu coração batia apressado. Jorge não apareceu. Uma chuvinha fina caía quando cheguei, mas não podia ser esse o motivo. A chuva nem dava para molhar, havia mesmo na praça uma babá com duas crianças e um paralítico numa cadeira de rodas, sendo empurrado por seu empregado. Jorge não apareceu. A praça ficou totalmente vazia, depois de algum tempo. A chuva aumentou de intensidade, estragou o penteado que eu custara tanto a fazer, molhou meu rosto e minhas roupas, mas eu nem senti, fiquei ali debaixo da chuva, esperando.

Depois fui para casa. Alguma coisa devia ter acontecido, alguma coisa de força maior, pois Jorge não faltaria se não fosse por um motivo muito importante. Liguei várias vezes, mas o seu telefone não atendia. Liguei o dia inteiro sem parar, até de noite, quando o meu marido chegou.

Tirrim. Tirrim. Tirrim. Tirrim. Tirrim. Tirrim.

(*Perto da janela vi o dia escurecendo muito lentamente.*)

(*Peguei o telefone. Disquei.*)

"Mamãe?"

"Meu filho, o que foi que aconteceu? Liguei para você o dia inteiro e você não atendeu."

"Nada, não quis atender o telefone."

"Você vive me assustando!"

"Vem aqui, mamãe, vem aqui, hoje."

"Sim, meu filho, vou imediatamente. Você quer que a mamãezinha ponha você para dormir, quer?"

"Sim, mamãe, quero, vem me pôr para dormir."

O inimigo

PRIMEIRO TEMPO

I — ESTOU PENSANDO MUITO, o que sempre acontece antes de me deitar, na hora em que fecho as portas da casa. Isso me deixa excessivamente irritado, pois, quando volto para a cama, apesar dos processos mnemônicos que usei para ter certeza de que fechei portas e janelas, a dúvida me assalta e eu tenho que levantar novamente. Há noites em que levanto cinco, seis, sete vezes, até que afinal, dissipadas todas as incertezas, adormeço tranquilo. Hoje, por exemplo, já levantei duas vezes para ver se as portas estavam de fato fechadas, mas acabei não vendo direito. Os processos mnemônicos que estava usando pareciam ser bons. Na janela da varanda dei uma pequena cusparada por entre as venezianas e verifiquei, enquanto fechava o trinco, uma gota de saliva balançando e refletindo a luz da lâmpada na rua. Na porta da frente, enquanto passava o trinco, exclamei em voz alta "alea jacta est", duas vezes. Na porta dos fundos, após fechá-la, levantei a perna e toquei com a planta do pé a maçaneta. Estava fria. Depois me deitei, esperando voltar tranquilo a Ulpiniano-o-Meigo, Mangonga, Najuba, Félix, Roberto e Eu mesmo. Neste instante na cama, a palavra *voltar* faz-me constatar, com aflição, que, ao fazer a minha ronda de segurança, eu não estava concentrado naquelas tarefas essenciais (duas vezes os ladrões tinham entrado em minha casa e roubado parte substancial dos meus bens), mas sim pensando distraído, o que não podia me dar a certeza de tê-las efetuado com precisão. De fato, posso agora recapitular, ao fechar a porta e exclamar em voz alta "alea jacta est", eu estava pensando no mico que falava com Vespasiano, pai de Ulpiniano-o-Meigo e Justin, seu irmão e mágico de profissão, de quem eu era auxiliar. Apesar de algumas pessoas dizerem que eu era assistente de mágico por diletantismo, na realidade o que me interessava era o dinheiro que ganhava em cada exibição, e que ajudava a pagar meus estudos, pois a função não me agradava tanto assim, principalmente pelo fato de Justin exigir que eu trabalhasse de gravata borboleta. Nosso espetáculo era realizado em circos e clubes. Os circos funcionavam quase sempre nos subúrbios e aos sábados e domingos havia, além da apresentação noturna (21 horas), uma matinê (16 horas). Com isso eu passava praticamente o sábado e domingo no subúrbio, pois não adiantava voltar para casa. Isso não me incomodava pois eu namorava (mas ela não sabia) Aspásia, a garota peruana, ou equatoriana, talvez boliviana, da corda bamba. Ela subia no fio, com uma saia curta de cetim vermelho e uma sombrinha colorida, e como era linda, o rosto tenso, corpo feito de equilíbrio e poder, deslizando leve e ágil sobre o fio de aço. Mas ela não queria nada comigo pois eu tinha apenas quinze anos e não era coisa nenhuma.

É preciso ordenar os acontecimentos. Estamos no ginásio e eu sou um estudante e auxiliar de mágico. É segunda-

-feira; estou triste pois no domingo cheguei para Aspásia e recitei para ela, em espanhol, "La casada infiel"; depois de ouvir sorridente o que deveria (achava eu) comovê-la até as lágrimas, ela encerrou o assunto dizendo que o meu espanhol era nojento. Não nesses termos, mas o sentido era esse. Eu tinha que ir para o colégio quando o que queria era estar na ilha de Cayo Icacos que descobri no atlas e que devia ter coqueiros, mar azul e vento fresco, ao meu lado Aspásia.

A primeira aula era do Cambaxirra, assim apelidado por ser ele mirrado e seus braços parecerem asas de um passarinho feio. Tínhamos-lhe desprezo e talvez ódio: os jovens não perdoam os fracos. Na última fila Mangonga lia um livro de sacanagem da coleção verde, *As hetairas de luxo.* Ulpiniano-o-Meigo parecia prestar atenção à aula, mas eu sabia que isso era impossível; Félix tomava notas; Najuba tomava notas; Roberto fabulava, o olho virado. Já havia passado a fase em que gostávamos (nós, os líderes da classe) de ridicularizar o Cambaxirra, que, por ser surdo, permitia que isso fosse feito sem grande risco. Nesse dia, depois da aula, Roberto me chamou e disse — "olha, vou contar uma coisa para você que não tenho coragem de contar para ninguém, nem minha mãe, nem meu pai, nem meus irmãos" — o que não era vantagem nenhuma, pois o Roberto era um sujeito que vivia isolado dentro de casa, lendo solitariamente tratados de parapsicologia, sem possibilidade de comunicação com os pais que o haviam tido já em idade avançada. A diferença de idade entre ele e os seus irmãos era de, no mínimo, vinte anos. Sua cara era assim: pálido, de olheiras (passava as noites lendo, escondido da mãe) e tinha um nariz muito comprido, mesmo para um homem feito. Não era, pois, vantagem, ele contar para mim aquilo que não-tinha-nem--mesmo-contado-para-a-mãe-etc. Me puxou para o lado e só falou quando, apesar de isolados no canto do corredor, teve certeza de que ninguém nos ouvia.

"Eu hoje voei", disse ele. Seus olhos brilhavam.

"É mesmo?", disse eu. Não sabia se acreditava ou não. Não nele, no voo. Ele não mentia nunca.

"Voei. Juro. Você me acredita, não?", disse ele me olhando ansioso. "Saí vinte centímetros do chão."

Fomos para o botequim da rua Vieira Fazenda. Pedimos café com leite no copo e um sanduíche de mortadela, um luxo. Aí ele me contou em detalhes como tinha sido a coisa, mais ou menos assim: foi logo depois que ele acabara de ler o livro de sir W. Crooks, *Researches in the phenomena of spiritualism.* Quando Crooks escreveu o livro, em 1920, ninguém acreditava nessas coisas a não ser os crentes. (E assim mesmo santa Tereza e são João da Cruz, que foram vistos suspensos no ar, são conhecidos por outros talentos que não esses. São José de Copertino, apesar de ter voado mais de cem vezes, não conseguiu, por ser um santo meio burro, que não sabia fazer outra coisa, maior prestígio dentro da história religiosa.) Fora do campo religioso os fenômenos de parapsicologia, como telepatia, clairvoyance e outras formas de percepção extrassensorial, não eram muito acreditados. Roberto começara com experiências referentes a PES (percepção extrassensorial) lendo Murchison, Rhine, Sval, Goldney, Bateman e Zorab. E depois Richet, Osty, Saltmarsh, Johnson e Pratt.

E ainda Schmeidler, McConnell, Myers e Podmore. E finalmente Schrenk-Notzing, Playne e L. S. Bendit. Não havia ninguém que tivesse lido mais coisa sobre parapsicologia do que ele. Correspondia-se com a Psychical Society of England. Escrevia para S. P. Bogvouvala, na Índia, e juntos faziam misérias (um lia o pensamento do outro a distância). Mas ser médium, hipnotizador e telepata eram coisas menores para ele. O seu interesse era mesmo a levitação. "É tudo uma questão de controle das energias do corpo", disse ele. Não era um místico, condição que talvez facilitasse as coisas. (Ver H. H. C. Thruston, *The physical phenomena of mysticism.*) Mas tinha uma grande força de vontade. Um dia, aquele dia, ele começou a se concentrar de manhã; sua família estava fora, era um fim de semana, ele ficara em casa para estudar para as provas. Não almoçou, não comeu nada naquele dia, nem jantou. Sentia uma enorme força dentro dele, se agrupando, ganhando poder e momentum. Veio a noite. Quando o dia começou a raiar ele verificou que seu corpo começava a se desprender do chão; ficou no ar durante algum tempo, até que sentiu que as forças lhe faltavam e ele desceu novamente.

2 — Roberto voará ainda hoje? Essa é uma coisa que preciso esclarecer. Mas não somente isso. E a ressurreição de Ulpiniano-o-Meigo? E o mico que falava?

Evidentemente eu não acreditava, na ocasião, no mico que falava. Vespasiano, pai de Ulpiniano-o-Meigo e de Justin, cuja profissão era a mágica, alegava conversar inteligivelmente com o mico. Os dois realmente ficavam conversando o tempo todo, nas horas em que Vespasiano não estava na rua entrando de graça nos cinemas. Vespasiano não deixava de ver o lançamento de um novo filme, mas sempre como penetra; para ele era uma questão de honra, e de etiqueta, entrar no cinema sem pagar. Isso era relativamente fácil para ele. Tratava-se de um homem enorme que se vestia com uma distinção ostensiva e irresistível: polainas, roupa escura, colete, flor na lapela, bengala e chapéu homburg. Apesar de parecer estranha, a vestimenta servia ao seu propósito, que era entrar no cinema de graça. Sua técnica era simples. Ele ia entrando, solene; sem parar na porta, dava um bom-dia profundo ao porteiro e seguia direto para a sala de projeção. Em 99% dos casos o porteiro não tinha coragem de pedir a entrada. Era impossível resistir à presença arrasadora de Vespasiano. Às vezes um porteiro distraído (um maluco) lhe pedia a entrada. Vespasiano fulminava-o com a frase "Que é isto? Não me conhece?", e aí, mesmo o mais duro dos porteiros cedia docilmente.

Mas seu passatempo predileto era conversar com o mico. Era comum ver Vespasiano dialogando com o mico. Um dia fui visitar Ulpiniano-o-Meigo e nem ele nem Vespasiano estavam em casa. Justin praticava legère-de-main fazendo correr uma moeda sobre as costas da mão: dedo-comissura-dedo, indo e voltando; depois ele pegava uma bola de pingue-pongue, depois um baralho. Era assim que ele descansava, treinando os dedos, fazendo a mão ser mais rápida do que o olho. Eu fui direto à sala onde estava o mico. Estávamos vis-à-vis, sós. Dei-lhe um bofetão que o fez cair da mesa onde estava. Deixei-o estendido no chão e fui apreciar Justin e os seus truques de mão, enquanto aguardava a chegada de Vespasiano, quando então poríamos a limpo aquela história de mico falante.

Vespasiano chegou portentoso, enchendo a casa de energia. Imediatamente o mico, até então silencioso, começou a guinchar. Vespasiano correu para ele:

"Sim, sim?"

"Quim-quim, quim-quim-qui"

"É mesmo?"

"Quim-qui-qui-qui"

"Lôbrego! Infame! Torpe!"

Vespasiano tinha a mania de falar por meio de adjetivos. Havia lido Rui Barbosa e nunca mais se recuperara.

"Ah!"

Esse *ah* soou como o rugido de um leão e ele virou-se, caminhou em minha direção. Esperei-o, paralisado pelo medo, pela revelação: ele realmente falava com o mico! Controlando-se, ele me perguntou:

"Por que você cometeu esta selvageria com ele? Ele que nunca fez mal a ninguém, o mais nobre e valoroso dos animais, entre homens e bichos, que eu conheci? Um bofetão na cara, inopinado, injusto, cruel, mesquinho e impertinente. Explique-se."

Pedi desculpas ao mico.

Foi mais ou menos nessa época que Ulpiniano-o-Meigo foi expulso do colégio. Ele já tinha sido suspenso quando, numa prova de higiene, ao invés de responder às questões formuladas, escreveu na prova alguns slogans como "beba mais leite", "durma com as janelas abertas" (acrescentando "assinado: o ladrão"), juntamente com o ensaio "A menopausa dos galináceos". Ao ser interpelado pelo diretor, Ulpiniano-o-Meigo retrucou que o ensaio apesar de impertinente era uma contribuição científica à avicultura e pediu ao diretor que ouvisse a opinião do dr. Karl Bisch, o maior especialista na matéria, que certamente certificaria a importância do seu trabalho.

Não pediram a opinião do dr. Karl Bisch e Ulpiniano-o-Meigo foi suspenso. De qualquer forma seria muito difícil ouvir a opinião do dr. Karl Bisch pelo simples motivo de que ele não existia. Tratava-se de um dos personagens que Ulpiniano-o-Meigo, Roberto, Mangonga e Eu inventávamos para gozar os nossos mestres. Sempre que possível nós citávamos, nas provas, autores que não existiam, confiados na ignorância tradicional dos professores. É claro que às vezes nós nos arriscávamos, como no dia em que, na prova de literatura, eu citei Sparafucile como "o conhecido crítico italiano de literatura Veda", ou quando Mangonga citou o próprio pai, que se chamava Epifânio Catolé, como um "eminente historiador baiano". O caso de Mangonga era um pouco diferente do nosso, pois ele acreditava nas mentiras que dizia e assim, depois da prova, começou a repetir que o pai dele por ser avesso à publicidade não tinha o reconhecimento que merecia.

Mangonga dizia que morava em Copacabana. Naquele tempo Copacabana não era ainda a favela de maior densidade demográfica do mundo; era um lugar onde as pessoas elegantes e ricas moravam. Todo dia Mangonga e Najuba, depois do colégio, iam juntos para Copacabana, e Najuba, que morava na Miguel Lemos, saltava antes de Mangonga, que morava na av. Atlântica, no posto 6. Mangonga fez isso durante quatro anos, até que um dia o pai dele morreu e nós fomos à casa dele velar o corpo. A casa de Mangonga ficava na rua da Cancela, em São Cristóvão, num sobrado velho, com uma escada rangente e carcomida, de corrimão quebrado, sem praia e sem mar, sem garotas de maiô. Era uma tarde de sol desgraçado, e fazia um calor tão forte e opressivo que até o cadáver do pai de Mangonga suava.

É claro que depois disso Mangonga não voltou mais para casa com Najuba. A morte do pai fez com que ele se interessasse ainda mais por questões de demonologia. Roberto dizia de Mangonga que ele era "o único mitomaníaco que tinha pacto com o diabo". Mas sua preocupação principal era com lâmias e súcubos, demônios femininos que se aproveitam do sono das pessoas para cometer toda sorte de malefícios.

Voltando à expulsão de Ulpiniano-o-Meigo. Um dia, ao chegar ao colégio, vi uma porção de estudantes aglomerados frente ao quadro de avisos. Devia ser uma notícia muito importante, pensei. E era. Num cartaz grande, pintado em letras vermelhas e azuis estava escrito:

PADRE JÚLIO MARIA & CIA.
COMUNICAM À DISTINTA CLIENTELA
A SUA NOVA TABELA DE PREÇOS

I — *Comunhões*

Hóstia simples	1,00
Hóstia de massa de *palmiere*	3,00
Hóstia recheada de camarão	8,00

Hóstia folheada a ouro c/efígie do papa (não é para ser engolida)	500,00

2 — *Batizados*

C/ água simples	10,00
C/ água Caxambu salgada	30,00
C/ água de Vichy genuína e cloreto de sódio importado	80,00

3 — *Casamentos*

Simples	30,00
C/ flores de ocasião e algumas velas	100,00
C/ um pouco mais de flores, luzes, órgão e cantora amadora	400,00
C/ rosas, órgão, tapete, padre de roupa nova, luzes e cantora profissional	1.000,00
C/ tulipas holandesas, luzes profusas, tapete vermelho, bispo de roupa nova, fotógrafo-colunista, órgão e coro celestial profissional (com músicas gravadas)	40.000,00

4 — *Extremas-unções*

Almas sem pecado, encomendadas de dia	10,00
Almas sem pecado, encomendadas à noite, até às 22h	20,00
Almas idem, encomendadas depois das 22h	80,00

Almas pecadoras veniais (dia ou noite)	100,00
Almas pecadoras mortais (dia e noite)	1.000,00

5 — *Bênçãos*

Bênção de santinho de madeira ou alumínio	6,00
Bênção de santo de prata, ouro ou pedra preciosa	40,00
Bênção de residência até dois quartos, sala, banheiro, cozinha e dependências de empregada	95,00
Bênção de residência com piscina ou salão de snooker	600,00

Os nossos preços são os menores da praça. SEM COMPETIDORES. Fornecemos padres para dar um toque piedoso às suas festas. Santos, bulas papais, imagens, oratórios, livros religiosos, lascas originais de Madeiro, TUDO, TUDO pelo menor preço. Procure.

Júlio Maria & cia.

Era isso que estava escrito. O diretor achou que ele estava maluco e Ulpiniano-o-Meigo foi expulso do colégio, voltou para casa e morreu para ressuscitar, como disse ele, no fim do sétimo dia, "tal e qual Jesus Cristo". Ele sempre gostara de Jesus Cristo. Dizia, citando Pessoa, "melhor era Jesus Cristo, que não entendia de finanças e nem consta que tivesse biblioteca".

Eu estava lá na casa dele quando ele morreu. Estávamos na sala e ele disse:

"Vou morrer, tal e qual Jesus Cristo."

Deitou no chão e, hum, morreu. Ficou duro e foi expirando. Eu e Najuba não acreditamos logo e por isso, já que era uma brincadeira, começamos a brincar. Primeiro escrevemos na testa dele "Jesus Cristo" e colocamos, ou melhor, Najuba colocou, pois quem lia Pitigrilli era ele, um cartaz no peito de Ulpiniano-o-Meigo, com letras garrafais *YNRJ* e entre parênteses em letras menores: "yo no regulo jamais". Depois usando vários carimbos que encontramos na casa, carimbamos nos seus braços e face: "Aprovado", "Arquivado", "Pessoal", "Confidencial", "Intransferível".

Logo depois que Ulpiniano-o-Meigo desapareceu o colégio começou a ficar chato. Roberto não voou mais. Todos os nossos planos falharam. O dia em que Mangonga programou a nossa ida à zona foi um completo fracasso. Najuba, já no Mangue, desistiu. "Você entra no botequim antes e tira o peso", disse Mangonga. "Não é por isso não, eu não estou com o peso hoje, é que eu tenho uma coisa importante para fazer", respondeu Najuba. Eu disse: "O motivo pode não ser o peso, mas que você está com o peso, está, você sem o peso é a mesma coisa que o Félix sem o prendedor" — coisa que o Félix não gostou de ouvir pois foi logo dizendo que ele também não ia pois tinha uma coisa importante para fazer. "Tá certo, eu estou com o peso", disse Najuba. "Então você tira, vai no mictório do boteco e tira." "Mas não é isso", disse Najuba, "eu não quero ir." Mangonga disse: "Você está com medo, seu cagão. O que adiantou você amarrar esses anos todos um barbante com um peso de chumbo no birro, hein? Não cresceu, não foi? Eu não disse que não crescia?" "Cresceu sim", disse Najuba. Mangonga: "Quanto? Quanto? Meio centímetro? Um centímetro? Cresceu uma ova!"

Ficamos eu e Mangonga sozinhos. Aos poucos nós também íamos medrando. "E se pegarmos uma doença?", perguntei. Pensava em Aspásia, eu queria fazer aquela coisa com Aspásia. "Doença? que doença?", perguntou Mangonga. "Gonorreia, cavalo, mula, sei lá." Tremíamos só de pensar nas histórias dos sujeitos engalicados com gonorreia de gancho. Acabamos no cinema Primor, chupando busi e vendo filme em série. Na saída comprei na loja de ferragens um enorme prendedor de roupa para dar de presente ao Félix. Félix dormia todas as noites com um prendedor de roupa no nariz para afilá-lo. Agradeceu-me com lágrimas nos olhos, ao ver a mola forte e a largura da madeira do prendedor. "Vocês trataram o Najuba muito mal", disse ele. Era o único que entendia o Najuba. "Você não acha que o meu nariz está mais fino?", perguntou-me.

SEGUNDO TEMPO

3 — Eu ainda estou na cama e isto tudo foi a memória funcionando. Ou será que não foi? Eu sou hoje um homem tão cheio de dúvidas. Não sei mesmo se fechei as portas e com isso não consigo dormir, chego até a sentir um peso no meu coração. Eu preciso dormir. Vejamos: na porta da varanda, ao checar o trinco eu fiz ploc-ploc com a língua contra os lábios. Na porta da frente, espiei o número nove na lingueta da fechadura e encostei a ponta do nariz na

maçaneta. Estava fria. Na porta dos fundos, ao chegar, eu disse *Hattie, Henry and the honorable Harold hold hands together in Hampstead Heath*, treinando, enquanto aplicava o ardil mnemônico o *H* aspirado do meu inglês. Mas mesmo assim, eu estou na dúvida. Isso porque nem um instante eu deixei de pensar se aquelas coisas eram verdadeiras. Coisas tão bestas, mas não sei se eram verdadeiras. Seriam sonhos? Mas quem sonha dorme. O sujeito sonha para poder dormir. Não há sono sem sonho. Quem me dera poder dormir. Estarei ficando — não, não. O que sempre quis saber é se as pessoas, e os fatos, são verdadeiros. Não me importa saber se as pessoas existem ou existiram, se os fatos existem ou existiram, mas se eles são ou não verdadeiros. Foi por isso que muitos anos depois eu quis saber a Verdade. Verifico satisfeito que apesar de aflito, nem por um momento perco minha lucidez; a busca que efetuei foi cansativa, e, talvez, inútil, mas mesmo assim, não me entrego ao desespero e consigo até ser um tanto ou quanto faceto.

A busca. Antes, porém, estarão as portas fechadas? Não tenho medo que o ladrão me pegue acordado: aí eu terei todas as vantagens. Mas dormindo? Ah — bobagem, as dúvidas não me deixarão dormir, um homem com dúvidas não dorme nunca.

Quanto tempo depois eu comecei a minha busca? Creio que foi vinte anos depois, deixa contar, isso mesmo, vinte anos depois, como no romance de Dumas. Como?, já começo a ficar confuso, não é bem confuso, é aquela coisa que acontece. Merda, não sei mais nada, gostaria neste instante de estar no mar, num barco com uma enorme vela branca, bem longe.

Fiquei vinte anos sem ver aqueles caras. A ideia de que precisava revê-los não me saía da mente. Por quê? A razão disso, eu não sabia ao certo. Era uma espécie de obsessão que não me largava dia e noite, e, no entanto, demorei muitos anos a iniciar tudo com um simples telefonema para o Roberto, depois de consultar a lista telefônica.

"Quem?", disse ele do outro lado da linha.

Repeti meu nome. "Do Ginásio, não se lembra?" Mais uma vez disse meu nome.

"Ah! sim. Sim. Há quantos anos... Como está?"

"Bem. Gostaria de vê-lo."

"Pois não, um dia desses."

"Amanhã? Que tal almoçarmos?"

"Amanhã não posso. Creio que não posso. Talvez tenha que ir a São Paulo. Uns dois ou três dias."

"Que tal sexta-feira?"

"Sexta-feira? Não sei. Aqui de casa é difícil responder. Você poderia ligar para o meu escritório e marcar uma hora com minha secretária? Ela é que sabe das minhas disponibilidades de tempo. Está bem assim?"

Encontramo-nos quinze dias depois. Ele se tornara um homem muito ocupado. "Arranjei meia hora para o senhor", dissera a secretária, com um jeito de quem me fizera um grande favor.

Roberto não tinha mais olheiras. O nariz ainda era muito comprido; ele havia engordado; tinha muitos cabelos grisalhos. Seu rosto estava marcado de rugas e seu aspecto geral era de um homem submetido a um processo contínuo de estafa.

ROBERTO: Há alguma coisa que eu possa fazer por você?

EU: Como? Não. Eu vim bater um papo. Saudades dos velhos tempos.

ROBERTO: *(Olhando para o relógio)* — Hum! Sei. Sei.

EU: Você ainda se lembra dos velhos tempos?

ROBERTO: Eu sou um homem consumido pelo presente. Sou um executivo, tenho que tomar decisões. Não posso pensar no passado; mal me sobra tempo de pensar no futuro.

(Entra a secretária)

SECRETÁRIA: Dr. Roberto, telefonema de São Paulo.

ROBERTO: Com licença. *(Pega o telefone)* Alô? Sim. Sim. Não. Sim. Sim. Não. Não, absolutamente. Sim. Sim. Não, de forma alguma. *(Desliga)* Imbecis.

EU: Você se lembra de Ulpiniano-o-Meigo?

ROBERTO: Ulpiniano?

EU: Sim, aquele cara que jogava futebol com a gente, de paletó e gravata. Lembra?

ROBERTO: Eu não jogava futebol.

EU: Você não jogava futebol? Como assim? Então você não entrava naqueles rachas com a gente?

ROBERTO: Não. Eu nunca pratiquei esporte. Você deve estar me confundindo com alguém.

EU: Puxa, é mesmo. Agora me lembro. Você não gostava de esporte, você gostava de ler, você não fazia outra coisa senão ler.

(Entra a secretária)

SECRETÁRIA: A relação das pessoas que comparecerão à reunião das 11h45. *(Põe um papel em cima da mesa de Roberto)*

EU: É isso mesmo, você não gostava de futebol.

ROBERTO: *(Lendo o papel)* Exato.

EU: É isso mesmo. Ulpiniano-o-Meigo também não gostava, ele só jogava para completar o número necessário de jogadores. Ele não gostava de desmanchar o prazer de ninguém. "Tratar todos com ternura e compreensão", esse era o seu lema, por isso é que escolhera o sobrenome de Meigo. Ele *era* meigo. Você se lembra dele?

ROBERTO: *(Consultando o relógio)* Lembro-me que ele ia pouco ao barbeiro.

EU: Você se lembra do dia em que ele morreu?

ROBERTO: Morreu?

EU: Logo depois daquela história do padre Júlio Maria & Cia.

ROBERTO: Padre Júlio Maria & Cia?

EU: E o teu voo?

ROBERTO: Meu voo?

EU: Sim, teu voo. Você voou. Vinte centímetros do chão. *(Entra a secretária)*

SECRETÁRIA: Já estão todos na sala de reunião.

Roberto não responde. A secretária nota que ele não ouviu e repete inquieta: "Já estão todos na sala de reunião." Roberto se levanta. Me cumprimenta sem dizer uma palavra e sai da sala.

4 — Por que será que eu nunca me casei? Casar é um ato de normalidade, todo mundo casa, com exceção, é claro, dos homossexuais, das mulheres que não encontram marido, dos comodistas, dos rebeldes. No entanto eu não sou

nada disso e não me casei. Talvez porque nunca tivesse encontrado uma mulher de quem eu gostasse, ou melhor, uma mulher de quem eu gostasse e que gostasse de mim. Gostar eu só gostei de Aspásia, comecei a gostar dela aos quinze anos, no tempo em que ajudava Justin, o Mágico. Depois que deixei de trabalhar no circo só vi Aspásia uma vez mais, cinco anos depois. Esses cinco anos passei sem entregar a minha força, como disse ou teria dito Alain, a mulher nenhuma. Deixei de trabalhar como auxiliar de mágico e resolvi mudar de vida depois que Aspásia repeliu a primeira proposta que lhe fiz. Falou: cresce e aparece; me humilhou, riu de mim — tinha um dente de ouro na boca, naquele dia descobri. Corpo igual ao dela nunca vi, em circo, na praia, no Baile do Municipal, no cinema, em revista de fotografia. Todo ele era da mesma cor. Debaixo do braço, no pescoço, na barriga, no joelho, tudo da mesma cor, de telha velha. A carne era agarrada no osso, feita de músculos que não apareciam; a nádega e a parte da coxa abaixo da nádega eram firmes; é aí que tem que ser visto o corpo da mulher, nenhum outro lugar pode indicar melhor a resistência e o futuro da carne, como é ou será, a sua forma e o seu tecido, na mulher adulta.

5 — Félix me recebeu com um copo na mão, de braços abertos, sorridente, patrocinador. Principalmente sorridente. "Aceita um uísque", perguntou, "do legítimo? Que tal aquele Gobelin?" Era um homem feliz, desses satisfeitos consigo mesmo e que não se pejam em demonstrar agressivamente sua felicidade, mesmo para os homens aflitos.

Fez questão de chamar a mulher. Enquanto isso, vi a sala: estantes nas paredes, livros encadernados, coleções coloridas simetricamente dispostas, obras completas.

A mulher era de um louro pálido e tinha uma espinha na testa, disfarçada por cosméticos. Os filhos também eram louros, mas de um louro mais escuro, suspeito.

Mostraram-se e desapareceram.

"Aquele espelho tem mais de duzentos anos."

"Parece um Jean Baptiste Poquelin original. É?"

"Não sei. Acho que sim. Me lembro agora que meu sogro disse que era."

Mas isso não me deu nenhuma alegria. Uma coisa daquelas era para ser dita para Ulpiniano-o-Meigo, e quer ele caísse ou não eu me divertiria do mesmo jeito. Também não me deu pena.

Félix me contou que tinha uma vida cheia: os professores fulano e beltrano lhe davam aulas particulares de economia, sociologia, história da arte e da filosofia.

"Um homem da minha posição tem que se refinar continuamente, aguçar a inteligência, acompanhar os tempos."

O cretino. Um sorriso enorme na cara. Estava gordo e suava.

"E você, como é que vai?", perguntou olhando-me de alto a baixo. Depois: "Vou lhe dar um conselho — o colarinho de sua camisa é muito aberto, isso não se usa mais. O colarinho fica diretamente no campo de observação do seu interlocutor; depois dos seus dentes é a primeira coisa que ele vê. Tem que ser uma peça irrepreensível."

"E o nariz?"

"O nariz?"

"O nariz. O interlocutor vê o nariz do outro, tanto quanto os dentes ou o colarinho?"

Ele pensou um pouco.

"Menos."

"Por falar em nariz: você ainda usa o prendedor de roupa?"

"Que prendedor de roupa?"

"O prendedor de roupa que você colocava no nariz toda noite quando ia dormir. Eu nunca te perguntei, mas acho que você o usava para afinar o nariz. Era para afinar o nariz ou era alguma forma de superstição?"

"Não sei sobre o que você está falando."

"Ora Félix, eu mesmo uma vez te dei um prendedor tão largo e forte que você chorou emocionado. Foi um dia em que nós tínhamos ido na zona com o Mangonga e o Najuba."

"Você está maluco. Pra que que eu ia usar um prendedor de roupa no nariz?" Ensaiou uma gargalhada.

"Para afinar."

Aí a conversa parou. Ele estava aborrecido. Eu não queria brigar com ele. Havia muita coisa que eu queria saber.

"Você está aborrecido, Félix?" Aquilo era uma abertura para eu pedir desculpas. Mas ele não entendeu.

"Não há nada que me irrite tanto quanto a grosseria das pessoas."

"Realmente."

"Com certas pessoas não se pode, nem se deve ter maior intimidade."

"Como assim?"

"Os homens educados devem ter amigos educados."

"Realmente."

Mas a raiva dele não passava.

"Meu pai sempre dizia: não se deve convidar qualquer um para dentro de casa."

O cretino. Seus beiços estavam mais grossos, todo ele mais mulato, o cabelo ondeadinho, as narinas como duas avelãs flácidas, as gengivas roxas.

Tentei, comecei — "você se lembra aquele dia".

"Eu não me lembro de nada. Acho melhor você se retirar."

"Como? Você está me mandando embora?"

Ele levantou-se.

"Seu imbecil", disse eu, "só porque você deu um golpe do baú com êxito, casou com uma loura, herdou Gobelin do sogro, assiste aula de história da filosofia, dada por um professor de titica qualquer, só por isso, seu cretino, você tá pensando que é alguma coisa. Bestalhão. Não sei onde estou que não te parto a cara."

"Você está na minha casa", gaguejou ele, fingindo firmeza.

Fui saindo. Percebi que no hall um garoto parado olhava assustado para nós dois.

Na hora não dei bola e bati a porta da rua com força. Mas em casa fiquei pensando naquele menino, testemunhando a humilhação sofrida pelo pai.

6 — Eu disse que só gostei de Aspásia, mas isso não é verdade; quando penso em Aspásia eu penso que só gostei dela, mas quando penso na outra sei que isso não é verdade. Houve outra moça: me apaixonei por ela antes mesmo de ver o branco de seus olhos. Eu ficava de longe, olhando para ela, enquanto de sua janela ela olhava qualquer coisa que devia ser o mar. De onde estava eu via a varanda, a sala de jantar e o quarto de dormir. Duas vezes por semana ele vinha vê-la. Nesses dias ela se pintava um pouco, sentava na sala e ficava esperando; depois, quando menos se esperava surgia, às vezes logo ao cair da noite, outras vezes muito tarde, quando eu já estava cansado de esperar; ele enfiava a chave na porta, entrava na sala, não a beijava nem a cumprimentava, tirava o paletó, colocava-o nas costas da cadeira e ia para o quarto.

No dia seguinte ela custava muito a aparecer na varanda; quando ela surgia eu me concentrava e dizia baixinho, olha para cá, meu amor, olha para cá, fixando-a sem piscar, até que meus olhos ardiam. Ela nunca me via, nem olhava para o meu lado. Comprei um papagaio; levava-o para a varanda, para ver se ela olhava para mim; mas o papagaio não dizia uma palavra e ela continuava olhando para o mar. Comprei uma corneta; quando ela surgiu eu soprei a corneta com toda força; não saiu o menor som; soprei, até que fiquei tonto. Estava sem força; há dois dias que não comia: tomei duas gemadas, comi uma bisnaga de pão com manteiga, uma lata de salsichas, seis bananas-d'água e voltei para a varanda com a corneta e soprei; soprei sem conseguir som algum, até que fiquei enjoado e vomitei tudo. Deitado na cama, ainda com o gosto ácido de vômito na boca, pensei: ela deve ser cega, por isso é que não me vê; a única coisa que eu tenho de fazer é ir lá falar com ela. Saí correndo de casa e subi, sem a menor indecisão, no edifício dela. Toquei a campainha. Ela abriu a porta. Eu fui logo dizendo, ofegante, pois tinha subido pelas escadas, "eu sei que você é cega, sempre te vejo ali do edifício da Buarque de Macedo, eu queria te dizer que sou teu amigo" — quando então ela me cortou: "não sou cega coisa nenhuma, onde é que você foi arranjar essa ideia mais idiota, você está maluco? Eu não o conheço, nunca o vi mais gordo." Eu pensei que ia morrer; me segurei na parede para não cair, e fechei os olhos. "Como é o seu nome?", perguntou ela. Eu disse. "Vamos", continuou ela, "conta essa história direitinho." Ali, em pé no corredor, eu contei tudo para ela: "eu sempre te vejo na varanda e me apaixonei por você." "Não precisa ficar vermelho", disse ela sorrindo, "o que foi que você fez da corneta?" "Está em casa." "Vem", disse ela, "me mostra a tua casa." E foi entrando, eu a segui, até a varanda, de onde lhe mostrei o meu apartamento. Ficamos na varanda, eu calado, ela rindo baixinho.

Ficávamos namorando de longe, até que um dia ela me chamou. "Olha", disse, "nós vamos fugir, hoje, o mais depressa, agora, vamos embora; eu sei que você não tem dinheiro, mas eu tenho, vamos para um lugar longe do Rio, uma cidade grande onde ninguém ache a gente, nunca mais, mas vamos embora agora, não podemos perder um minuto."

Dentro do escuro, no ônibus interestadual, eu pensava em tudo o que o Terceirodomundo me havia dito, o idiota.

Depois de nem sei quantos dias, eu saíra de casa e tinha ido à academia. O Terceirodomundo estava lá. Já não fazia mais ginástica, só contava basófia do tempo em que disputava campeonato, e quando me viu foi logo dizendo: você está magro, amarelo, menino, você precisa castigar o corpo, malhar, malhar; ora, eu estou ficando velho, dizem que estou acabado, mas eu sei coisas, você está sofrendo, você está gamado por uma mulher, toma cuidado que isso pode te destruir como destruiu meu irmão, que era florista e que um dia, quando tinha a tua idade, deu um tiro no peito no portão da casa da tal dona que era casada e morava em Petrópolis. Cala a boca, não negue, eu leio na sua cara, igual à do meu irmão, você pensa que eu cheguei a campeão assim sem mais nem menos? Estudei ioga, sou espiritualista e também socialista (mas isso em questões de política). Eu leio na cara dos outros! Você está gamado, mas guarda o que eu te digo, vagabunda nenhuma vale uma insônia, uma humilhação, um tiro no peito; na vida o homem só precisa de uma coisa, proteína, proteína! Tudo isso ele ia me dizendo, o Terceirodomundo, enquanto arregalava os olhos, trincava os dentes, dava socos nas mãos e palmadas na enorme barriga. Como é o nome dela, perguntou ele. Eu: Francisca. Ele: f, um, r, dois, a, três, n, quatro, c, cinco, i, seis, s, sete, c, oito, a, nove — nove letras! Fuja dessa mulher, é desgraça na certa.

De cima da janela saía um fino raio de luz que iluminava as mãos de Francisca, a aliança, seu rosto, enquanto o ônibus corria pela estrada escura. Era a mulher mais bonita que eu já vira em toda a minha vida. Chegamos ao hotel.

No quarto, ela sentou na cama e disse, "você não está feliz?"; eu disse que queria ficar a vida toda trancado dentro daquele quarto com ela; "vamos ficar aqui dentro quanto tempo você quiser", respondeu ela; fomos para a cama, muito compenetrados.

Durante uma semana ficamos dentro do quarto e as únicas pessoas que víamos eram o garçom que trazia a comida e a arrumadeira; tomávamos banho juntos, eu dizia nomes bonitos para ela, nomes novos que eu inventava, e nomes feios, palavrões; rolávamos na cama, e nos mordíamos. Rolávamos no chão. Um dia ela arrumou a maleta e foi embora sem que um de nós dissesse uma palavra.

7 — Sou um homem feito de fracassos.

A minha busca continuou com Mangonga. Esse sim, ficou alegre ao rever-me. "Meu caro", disse ele, "eu agora tenho um encontro, mas nós temos muito que conversar. Você vai passar hoje à noite lá em casa. Nove horas, não se esqueça", e me deu um endereço.

Às nove horas lá estava eu. Mangonga, de cuecas abriu-me a porta. Era uma festa. "Esse calor ninguém aguenta", disse ele. Os outros, seis mulheres e cinco homens, pareciam também sofrer os efeitos do calor, pois estavam todos em trajes menores. Uma mulher dançava um ponto de macumba ao som da vitrola. Minha aparição foi saudada com alegria geral e logo uma dona agarrou meu braço e disse "Meu nome é Izete, eu sou a sua parceira. Sou filha de japonês e amazonense e tenho alma de gueixa".

"Mangonga", disse eu, "preciso falar com você".

Ele botou um copo na minha mão. "Vamos falar muito, garotão; agora não, que estou ocupado, vê?", e começou a beijar uma fulana de calça e sutiã pretos e brincos tão longos que roçavam seus ombros.

A gueixa começou a tirar a minha roupa. "Mangonga!", gritei, mas ele tinha desaparecido. Com exceção da gueixa ninguém me dava atenção. Havia gente rindo; a vitrola tocava altíssimo.

Pouco depois eu já havia bebido três copos da porcaria que a gueixa me dava e estava sem camisa e sem sapatos.

"Que que há com você", perguntou a gueixa.

"Eu preciso falar com o Mangonga."

"Você vai ter muito tempo de falar com ele. Agora vê se se anima. O que que há? Você não tem pinta de bicha, por acaso você é broxa?"

Eu expliquei para ela que não, que eu precisava falar com o Mangonga, que eu, além do mais, não estava acostumado a fazer aquelas coisas em conjunto.

"Não vai me dizer que você nunca fez suruba?"

"Não. Nunca. Essa porção de gente junta, isso me dá um certo — "

"Nós podemos ficar sozinhos num dos quartos. Aqui é cheio de quartos."

"Mas eu preciso falar com o Mangonga."

"Você fala depois. Será o Benedito!"

"Me desculpa."

"Não é desculpa que eu quero. Ora, bem, você fala com o Mangonga depois. Por falar nisso: quem é Mangonga?"

Antes que eu respondesse um sujeito se aproximou e perguntou: "Que tal, se divertindo?" Com um copo na mão ele dançava ao som da vitrola. "Mais ou menos", respondi. Ele deu um gingado: "Eu hoje danço até o hino nacional. Quer trocar de mulher?" Puxou uma loura que estava próxima. "Uma loura por uma morena. Variar, variar sempre, essa é a minha filosofia de vida." Virei para a gueixa: "Esse cara quer que eu troque você pela loura." "Já? — mas nós ainda não fizemos nada." "Nem vamos fazer." "Cavalheiro", disse a gueixa para o sujeito que dançava o ouviram do ipiranga, "a troca está feita."

"Eu preciso falar com o Mangonga", disse eu para a loura, assim que ficamos sozinhos.

"Quem é o Mangonga? Nunca mais venho numa suruba. Isso é uma coisa horrível."

"Eu também acho."

"Então por que é que você veio?"

"Eu preciso falar com o Mangonga. E você, por que é que você veio?"

"Quem é o Mangonga?"

Mangonga tinha sumido.

"Alô", disse eu para um sujeito de óculos sem aro.

"Alô", respondeu ele, "a minha ressaca já começou, antes do tempo."

"Cadê o Mangonga?", perguntei.

"Que Mangonga?" respondeu ele.

"Mangonga, o dono da casa", expliquei.

"O dono da casa não se chama Mangonga."

"Como que não se chama Mangonga? Ele me convidou, abriu a porta para mim; um sujeito barrigudo."

"Barrigudo? Quase todo mundo aqui é barrigudo; até as mulheres."

"Mangonga, o dono da casa", insisti.

"O dono da casa é aquele cara lá. Ele tem a mania do hino nacional; ele fica excitado ouvindo o hino nacional, não pode ir para a cama com mulher nenhuma sem ouvir o hino nacional. Um sujeito peculiar."

"Ele é o dono da casa?"

"Claro."

"E o Mangonga?, o sujeito barrigudo?"

"Eu sou barrigudo."

"Ele é mais."

"Duvido", disse ele, levantando-se; sua barriga era enorme, caía em cima da perna.

"Você tem razão. Você é mais. Onde é que ele está?"

"Quem?"

"O Mangonga."

"Não conheço."

Procurei em todos os quartos. Não havia sinal do Mangonga.

Fui para o sujeito que ouvia o hino nacional. Sacudi-o. "Hei, Hei." Ele abriu os olhos: "O que há? meu chapa."

"Você conhece o Mangonga?", perguntei.

"Que Mangonga?"

"Um cara que estava aqui na festa. Ele me convidou."

"Não sei quem é", disse ele mexendo no nariz.

"Talvez você conheça ele por nome. Você é o dono da casa?"

"Sou."

"Foi o cara que me abriu a porta."

"Não vi."

"Quem foram os caras que você convidou? Vai dizendo que eu mato quem é o Mangonga."

"Eu não convidei ninguém. Foram essas putas que convidaram. É melhor você perguntar a elas."

Falei com cinco mulheres que estavam na sala. Ninguém conhecia o Mangonga. Era como se ele não existisse.

Eu estava meio de porre. Ficar de porre é bom. Dá vontade de fechar os olhos e respirar fundo. Era uma pena que a bagunça fosse tão grande. O dono da casa cantava o hino nacional, enquanto dançava completamente nu. Que calor fazia. O filho da puta do Mangonga havia saído. Fui para o cara que estava com a gueixa e disse: "Eu quero a gueixa de volta, senão acabo com a festa." "Eu devia estar feliz", disse para a gueixa, pois havia bebido o bastante para isso. Mas não estava. O homem é um animal solitário, um animal infeliz, só a morte pode consertar a gente. A morte será o meu sossego. Mangonga, onde é que está o nosso tempo de garoto? era bom, era mágico, voávamos, ressuscitávamos como Jesus Cristo e também não tínhamos biblioteca, nem enciclopédia britânica, a vida sem enredo, sem religião, ai, que vontade de chorar, minha cara minhotona de olhos puxados permita que chore nos teus ombros, pelo amor de Deus, assim pelo amor de Deus, não se choque nem me repila enquanto choro no teu peito, obrigado, que alívio, deixe que eu soluce como uma criança, que paz, minha amiga, que esquecimento, você é boa, eu te amo, que vontade de morrer agora, agora que estou feliz, morrer agora que achei

— mas não achei, não achei, de que adianta fingir, eu odeio as pessoas, a dor é feita de pequenos alívios, o homem é podre, Pascal, cloaca do universo, uma quimera, não adianta fingir, amanhã é sempre igual, andamos eretos na rua, a amargura nos devora, os pequenos alívios de que servem? Desgraçados instintos, preparamos cuidadosamente nosso apodrecer, as vísceras estão escondidas e Deus não existe. Que missão (horrível), que condição.

8 — A gueixa tinha um metro e cinquenta e cinco. Sorria como se fosse uma princesa Bali; as sobrancelhas eram dois traços retos que subiam na direção das frontes; os cabelos eram muito finos, como os desses homens que vão ficar carecas cedo. Seu nome era Izete; a música de que gostava mais intitulava-se La vie en rose. Seu corpo era bege, de dois tons, mais claro na barriga, nas nádegas e nos peitos. Vestia-se de verde, de preferência. Era extremamente simpática. Perguntava sempre — "Estou te chateando?" e eu podia ter certeza de que se dissesse sim ela sumiria imediatamente. Por isso eu sempre dizia — "não": algo que você controla não pode te chatear. Sardas no nariz, olhos puxados; fazia tudo, desde que você mandasse, mas não era um robô, era quente, pele macia, uma gargalhada modulada, hábil. Nunca se resfriava, não tinha doenças venéreas, nem gostava de política. Seu lema era servir. Envelheceria tranquilamente, amando os homens e o mundo, rica, sem ter um tostão, linda, sendo feia, pura, sendo uma puta. Nunca gritaria com ninguém, nem daria um tapa numa criança, mesmo que fosse seu filho. Dinheiro era para comprar dis-

cos. "E se você não tiver dinheiro para comprar disco?" "Que que tem, comprei meu primeiro disco aos vinte anos, vou ouvir rádio." Quieta como um gato. Às vezes queria falar, mas não precisava nem disso — "cala a boca que eu quero pensar". Era bom pensar com ela ali ao lado, feliz.

9 — Tudo está sendo lembrado exatamente como aconteceu. Roberto inacessível. Mangonga desaparecido (como encontrá-lo novamente por acaso, na rua?). Félix meu inimigo. Só faltavam Najuba e Ulpiniano-o-Meigo. Comecei a ficar com medo de procurá-los. Eu estava de azar, o azar existe, o mau-olhado também. Às vezes é uma coisa que você tem dentro de casa, como o vaso que tinha na casa do meu médico. "O que eu vou te contar", me disse ele um dia, "se você contar para alguém eu desminto, juro que é mentira, que você é maluco. Foi assim." Tudo acontecia de ruim com ele. Sua casa pegou fogo, a mulher o abandonou, ele pegou um reumatismo que o obrigou a andar de bengala, brigou com o colega de consultório, clientes novos não apareciam. Um dia foi atender a um chamado. Era a mulher que pesava 35 quilos, sofria de uma doença misteriosa, as piores desgraças lhe haviam acontecido: filho morto em desastre, marido dipsomaníaco, o diabo. Dentro da casa dela tinha-se a sensação de que alguma coisa maléfica ia acontecer a qualquer momento. Sinistra. Na sala, em cima de uma mesa de vinhático estava um vaso, com um pássaro em alto-relevo, olhando para o chão. Quando ele viu o bicho sentiu um calafrio, tremeu. Era igualzinho a um que ele tinha. Quando chegou em casa de volta apanhou o vaso e jogou dentro do mar. "No dia

seguinte, houve ressaca e morreram afogados vários suburbanos; era domingo de verão." Depois disso sua vida mudou: "é só você olhar minha casa e o meu carro lá fora, para ver."

Passei a procurar dentro da minha casa o meu objeto azarento. Seria um livro, um quadro, um bibelô? Afinal, achei um punhal florentino, antigo, feito para matar, há quantos anos impedido de exercer sua função? Depois que me livrasse dele poderia procurar Ulpiniano-o-Meigo e Najuba. Joguei-o no mar, também. Não houve ressaca, mas vários suburbanos morreram afogados. Li no jornal. Era verão e domingo. Depois disso achei que poderia procurar Ulpiniano-o-Meigo e Najuba. Mas não tive a sorte que esperava. Consegui localizar a casa de Ulpiniano-o-Meigo com certa facilidade, mas ele estava morto.

À minha frente estava sua mulher. Uma fisionomia sem nenhuma característica marcante; já não sei mais, por mais que pense, como era a cara dela. "Quando morreu?", perguntei "Um mês atrás." Tão pouco, podia tê-lo alcançado, por um mês. "Ele está morto mesmo, foi enterrado?", eu não podia acreditar. "Foi. Nenhum amigo foi lá. Eu vi." "E Vespasiano?" "Também morto." Como as pessoas morrem. "E Justin?" O mágico. "Não consegui localizá-lo, chegou depois do enterro." E agora, como ia ser? "Ele nunca lhe falou de mim?" "Nunca." Não era possível. "Não é possível." "Não falou, que eu me lembre." Não era possível. "Ele falou do dia em que morreu e ressuscitou?" "Morreu e ressuscitou?, ele, Ulpiniano?" O Meigo. "Sim, ele." "Nunca. Mas ele morreu e ressuscitou? Como?" Meu Deus. "Não morreu não, foi catalepsia, sabe o que é isso?" "Não." "Ele nunca lhe falou de mim?" "Não." "Nem de Roberto, Najuba, Mangonga?" "Não." Meu Deus, ele não falava nada. "Ele não falava nada?" "Falava, falava, dizia, o comunismo me salvou. Ficava deitado em casa, lia livros que o deixavam inquieto, com ódio das pessoas, do vizinho; quando o vizinho comprou um carro novo ele disse esse sacana deve estar explorando alguém, ninguém enriquece sem roubar os outros, quando alguém ganha dinheiro, outros infelizes estão perdendo; quando eu disse para ele que o vizinho trabalhava igual a um galego, saía de casa às seis da manhã e voltava às oito da noite e por isso é que ele ganhava dinheiro, me xingou e nós brigamos, eu gritei pra ele que ele era um vagabundo, não trabalhava, vivia daquilo que eu ganhava, o dia inteiro com raiva das pessoas, e ele me chamou de fascista, alienada, me bateu, gritou para mim que o comunismo o havia salvo, gritou da janela, para o vizinho ouvir, que o comunismo o havia salvo. Cada dia que passava ele ficava diferente, deixou de pintar, de fazer poesias, de escrever, fazia a barba uma vez por semana, não queria saber de mim como mulher. O senhor não sabe o que eu passei. Mas eu gostava dele, ele tinha cabelos ondeados, depois ficaram brancos, mas eram ondeados e macios." "Ele não pode ter morrido, minha senhora, por favor não chore, eu precisava dele, a senhora não sabe como, agora só me resta Najuba. Não é possível que ele nunca lhe tenha falado nada do tempo do Ginásio, vamos responda!"

10 — Surpresa maior eu não podia ter tido. Foi por isso que encontrar Najuba tinha sido difícil. Ele havia mudado de nome e vivia recluso. Raspara a cabeça.

Subi uma ladeira para chegar onde ele estava. Cheguei lá em cima cansado: já não era mais o que tinha sido, estava sem ar, sentia o coração batendo. Ele me recebeu sem surpresa. Parecia o mesmo garoto de vinte anos antes. (Talvez estivesse mais magro.)

Não falava gesticulando, como antigamente; mantinha as mãos juntas e sua voz era profunda; dava a impressão de um artista de talento muito bem-ensaiado.

"Sinto que você precisa de mim", disse ele. Eu respondi que sim, que precisava dele. "Eu cismei que a juventude é uma ilusão, já pensou que coisa mais sem pé nem cabeça?"

Frei Euzébio (era assim que Najuba se chamava, agora) respondeu: "A única realidade é a nossa imaginação."

"Berkeley. Era bispo."

"Anglicano."

"Deus existe ou está em nossa imaginação?"

"Os homens sem imaginação não alcançam Deus. Deus existe."

"Eu não sei. Agora, aqui neste silêncio, neste mosteiro velho, eu não sei. Mas em outras ocasiões *sei* que ele não existe."

Sentamo-nos em um pátio, debaixo de uma árvore. O vento balançava de leve as folhas.

"Eu precisava saber se as coisas de nossa juventude existiram de fato ou são um produto de minha imaginação. Nem Roberto, nem Mangonga, Félix, Ulpiniano-o-Meigo puderam me ajudar. Só resta você, Najuba, perdão, Euzébio. Frei Euzébio. Eu preciso saber, isso está me botando maluco."

Então eu perguntei a Najuba, frei Euzébio, se ele se lembrava da morte de Ulpiniano-o-Meigo, do voo de Roberto, das ligações de Mangonga com as coisas diabólicas. Ele se lembrava de tudo.

"Me lembro, me lembro", ia dizendo ele docemente.

Você sabe que eu falei com o Roberto e ele pareceu não lembrar de nada."

"Ninguém gosta de se lembrar dos pecados da infância."

"Pecados?"

"Ele roubou o teco-teco, não roubou?"

"Que teco-teco?"

"O avião que ele roubou no aeroclube para provar que era capaz de dirigir avião sem nunca ter aprendido."

"Mas não me referia a isso. Eu nem sabia que ele havia roubado um teco-teco. Eu quis dizer o dia que ele voou, o corpo dele saiu do chão, vinte ou mais centímetros. Você não se lembra disso? Levitação, ele estava fazendo experiência de levitação e suspendeu o próprio corpo no espaço."

Najuba, frei Euzébio, olhou-me constrangido. Não, ele não se lembrava disso. E da morte de Ulpiniano-o-Meigo? Ele se lembrava, mas tinha sido tudo uma brincadeira, não é? ninguém podia ressuscitar. Mas foi um caso de catalepsia, como em qualquer outro milagre, respondi eu. Najuba ficou em silêncio. Ele não se lembrava de nada, essa é que era a verdade, ele não se lembrava de nada, não queria, ou não podia, se lembrar de nada, rompera com o passado, o chumbo do pênis, as crueldades da juventude, ele queria deixar isso tudo para trás, construir sua vida nova de santo. Que adiantava eu perguntar se ele se lembrava de uma coisa que ele queria se esquecer? Quem queria se lembrar era eu, que não queria construir nada de novo.

II — O pensamento da gente é a coisa mais rápida que existe. Tenho a impressão de que não tenho mais nenhuma missão a cumprir, de que minha vida está sem projeto a realizar. Sinto, agora, uma enorme preguiça e deixo-me ficar ouvindo os sons da noite. Alguns vêm da rua, mas a esses eu não dou importância. Os sons realmente graves vêm de dentro da casa. A maioria não é identificável. Fantasmas? Acabo de ouvir um rangido, mas ele não me deixa apreensivo; entrego-me às baratas. Ladrões? Estou tão cansado que já não quero saber de nada. Que roubem tudo. Que me matem; assustar já não me assustam. Uma porta bateu. Fico com ouvidos de tuberculoso: ouço o tique-taque do relógio de pulso na mesa da cabeceira. Fechei as portas? Não quero mais pensar nisso. Passei a vida pensando em fechar portas. De qualquer maneira, apesar da enorme dúvida, sei que as fechei. E também janelas, basculantes, tudo. Tudo fechado. Mas ouço um barulho diferente. Talvez pés levíssimos levando um corpo franzino, e um outro coração batendo, e outro pulmão respirando. Não pensarei mais no passado. Sei.

Relatório de Carlos

GOSTARIA DE SER FACTUAL E CRONOLOGICAMENTE EXATO. Mas, de algumas coisas já não me lembro direito, parece que nunca aconteceram, que foram sonhadas. Outras, porém, me angustiam, dói quando penso nelas, fico infeliz como se tudo fosse acontecer de novo.

Tudo começou mais ou menos na época em que meu pai estava sendo comido por um câncer. Ele era um homem magro, que falava baixo e tinha uma pose ascética e asséptica; e do qual as pessoas mal podiam se aproximar. (Seria uma defesa? A sobranceira dos homens fracos?) Me chamou no leito do hospital, isso depois de mandar que todos saíssem do quarto, e disse — (sua voz era um fio, um murmúrio, o hálito começava a esfriar e cheirava a coisa já morta).

Como contar essa confidência? Por que estou contando tudo isto? Afinal, seus últimos momentos foram tão próximos de mim que não deixa de ser uma sujeira eu estar aqui dizendo estas coisas. Mas é preciso. Ele começou falando na existência de uma outra mulher. A fala cheia de rodeios, metáforas, justificativas, e isso, na boca de um homem que morria e tinha muito pouco tempo, me parecia um absurdo.

"Sim, sim, eu já sei, eu já sei", apressava-o, pois via sua palidez aumentando, adquirindo um palor de pérola velha. Mas nem por isso ele se tornava mais breve: eufêmico, persistiu naqueles meandros perifrásicos, infindáveis, até que revelou o nome da mulher e seu endereço. Eu já sentia que o fim era imediato, coisa de segundos, e me levantei para chamar os outros, quando meu pai fez um gesto, que devia lhe ter custado muito, para que eu ficasse: tinha mais coisas para me dizer.

O que já fora dito havia-me enchido de satisfação. Estabelecera entre nós, dois estranhos, algo em comum, um elo, além de fazer com que eu passasse subitamente a respeitá-lo um pouco. Em sua vida árida havia tido um segredo, um amor, ao qual se entregara.

Ainda ao meu ouvido e com maior esforço ainda, falou da existência de uma outra mulher. Haveria outras, além dessas duas? Não sei. Morreu antes de poder contar mais coisas. Ainda tive tempo de chamar o padre e o resto da família. Ele foi acabando aos poucos. Deixou de falar e ficou muito quieto, mal se percebendo a sua respiração. Várias vezes pareceu já ter morrido, e quando isso acontecia, as pessoas presentes choravam com mais vigor, até o médico lhes assegurar que o meu pai ainda estava vivo, quando então o choro parava, em estágios diferentes, cada vez um, como cavalos de corrida que tivessem a partida anulada pelo starter. Isso ocorreu repetidamente, até que os parentes passaram a olhar o moribundo com suspeita, com medo de serem enganados. Após um longo e tenebroso silêncio, meu pai abriu os olhos e me fitou. Na verdade, abriu um olho somente, o esquerdo, que ficou enorme como se tivesse incorporado o diâmetro do vizinho. Com esse olho ciclópico me fez um doloroso apelo, um pedido como quem diz, *cumpra a sua missão*; e nesse instante, pelo canto do insólito globo, escorreu uma lágrima, uma só, muito brilhante que correu rápida pelo rosto e caiu no lençol.

Às vezes fico pensando se Norma ficará idêntica às duas senhoras de cujo cuidar eu fora incumbido. Duas ruínas que choraram no meu ombro. Uma era funcionária pública, emprego arranjado pelo meu pai, a outra era professora de curso primário. Nenhuma delas inteligente. Ambas aposentadas. Talvez tivessem sido bonitas na mocidade, mas já era tarde para saber.

Não quero contar vantagem, mas nisso (e em outras coisas) superei meu pai, pois Norma não era uma mulher qualquer. Era uma mulher diferente, como veremos a seguir. Inteligente, bonita, apesar de um pouco dentuça, o que lhe dava, nos momentos em que tinha raiva dela, um ar um tanto quanto equino. (Brigávamos muito e nessas ocasiões ela tinha verdadeiros acessos. Jogava objetos pela janela, destruía coisas, dizia palavrões.) Mas ela era tudo para mim: a minha vida, a minha verdade, a minha biografia.

Naquele dia Norma chegou e disse que a minha mulher era feia e burra; que não era mulher para mim, que era uma burguesa (isso para Norma é uma ofensa); que ela, Norma, não queria continuar levando comigo aquela vida clandestina. Isso tudo num restaurante. (Pouco antes de entrar nesse restaurante, às duas horas da tarde, hora em que não tem mais ninguém, eu verificara, sozinho, se não havia algum conhecido; não havia, mas mesmo assim, escolhera uma mesa de canto, meio escondida. Isso a deixou muito irritada.) "Você é um pulha, um pusilânime, um sem caráter, um covarde, um mentiroso." O beiço arreganhado, os dentões enormes da frente aparecendo. "Você tem cara de cavalo", disse eu, desesperado. O que fez com que ela se irritasse ainda mais e jogasse — plaft — na minha cara um prato de azeitonas e rabanetes. (Os garçons me limparam como se nada houvesse acontecido e trouxeram um outro prato de azeitonas e rabanetes — plaft — que ela jogou também na minha cara e isso teria continuado indefinidamente se o garçom, ainda com um ar de que nada havia acontecido, não parasse de trazer azeitonas e rabanetes. Essa é a vantagem dos restaurantes de classe: nada surpreende os garçons, a não ser uma gorjeta pequena.)

Eu repeti que ela era minha vida, minha verdade, minha biografia etc., mas que precisava me dar tempo para que eu pudesse resolver meus problemas.

"Eu vou lá, eu vou lá, na casa da sua mulher nariguda." (O que era uma distorção dos fatos, minha mulher não é nariguda. Quando muito tem o nariz curvo de um pássaro; e os lábios finos, de uma pessoa de emoções controladas: isso sim, algo que merecia crítica, mas Norma insistia.) "Nariguda, nariguda, nariguda, nariguda." Tal persistência no fim perdia o sentido e adquiria um ritmo onomatopaico de refrão musical. (Um caso flagrante de verbalização de uma ideia fixa.) Norma suava, pálida, cansada. Segurei sua mão e disse: "Eu te amo, você é minha vida, minha verdade, minha biografia". "Pff ", fez ela, como quem diz — isso não adianta nada. Repeti: "Você é minha vida, minha verdade, minha biografia". Tirei do bolso uns brincos de platina e brilhante, pelos quais ela fingiu não se interessar, após tê-los avaliado num rápido olhar. Isso permitiu que almoçássemos, mas evidentemente não solucionou o problema, como veremos a seguir.

Antes disso, porém, preciso falar a respeito desse meu amigo chamado João Silva, cuja participação nesse embrulho todo é muito importante. Ele estava no meu escritório, sozinho. Eu ainda não havia chegado. A secretária tinha ido ao banheiro, quando o telefone tocou e disso resultou o seguinte bilhete, pois João não esperou que eu voltasse: *Uma pessoa chamada Norma. Às 15:20. Perguntando por você. Uma voz macia, porém de grande intensidade. Sem dúvida uma mulher interessada em você, no homem. Uma fêmea que merece uma oportunidade, que quer uma oportunidade, que criará uma oportunidade.*

Agora, eu não vou dizer que ele foi o culpado de tudo, chamando a minha atenção para Norma, como uma fêmea interessada numa oportunidade. Isso eu já sabia, desde o primeiro dia em que ela apareceu no meu escritório com uma causa sem importância que normalmente remeteria para um colega e que, por querer vê-la novamente, aceitei patrocinar. Mas, depois do bilhete ("merece uma oportunidade, quer, criará etc.") admiti o fato, como uma fatalidade.

Mas a coisa se desenvolveu muito lentamente. Ela ia ao escritório e nos tratávamos da maneira mais formal possível. Primeiro a causa; depois outros assuntos; demoramos semanas a chegar a discutir pintura (do que ela nada sabia, diga-se de passagem). No fim de seis meses estávamos falando do amor e tive o meu primeiro contato físico com ela. Estávamos num restaurante, pela primeira vez. (Essas coisas começam muito num restaurante. Quando um homem e uma mulher estão num restaurante — e ela, 1°) não é a mulher dele; 2°) não é velha nem feia — isso significa que um processo erótico qualquer está em curso.) Estávamos num restaurante. Pedimos langouste à la thermidor, quando na verdade eu queria comer um picadinho de quiabo que aquele restaurante fazia muito bem. Nenhum dos dois comeu muito, mas isso também foi pose, pois ela comia como uma piranha e não é à toa que eu tenho uma certa barriga incompatível com a minha idade. Ela é magra, apesar de ingerir enormes quantidades de comida, várias vezes por dia. (Uma tênia?) Depois, enquanto fumávamos, eu tirei o celofane que envolvia o maço de cigarros e o enrolei lentamente até fazer uma haste fina, com cuja ponta comecei a desenhar coisas invisíveis na toalha da mesa, até chegar à mão de Norma. Senti que sua mão se entregava àquela carícia vicária e por momentos ambos ficamos possuídos pelo maior encantamento.

Depois desse encontro vi que a coisa não ficaria naquilo. João Silva dizia: "Essa mulher quer ir para a cama contigo". Eu retrucava: "Você acha? Você acha?". Dizia ele: "É claro". E eu: "Por quê?". Então João explicava que aquele tipo de mulher não se contentava com contatos espirituais etc. "Você acha?", insistia eu. "Ela anda louca para trepar contigo", continuava ele. "É mesmo? Você acha? Por quê?" — e isso durava horas, até que João se chateava, me mandava à merda e dizia: "Arranja logo um lugar para levar essa dona, deixa de ser bobo".

Então me decidi.

O apartamento que montei para os nossos encontros era assim: nas paredes, cópias de bom gosto, um Braque, um Rouault, dois Picasso, um Miró e um Modigliani. O chão todo forrado, em grafite, aparelhos de som, discos (eruditos modernos, popular francês, folclórico espanhol, cantochão). Uma estante com livros (poemas, Sade, alguns eróticos, livros de arte). Uma geladeira. Todas as bebidas existentes. Um gravador, tão sensível que podia até captar a batida dos nossos corações apaixonados e onde, enquanto um esperava a chegada do outro, gravávamos a saudade que sentíamos, a angústia da espera, o desejo que nos consumia; e onde ainda registrávamos o som que fazíamos e as palavras que dizíamos enquanto amávamos na cama e no chão e na banheira, com água quente sendo continuamente renovada, estimulando e acalmando ao mesmo tempo. Ficávamos horas, na banheira, beijando um o corpo molhado do outro, o gosto da água nas bocas, inventando posições e retempero e deleite.

Melhorei também o apartamento em que ela morava. Era um apartamento velho na avenida Atlântica, com sala, quarto, banheiro e cozinha pequena. A primeira vez que entrei lá, fiquei surpreendido com a imundície. Ela dormia num sofá-cama que devia ter sido verde, mas que depois de tanto uso ficara marrom. Descobri que ela dormia sem lençol e mesmo sem travesseiro (usava uma almofada velha e fedorenta para apoiar a cabeça). Na sala, uma porção de cartazes pelas paredes (um enorme de *Bonjour tristesse*; um anúncio de tourada espanhola, muito vermelho) mas todos soltos nas pontas e sujos. A privada tinha uma marca esverdeada na altura da linha d'água.

Com o seu corpo, porém, ela tinha maiores cuidados. Sua aparência externa era boa, seus vestidos eram sempre bem-feitos, seu corpo limpo, a não ser por algumas manchas de nicotina nos dedos. Sua roupa íntima era quase sempre azul, de nylon (calcinhas rebuscadas, rendadas, com coisinhas dependuradas para dar não sei que efeito). Seus dentes eram bons, talvez grandes demais, os da frente. Não tinha mau hálito, a não ser pela manhã, mas isso todo mundo tem. (Uma coisa que eu sempre achei engraçada no cinema é essa história de os amantes acordarem e se beijarem furiosamente na boca antes de escovarem os dentes, ou comerem alguma coisa. Na manhã do primeiro dia em que dormi com Norma tentei fazer isso; acordamos às nove horas da manhã, meu braço sob o seu pescoço; estávamos estreando o apartamento montado recentemente: da parede, a mocinha de Modigliani sorria para nós, o cavaleiro verde de Rouault estava muito bonito montado no seu cavalo, as rodelas de Miró giravam, vermelhas e azuis; um filme em tecnicólor; então me lembrei do cinema e beijei na boca; senti o gosto viscoso das nossas salivas velhas; em cima disso ela me perguntou: "Você me ama?", com o rosto ainda colado ao meu, um mau hálito horrível; "Amo", disse eu, levantando-me rápido da cama.)

Quanto aos órgãos internos: tinha um bom estômago e um fígado apenas regular (se bebesse além da conta ou cheirasse lança-perfume, como gostava, acordaria no dia seguinte "varrida de dor de cabeça"); rins bons, ovários também bons, na medida em que pouco a incomodavam. Eu achava que ela era estéril, apesar de nunca ter tido coragem de botar isso à prova, muito ao contrário, forçava-a a tomar todas as cautelas, pois não pretendia ter um filho bastardo ou obrigá-la a um aborto. "De maneira nenhuma permitiria que você fizesse um aborto", costumava dizer para ela, até que um dia ela me disse que desconfiava que estava grávida.

Era um dia de grande sol. Norma estava com uma péssima disposição. "Morrer assim, num dia assim, de sol assim", ia repetindo ela, desesperada. "Cale a boca", disse eu, "ele não vai fazer nada, vai só te examinar. Além do mais, nós dois detestamos Olavo Bilac." Larguei-a na porta do edifício, nem mesmo saltei do carro. "Você vai me deixar ir sozinha a esse açougueiro?", perguntou ela. "Ele não é açougueiro", disse eu, "é o melhor que tem, um bamba, um ás, professor da faculdade", além de um explorador das aflições alheias, acrescentei em pensamento, pois João me dissera o preço que ele cobrava. Esse foi um dia em que todas as coisas deram erradas. Ao saltar do carro ela pisou num monte de merda de cachorro na calçada. Meu Deus, temi que ela tivesse uma coisa, arrebentasse uma veia, parisse o filho ali mesmo, na frente de todo mundo, mas Norma se controlou e me disse entre os dentes, aqueles dentes enormes da frente, "viu, viu?, seu verme, canalha, nojento, não quero nunca mais te ver, nunca mais" e saiu arrastando os pés pelo chão a fim de limpá-los das dejeções caninas.

Recompondo o que Norma me contou da sua entrevista com o médico, dá um relato assim: uma sala de espera cheia de fotografias, de diplomas e certificados de comparecimento a congressos de medicina em todo o mundo. Outras mulheres na sala e todas, para surpresa e irritação de Norma, tinham um ar calmo, liam revistas tranquilamente. Norma roía unhas. O que serão?, pensava, veteranas? insensíveis? Demorou um século até que foi chamada. O médico tinha uma cara de gângster, à George Raft, cabelo preto, emplastado para trás. Ficaram frente a frente na sala de consultas. "Seu nome?", "Luana", inventou Norma, que se nascesse de novo gostaria de se chamar Luana. "Luana de quê?", perguntou o doutor Raft. Foi nesse momento que ela sentiu o cheiro ruim que vinha do seu sapato e disse "Vanderbilt". Ela também queria ser uma Vanderbilt, mas isso estava escondido lá no fundo e fora preciso um trauma forte como aquele de estar num consultório médico cheirando a merda de cachorro para a coisa vir à tona. George mandou ela tirar a roupa e deitar em decúbito dorsal, numa mesa com dois suportes, onde ela apoiaria as pernas levantadas. Foi um exame penoso. George colocou umas luvas amarelas, lentamente, criando um suspense intolerável. Depois enfiou a mão, a mão toda, por dentro dela e com a ponta do dedo tocou o seu útero.

(Aqui eu cortei o seu relato.) "Mas pensei que você ia fazer primeiro um exame de urina."

Isso ela fez, mas foi depois que George Raft a submeteu a toda sorte de humilhações. E fez sermão: "A virtude destrói a mente, o pecado destrói o corpo", parecendo muito satisfeito por ter inventado frase tão desalentadora. E queria também o seu quinhão: "Minha filha, você não deve se meter com qualquer um; você precisa de alguém que saiba tomar conta de você, que trate de você" etc. (Aqui abro um parêntese na narrativa de Norma, para fazer uma pequena digressão sobre o caráter do homem. Quando Sicrano ouve dizer que Fulana está indo para a cama com Beltrano acha logo que Fulana pode também ir para a cama com ele. Essa é uma presunção das mais falsas, desde que seria preciso que Sicrano pagasse a Fulana o mesmo que Beltrano; ou então, que para Fulana, Sicrano lesse, como Beltrano, os poetas; ou então, que Sicrano pudesse arranjar para Fulana o emprego público que Beltrano prometeu; ou então, que Sicrano desse a Fulana os graus que Beltrano lhe dará para passar nos exames; ou então, que Fulana sentisse por Sicrano a mesma atração física que por Beltrano; ou então, que como Beltrano, Sicrano tivesse sido companheiro de viagem transatlântica de Fulana; ou então, que Sicrano, como Beltrano, tivesse tocado piano para Fulana; ou então, que Fulana, da sua janela, fosse vista por Sicrano como por Beltrano; ou então, que Fulana tivesse sido de Sicrano, a cliente que foi de Beltrano; ou então, tal como Beltrano, Sicrano pudesse ler a palma da mão de Fulana; ou então, que apresentasse Sicrano a Fulana, como Beltrano, um olho azul e outro castanho; ou então, que Sicrano, à maneira de Beltrano, pretendesse não gostar de Fulana.)

"Alguém que trate de mim? Como?", perguntou Norma, fingindo de inocente. (Ah, a vaidade das mulheres! No fundo ela estava satisfeita com o interesse de George.) "Fui dando corda para ver ele se enforcar." E andou se encontrando com o doutor Raft para fazer não sei o quê, mas isso só descobri mais tarde. Desconfiei. Dela eu não podia ter certezas. Desconfiei, desconfiava, mas não fazia cena, eu era um homem superior, era preciso que essa minha imagem de homem superior ficasse na mente dela, o absoluto, o príncipe, o poderoso, o poeta, o mão no manche, o fulcro das coisas, o presença avassaladora, o luz.

Era um rebate falso. Nem mesmo gravidez psíquica, apenas um distúrbio fisiológico. Mas que começou a levar as coisas para um caminho terrível.

Sejamos justos, o que ela poderia querer mais? Tinha tudo, não tinha tudo? A mulher quer segurança: dei segurança, comprei para Norma o apartamento em que ela residia; dei joias; dei roupas; dei móveis; dei objetos de arte; dei livros; dei ações da companhia de cerveja; dei terreno em Teresópolis. A mulher quer amor: dei amor, fi-la uivar como uma gata, rapsodiei, acendi vulcão, amansei volúpias, jurei, servi, escrevi (versos), exauri. Mulher quer diversão: dei diversão, levei-a a ver o Rio, encontrar recantos de sombra e encanto, descobrir fachadas antigas, praias virgens onde tomamos banhos nus: mostrei-lhe a aurora e onde era o pôr do sol; a sombra da árvore numa manhã de maio; dei-lhe viagens pelo Brasil, banho de cachoeira, passeio de jangada, comida típica, folclore, hotel de luxo. Mulher quer se refinar, refinei-a, mostrei-lhe as *Duineser Elegien*, a arte dos bosquímanos, teorias econômicas, Freud e Toynbee, Commedia Dell'Arte e Wittgenstein, tragédia grega e astronáutica. Chardin e Pound, coisas que fariam dela uma estrela nas conversas de coquetel. Fiz para ela uma assinatura da *Connaissance des Arts*. Tinha tudo, não tinha tudo?

Voltemos ao restaurante. Foi naquele dia que ela começou a ficar com raiva de minha mulher. Primeiro dizendo que minha mulher era feia, nariguda e sem peito; que era seca como um bacalhau; que era fria. E depois dizendo que ela era uma burguesa ignorante. Ainda mais: "Não sei como você pode viver com uma mulher dessas, uma mulher de quem não gosta. Por que vive com ela? O que te obriga a viver com ela? Ninguém é obrigado a viver com alguém que não gosta". Eu explicava que estava enredado em uma conjuntura social que me obrigava a um determinado comportamento que não permitia o ato de abandonar a família. Mas não havia jeito de ela entender isso. Me deixou sozinho no restaurante, apesar da joia que lhe dei. Fiquei sem vê-la vários dias, até que recebi uma carta:

Carlos Augusto

Percebo que desejo infelicidade às pessoas de quem realmente gosto. A felicidade destrói o anjo que somos. É mórbida, para a vida do espírito. As mulheres de Gauguin têm no gesto o que eu quero ser. Talvez "le beau regard des gens privées de tout". Pedir a alguém que ame realmente alguém, é muito melancólico. Pedir é melancólico. Mas dar o é ainda mais.

Fabricarei uma solidão externa, para que a minha interna e enorme solidão não se quebre contra o mundo.

Adeus,

Norma

Isso estava escrito.
Respondi:

Norma

Eu te amo. Ouça o gravador.

Carlos

Fui para o nosso apartamento e liguei o gravador e disse: *"Norma, você é minha vida"*. Apertei o botão stop. Olhei a menina de Modigliani. Ainda tenho o quadro, nestes últimos instantes. Na boca redonda o lábio de cima é mais grosso e somente se veem os dentes de baixo; tem duas tranças finas que caem sobre os ombros, mas não muito longamente; seu pescoço é esguio, como uma palmeira; seu rosto tem o formato de uma pera e sobre a fronte espalham-se cinco estiras finas de cabelo. Seu colo franzino é coberto por um vestido alaranjado desbotado. Teria ficado mais tarde uma matrona gorda, sem esse ar de espanto tranquilo no olhar? Uma mulher velha e paciente como as amantes de meu pai? (Uma velha gorda e flácida? Flácida: a enxúndia sob a pele de vários tons pálidos, da cor de galinha depenada e destripada, na geladeira. As mulheres velhas só deveriam ser vistas e beijadas pelos netos de seis anos. Escondidas dentro de uma sala de sombra e silêncio, onde somente as crianças entrassem por momentos e as mãos feitas de rugas e cansaço e desânimo lhes dessem balas e brinquedos e propiciassem um abraço muito rápido cheirando a mofo.) A fita do gravador correu um pouco até que eu continuasse: "A vida é breve", stop, "Norma, a vida é breve". (Stop, *Ars longa, vita brevis*. Pensar que a vida é breve, breve, breve, breve, breve, breve, breve.) *"Vamos fazer uma viagem, meu bem. O roteiro barroco, ou se você preferir a Bahia, ou Cabo Frio. Você escolhe. Vamos fazer um exame da nossa situação, descobrir a nossa verdade verdadeira."*

Ela gravou (sem que eu visse):

Eu, somente eu, preciso descobrir a verdade verdadeira. Irei à Bahia, mas sozinha. Conversaremos na volta. Peço que você me arranje o suficiente para a viagem. Não sei quanto necessitarei para dez a quinze dias, mas você deve saber. Até a volta!

A viagem de Norma para a Bahia me deu um grande alívio. Permitiu que eu desse mais atenção ao meu trabalho. Às vezes eu ficava com Norma a tarde toda e deixava de comparecer a uma entrevista marcada com um cliente.

Durante o tempo em que ela esteve na Bahia a minha vida ficou mais calma, pelo menos a primeira semana. Depois começou a me dar um medo de que ela não voltasse mais, ou conhecesse algum homem por lá e me esquecesse — mas isso não podia acontecer, o amor não acaba de repente, da noite para o dia. Que ela me amava eu não podia ter a menor dúvida. Escrevi-lhe perguntando quando é que ia voltar. Respondeu-me que não sabia; que havia feito amigos maravilhosos na Bahia; que estava sem dinheiro.

Amigos maravilhosos na Bahia? Mandei-lhe dinheiro, para mais quinze dias. Uma semana depois ela estava sem dinheiro novamente. "Aqui tudo é muito caro; o hotel é bom, mas custa os olhos da cara." Mandei dinheiro. Ficou lá três meses — eu mandando dinheiro. No fim do terceiro mês ela me escreveu falando a respeito de Raimundo Castro de Albuquerque.

Ele não é criança. É muito mais velho do que eu. É inteligentíssimo. Não sei bem se é bonito, mas as mulheres o adoram, todas, sem exceção. Já foi casado. Tem sempre uma ou duas mulheres andando atrás dele, pajeando-o, adorando-o, servindo-o. Ele aceita isso tudo casualmente, com grande nonchalance.

Mostrei a carta para João Silva. "Você acha que ela está tendo alguma coisa com esse cara?", perguntei.

João Silva não conhecia o sujeito, mas disse: "Se ela ainda não foi para a cama com ele irá a qualquer momento". "Por quê?", perguntei. "Porque ela é promíscua. Qualquer homem que passar perto e ela achar interessante, ela quer logo ter uma experiência sexual com..." Cortei: "Você é maluco, onde foi descobrir teoria mais idiota". João: "Não quero bancar o Iago para cima de você, mas essa dona é fogo. É o temperamento dela".

Se isso era verdade, o culpado era eu. Ela queria ser minha esposa, minha mulher, mãe dos meus filhos, e eu não deixava. Minha esposa era outra, que me esperava em casa num silêncio ferido sem misericórdia, que não me amava, mas queria viver comigo para o resto da vida, porque assim é que as coisas tinham que ser e ela só fazia o que tinha que ser, não importa o que doesse, pois doeria muito mais romper os contratos, abandonar os valores consagrados, os padrões usados, a aprovação dos parentes, amigos e vizinhos. Era uma mulher que me esperava na sala em penumbra, sentada, imóvel, numa poltrona no canto mais escuro da sala, como uma coisa já morta e no entanto mortífera; e nem se virava para me ver quando eu entrava, acompanhava meus movimentos com os ouvidos; e quando eu chegava em frente ao rosto dela, ela me olhava com um olhar que me dava pena e medo, um pouquinho de pena e muito medo. Eu tinha medo dela. Todo marido tem um pouco de medo da mulher, mas na maioria das vezes por outro motivo que não o meu. Têm medo de irritá-la e transformar a vida em comum, que não querem romper, num inferno de lamentações e ressentimentos. Meu caso era diferente. Eu tinha medo físico dela. Não de ser agredido, ela seria incapaz disso. Mas medo da sua força moral, das suas sombras e dos seus silêncios, do desprezo que ela sentia por mim. Do seu surdo encarniçamento.

João Silva voltou da Bahia, onde fora a meu pedido, dizendo que Norma iria se casar com o tal Raimundo de Albuquerque.

"Pelo amor de Deus, não me deixe sozinho", disse eu agarrando João pelo braço, quando ameaçou saltar do carro parado onde conversávamos. "Pelo amor de Deus", insisti. "Ora", disse ele, "a dona vai casar e pronto, deixe pra lá; ela quer casar, não quer? Então que se case; azar desse cara, vai ser mais um corno na praça."

"Mas o amor não acaba assim de repente. Ainda outro dia você disse que o amor não acaba de repente. Precisamos fazer alguma coisa, João. Gasto todo o meu dinheiro."

"Você já gastou com ela mais do que ela merece. Uma provinciana simplória que você sofisticou e que agora quer ser madame."

"Pago o que for preciso."

"Olha aqui, com o dinheiro que você já gastou com ela eu comia a rainha da Inglaterra."

"Você não entende: ela é o meu amor, a minha vida —"

"A sua biografia."

"Estou falando sério."

"Você está chateado porque ela te deu o fora. Puro orgulho. Arranja outra, há milhões de mulheres de todos os tipos, nesta cidade. Arranja outra."

"João, ela é a minha vida."

"Bolas, não vamos começar tudo de novo."

"Então eu a perdi mesmo? Isso não é possível, não acredito, quem pode fazer com ela aquilo que fiz, amá-la como eu amei, dar a ela inteligência e brilho, improvisar coisas novas a cada instante, manter a alegria de viver em sustenido?"

"Deixa de lero-lero. Seja homem. Você é um imaturo."

"O que é ser homem? É não sofrer?"

"Ser homem é aceitar o irremediável."

"Sem ela a minha vida é um vazio. Não terei coragem de voltar para casa. Eu devia ter abandonado tudo, casado com ela no Uruguai, se era isso que ela queria. Mas fui um covarde."

João saiu do carro. Em pé, do lado de fora, disse:

"Quem sabe se a coisa toda não dá em água de barrela?"

"Como?"

"Esse casamento fracassa, isso acontece, o sujeito já não é criança, gosta de trocar de mulheres."

"E daí?"

"Daí, se isso acontecer, certamente ela volta para você. Ela gosta de viver bem."

"Isso não me interessa. Se voltar eu me recusarei a aceitá-la."

"Está perfeito."

"Mas você acha que ela volta?"

"Não sei. Especulo, apenas."

"Quanto tempo você acha que demorará para isso acontecer?"

"Mas você não disse que não está interessado?"

"Quanto tempo?"

"Seis meses, um ano..."

"Tanto assim? Não aguentarei tanto tempo assim. Mas o que lhe dá tanta certeza de que isso irá acontecer, a separação dos dois?"

"Não disse que tenho certeza. É uma hipótese."

"Mas João, meu irmão e único amigo, você nunca erra."

"Às vezes erro."

"Não, você nunca erra. Em seis meses ela estará de volta e aí nunca mais a perderei, você verá." "Não sei. Essa dona é uma neurótica, os neuróticos são fornalhas que queimam tudo, inclusive a fornalha. Raimundo perde, Carlos perde, ela perde, todos perdem. Toma nota, o melhor é você arranjar outra."

"Mas não quero outra. Quero ela."

"Então está bem. Até logo. Estou com pressa."

"Mas ela volta? Em seis meses? Volta?"

"Volta."

"Você não está dizendo isso para se ver livre de mim, está?"

"Estou. Mas ela volta."

Ao escrever este relatório, *currente calamo*, não corro riscos. Tudo de ruim que podia acontecer comigo já aconteceu. Já aconteceu?

Se me perguntassem "se você fosse escritor o que gostaria de escrever", eu responderia imediatamente: a *Ars amatoria*, de Ovídio. Mas o que faço, todavia? Escrevo, quando muito, uma torpe *Remedia amoris*, um tratado de dor de cotovelo, um mapa de compensações, já que não tenho capacidade de ensinar os outros a amar. (Saberei ensinar a esquecer?)

Depois que Norma iniciou o seu breve episódio epitalâmico com Raimundo, a tristeza desceu sobre mim; tornei-me um daqueles sujeitos que nas festas se enrustem num canto e procuram disfarçar sua incapacidade de comunicação com um sorriso mecânico e paciente. (A dor funda, mas só a funda, faz as pessoas serem mais pacientes.)

Teve mesmo um dia que aconteceu uma coisa que nunca pensei acontecer comigo. Eu estava sozinho. Em determinado momento fiquei pensando em Norma com tal intensidade que comecei a ficar sem ar, com a sensação de que o meu coração ia parar, o que devem sentir as pessoas prestes a morrer. Então subitamente comecei a chorar. Havia uns trinta anos que eu não chorava; é uma coisa estranha que preciso contar em detalhes. Após algum tempo os olhos se fecham; você sente as lágrimas molhando o seu rosto e uma sensação de alívio como se você fosse um homem envenenado e uma veia se abrisse e lentamente pusesse para fora todo o sangue ruim, fazendo-o sentir-se melhor a cada gota que saísse — mais leve, mais bom, mais puro, mais digno, mais feliz na sua automisericórdia. Depois disso (se você está sozinho) você sente vontade de gemer um pouco e suspirar fundo e fazer umas caretas de dor, contrair o rosto fechando os olhos com força, como se estivesse frente a um espelho ou a uma câmera cinematográfica. É um abandonar-se à dor que faz a dor doer menos. A dor a seco é pior. Aqueles que sofreram, no enterro, no hospital, no quarto solitário, nas prisões, no internato — esses me entendem.

Mas eu estava assim, pensando em Norma cada segundo, sem parar, dizendo para mim mesmo que ela só se entregava a Raimundo por dever e eu mesmo respondendo que ela não era capaz de fazer uma coisa dessas, pois um milhão de fatores podiam condicionar o seu comportamento, menos o dever. "É um ser dominado pelo gonádico e não pelo deontológico", dizia para os meus botões. Uma coisa horrível, essa masturbação a que me entregava. Pensava: É um erro supor que os homens de cinquenta anos têm menos capacidade sexual. Aliás, o sujeito mais capaz, nesse sentido, que conheço é um camarada que já passou dos cinquenta. Há ocasiões em que para poder satisfazer o monte de mulheres que possui ele é obrigado a se encontrar com duas no mesmo dia, uma de tarde e a outra à noite, a todas proporcionando um tratamento dos mais generosos.

Mas, se me perguntassem, eu queria ser Ovídio; e que minha única pena fosse o banimento para Tomi; não só porque banimento para Tomi, ou o que Tomi representa no meu mundo, seria uma pena inferior à que acabei (como veremos) sendo condenado, mas também porque eu poderia retirar das atividades de oblívio, a que ávido me entreguei, um fruto mais doce, ou pelo menos mais eficaz.

Tristeza de amor se cura com amor, dizem. Por isso resolvi procurar outro amor, enquanto Norma não voltava.

Eu estava numa livraria e a primeira coisa que me chamou a atenção nessa garota foram as suas pernas. Longas, sólidas, com essa tonalidade que a carne de algumas louras adquire ao sol após molhadas com água salgada; o osso da canela não aparecia, carne, tíbia e perônio integrados num macio contorno. Subindo do seu pé direito ligeiramente arqueado (dentro de um sapato limpo e leve) as linhas do seu corpo se desenvolviam com incorruptível simetria; seus gestos eram lentos, de um langor econômico, como um gás se expandindo; seu rosto, um rosto de vitral, composto pelo azul dos olhos e pelo ruivo dos cabelos de fundo-de-tacho-velho-de--cobre. Um ser humano fundamentado numa sinergia perfeita. Certas mulheres não são nada mais do que um bípede mamífero. Aquela não. Aproximei-me e perguntei:

"Posso ajudá-la?"

Olhou-me casualmente.

"Pois não. Procuro um livro de boas maneiras."

"Boas maneiras... hum... Deixa eu ver..." Eu estava um pouco nervoso. Teria ela me tomado por um vendedor da livraria? Mas como? Tenho eu por acaso cara de vendedor de livraria?

"Um que não esteja superado", continuou ela. "Um que não esteja superado", repeti. Raios, eu estava realmente nervoso.

"Exato."

"Bem, a senhora sabe, todos os livros de boas maneiras já saem superados das tipografias. As boas maneiras mudam vertiginosamente; o que é certo hoje é errado amanhã. Isso significa que as boas maneiras não existem. Em termos absolutos."

Ela sorriu. "Não é o que diz mademoiselle Denise. Presumo que o senhor não trabalha aqui. Muito obrigada, com licença", e foi-se retirando. Pus-me à frente dela. "Quem é mademoiselle Denise? Eu me chamo Carlos Augusto."

"Senhor Carlos Augusto, eu preciso realmente comprar um livro de boas maneiras. O senhor sabe quantos copos são colocados à frente do conviva em um jantar de cerimônia? A diferença entre um garfo de peixe e um garfo de crustáceo?"

"Não. Quer dizer, o garfo de crustáceo tem três dentes compridos, como aquele usado pelo Diabo, que, diga-se de passagem, não é conhecido como comedor de crustáceo. Quanto aos copos, vejamos, um de água, um de vinho, outro de vinho, outro de licor, outro de sobra — sei lá, ninguém precisa saber essas coisas, com exceção dos maîtres e dos copeiros."

"Mas eu preciso saber. Com licença."

"Quem é mademoiselle Denise?"

"Minha professora de boas maneiras."

"A senhora não precisa de boas maneiras. A senhorita tem as melhores boas maneiras que alguém pode ter."

"Mas o senhor não parece tê-las."

"A senhorita tem toda razão. Posso lhe adiantar inclusive que este meu comportamento, sob todos os títulos reprovável, me surpreende muito. Nunca fiz isso anteriormente, em toda a minha vida. Sejamos práticos. Peço-lhe uma chance de reabilitação. Aqui está o livro que a senhorita deseja, de um autor consagrado em todos os quadrantes." Coloquei em suas mãos o livro de Marcelino de Carvalho, que estava sobre o balcão.

Ainda que pareça incrível, é assim, com uma troca de palavras imbecis, que começa um caso de amor. Como é fácil iniciar-se um caso de amor. Basta seguir-se algumas pequenas regras.

É essencial em primeiro lugar que o sedutor tenha confiança em si mesmo. Em segundo lugar que seja paciente e atencioso. E que seja cuidadoso com o seu corpo e com seu espírito. (Não deve esquecer-se de que a atração do espírito é a única duradoura.) É preciso presentear a mulher amada, mas de forma a dar-lhe prazer sem despertar a sua cupidez, pois o verdadeiro amor não deve ser baseado em vantagens materiais. Isso tudo está no Ovídio e é uma pena que eu o tivesse lido somente depois que Norma se casou com aquele Raimundo. (É bem verdade que a *Ars amatoria* tem conselhos para seduzir cortesãs, mas seus ensinamentos podem, muito facilmente, ser utilizados na sedução de mulheres casadas. Devia eu seguir imediatamente para a Bahia?)

Depois de algum tempo Teresa estava frequentando o meu apartamento. Tinha dezenove anos e cursava na escola de modelos. (Onde aprendia boas maneiras, entre outras coisas.)

Mas por que não acabou servindo como substituta? Não sei. Queria ficar grudada em mim o tempo todo. Não deixava que eu me levantasse da cama para preparar um uísque, escrever uma palavra de uma petição urgente. "Por favor, eu tenho que escrever, me deixa levantar." Ela trançava as pernas nas minhas, me abraçava com força, enquanto sua língua lambia minha orelha. "Me deixa, me deixa, é urgente, daqui a pouco a gente brinca como Macunaíma." Ela me agarrava com mais força, parecia um campeão de luta livre, imobilizando seu adversário. "Quem é Macunaíma?" "Sua burrinha, Macunaíma — a brincadeira dele era igual à nossa, mas agora eu não quero brincar, eu preciso escrever, olha os papéis em cima da mesa."

Mas não adiantava. "Estou sem forças para me soltar de você." Quatro horas de sexo. "Estou sem forças." Ela: "Eu te dou forças". Seus braços em torno do meu pescoço pareciam de ferro. "Eu te amo", disse ela. "Daqui a pouco, agora preciso fazer uma petição", respondi. Ela continuava me abraçando. "É sério, meu bem, me solta." Nada. "Você faz ginástica? Vai ser forte assim no inferno!" Ela ria. Fui lentamente, com grande esforço, tirando as mãos dela das minhas costas, imobilizei-a, sentando sobre o seu abdômen. Ela começou a mexer ritmicamente o seu baixo-ventre. "Meu bem, depois." Ela: "Agora, sempre". Pulei de cima dela e saí correndo pelo quarto. Ela correu atrás de mim, dependurou-se nas minhas costas. "Por favor, por favor, pelo amor de Deus, tenho que fazer uma petição." "Não", disse ela, "eu não te solto." Grudou-se nas minhas costas. Estávamos na porta do banheiro. "Me larga, quero fazer xixi", implorei. (Senti uma certa vergonha ao dizer isso, foi um ato de desespero.) Ela me largou. Entrei no banheiro. Fiz xixi abrindo a torneira da pia, abafando o barulho vil com um som mais digno. Quando saí ela me agarrou novamente. "Dez minutos somente, me dá dez minutos somente", pedi. Ela sentou no meu colo enquanto escrevia a petição. "Assim eu não posso, puxa vida!" Afinal ela me largou, não sem antes tirar a toalha que eu tinha em volta da cintura, me deixando inteiramente nu. Deitou-se na cama me olhando com raiva; seus olhos azuis brilhavam como maçarico de derreter aço; deitada de bruços, a leve curva da espinha terminando suavemente no cóccix, os cabelos úmidos de suor do amor feito ainda há pouco, na ponta do seu braço longo entre os seus dedos longos um cigarro que ela fumava com lentidão deliberada. Cada tragada era como se também os seus poros se abrissem, ansiando por mim. Deitei-me ao seu lado. Agarramo-nos. "Eu te amo, meu amor", disse ela, com voz rouca, "diga que me ama." "Eu te amo." No fundo da minha cabeça, alguma coisa dizia *não posso mais, não posso mais*. Meu joelho doía. Senti os meus braços como se tivessem afinado e perdido a força. Minha boca estava seca, meu estômago embrulhado. Se respirasse fundo, meu pulmão doía. O corpo suava. Foi um orgasmo seco e ardido. Esgotado, arriado, vazio, levantei-me da cama para cair no chão do banheiro.

Ela exigia demais do corpo e pouco do espírito. Mas não era burra, ou sem sensibilidade, era uma força da natureza, uma leptossomática invencível, da qual eu não daria conta, uma turbina voraz, longilínea, assustadora, genial, única, jovem, explosiva, consumptiva, destrutiva. Voltei para a cama, para junto dela, e aninhei-me nos seus braços, limpo e puro, como se ela fosse a minha mãe. E ela acariciou lentamente os meus cabelos e eu olhei os seus olhos: ela sorriu, e eu fechei os meus olhos; era bom sentir o olhar dela sobre as minhas pálpebras fechadas; quando eu abria os olhos ela ali estava, protetora, velante, como a dizer, *esquece, dorme descansado.*

Quando saímos do apartamento a cidade já estava deserta. Andamos pelas ruas até que deparamos com seis homens em volta de uma bolsa preta de couro no chão, cantando. Havia também uma mulher, um pouco afastada. Cantavam: "Ele deu o sangue, deu o sangue sim, o seu sangue carmesim". Depois pararam e o primeiro orador começou. Estava de costas para nós e iniciou sua pregação para o vento. "Aproveitem a oportunidade que Jesus está lhes dando. Abandonem o pecado." Cada palavra era um grito e cada grito era acompanhado de um arranco do corpo. Ficamos ali. Chegaram mais três pessoas, um vagabundo de barba, uma mulher bêbada e um sujeito que talvez fosse um garçom saído há pouco do trabalho. A bêbada começou a falar ao mesmo tempo que o segundo orador e ele gritou: "Cala a boca, pecadora! Aqui Satanás não tem vez". Mas a mulher não se incomodou com aquilo. O vagabundo de barbas ria à socapa. Teresa ria também, sem rebuços. Mais cantorias. Eu não queria ir embora antes que falasse o último orador, um mulato gordo, com uma voz poderosa de barítono e um semblante digno, carregado de raiva. Como todos os outros, ao chegar sua vez ele colocou o livro de hinos no bolo de coisas ao centro da roda e apanhou outro livro. E começou, sua voz forte varando o ar, indo bater nas paredes dos edifícios. "Se eu estivesse aqui para contar a vida íntima dos artistas de cinema, ou tocasse violino, ou fizesse graças como um palhaço, muitos estariam em volta de mim. Mas eu trago a palavra de Jesus e ninguém me ouve. Onde estão todos? Ooondee? Fecharam a porta a Jesus! Chafurdaram em Sodoma e Gomorra e o que podem esperar senão a destruição e o inferno? O inferno!"

Fomos embora, Teresa com o braço em torno da minha cintura e eu com o braço sobre o seu ombro. Ninguém nos veria, àquela hora, ali. Gritei, imitando o mulato: "O inferno, o inferno!".

Fata volentem ducunt, volentem trahunt. Por que será que Teresa não serviu como substituta de Norma? A gente não gosta de quem a gente quer. Eu queria gostar de Teresa, fiz tudo para gostar de Teresa, palavra de honra. Eu precisava gostar de alguém. Gostar dela era fácil: os homens seguiam-na pelas ruas, recebera convites para entrar para o cinema, as amigas adoravam o seu espírito esportivo, ela tanto sabia usar um biquíni quanto um vestido de baile; estava aprendendo a ler os bons livros que eu lhe emprestava; tinha um cheiro de fruta madura, um cheiro de árvore molhada, um cheiro de força e saúde, um cheiro de limpeza, um cheiro de criança de seis anos depois que tomou banho; me amava como uma louca, era uma cadela constantemente no cio — mas talvez fosse por isso, por ela me amar loucamente que eu não conseguia amá-la no mesmo diapasão; que raio de sujeito pervertido eu era, precisava de incertezas, precisava lutar pelo meu amor, como fazia com Norma, para continuar amando. O homem é um ser complicado e infeliz. Dirão: Nem todos são assim, existem os normais, aqueles que só gostam das mulheres que gostam deles, que só querem aquilo que podem alcançar, que só fazem o que podem fazer, que só vão aonde podem ir. Mas Norma era feita do impossível, de frustrações e ranger de dentes, de audácia e imprecações, de sofrimento e esplendor, de ferocidade, pertinácia, crueza e obstinação. Era isso o que só Norma me dava. E como Teresa não me fizera esquecer Norma, cismei que tinha que procurar outra. Outra que me enchesse a vida.

Andava na rua olhando todas as mulheres. Não conseguia ficar no escritório, não podia ir para casa, não tinha sossego. Foi num dia assim que encontrei Sonia. Uma dona havia passado por mim e eu me virara todo para vê-la se distanciando. Foi então que dei um encontrão em alguém que carregava um embrulho que caiu no chão fazendo um barulho de vidro quebrado.

"Me desculpe", disse eu. Abaixei-me para apanhar o embrulho. O objeto ali dentro estava partido. "Puxa vida, que desastrado eu sou. A senhorita me desculpe."

"Não faz mal não", disse ela desconsoladamente.

"O que era?", perguntei. "Dar-lhe-ei outro."

"Não faz mal não, não se preocupe."

Era um embrulho de presente.

"Mas faço questão. É um favor que a senhorita me faz. Ficarei tão chateado que sou capaz até de não dormir hoje à noite."

"Não sei —", murmurou ela.

"Está decidido. Onde foi que você comprou?" Disse o nome da loja.

"Onde fica?"

"Na rua do Ouvidor."

Fomos andando.

"Sou o sujeito mais desastrado do mundo."

"Mas eu também tive culpa."

"Coisa nenhuma. A culpa foi só minha."

"Fico tão sem jeito. Acho que não devia aceitar."

"Como é o seu nome?"

"Sonia."

"Olha aqui, Sonia, o que estou fazendo não tem nada de mais. Qualquer cavalheiro faria isso."

"Mas o senhor está perdendo o seu tempo, saindo do seu caminho. O senhor devia estar com pressa, não estava?"

"Não. Meu nome é Carlos."

"Isso é — era, o presente de casamento de uma amiga minha. Uma coisa sem importância, quero dizer, uma coisa barata."

Chegamos à loja. Ela pediu um vaso igual ao que havia comprado momentos antes. (Tratava-se de um vaso de cristal horrível, nem sei mesmo por que fabricam esse tipo de coisa. Talvez para servirem de presente de casamento.) O balconista voltou dizendo que não tinha mais outro vaso igual.

"Você vai permitir que eu escolha o presente de sua amiga, está bem?"

Ela ainda tentou protestar, mas não dei importância ao que dizia. Escolhi um porta-cigarros antigo, de prata lavrada portuguesa, que me custou uma fortuna.

Depois que comprei o presente ficamos parados na porta da loja por alguns momentos. Ela segurando o embrulho, um pouco constrangida, ou talvez com medo, como se aquilo fosse uma bomba-relógio.

"Ainda continuo sem jeito", disse ela sorrindo.

"Por quê?"

"Não havia nenhum motivo para o senhor comprar isto para mim. A culpa foi minha, sei que a culpa foi minha e depois o senhor ainda compra uma coisa muito mais cara. Quem vai gostar é a minha amiga."

"São pelo menos duas pessoas satisfeitas. Sua amiga e eu."

"É isso mesmo. Então, adeus, muito obrigada."

"Não nos veremos mais?"

"Não sei. O que o senhor acha?"

"Também não sei."

Nenhum olhava para o outro. Eu olhava para o lado. Ela olhava para o embrulho.

"O senhor tem telefone?", perguntou ela, ainda olhando para o embrulho.

"Tenho", respondi. Dei-lhe um número. "É do meu escritório."

Tirou um caderninho da bolsa e, enquanto segurei o embrulho, tomou nota do número.

"Você me telefona?", perguntei.

"Telefono."

"Quando?"

"Amanhã. Está bem?"

"Está. Mas telefona mesmo."

"Prometo."

"Aguardarei ansioso."

Ela riu. "Telefono sim. Bem, então, até amanhã. Ah! qual a melhor hora para telefonar?"

"À tarde. Depois das quatro horas."

"Então até amanhã às quatro."

Ela me estendeu a mão. Apertei-a, sentindo uma certa intimidade, um certo compromisso, naquele gesto. Inventava coisas? Sonia foi-se afastando, pude observar então suas pernas grossas, o movimento de suas nádegas sob o vestido, seus cabelos. "Ei, Sonia, Sonia", gritei enquanto corria atrás dela. Ela virou-se surpresa. "O presente", disse eu estendendo-lhe o embrulho, "você deixou o presente comigo." Ela riu, o rosto ruborizado, dizendo: "Que cabeça tonta eu tenho". "Até amanhã." "Até amanhã", respondeu ela.

E foi embora.

É claro que nada disso interessa a ninguém. Mas eu relato para mostrar como os seres humanos são ávidos por estabelecer novos contatos. E também por um outro motivo. Para lembrar, ainda que melancolicamente, que tipo de pessoa atraente eu era. As mulheres simplesmente não resistiam ao meu encanto. Depois — veremos depois, depois. Sigamos uma ordem.

Durante dias conversamos pelo telefone. Sonia acabara de brigar com um sujeito que era "quase noivo" dela. Fora disso, nada conversamos sobre a vida pessoal de cada um. Ela gostava de falar de livros, mas só de livros chatos, como *Iracema, Helena* etc. E também de cinema. Essas conversas não tinham o menor interesse para mim. Um dia convidei-a a passar no meu escritório. É claro que não dei o endereço do meu escritório, mas sim do meu apartamento.

Marcamos às cinco horas. Uma meia hora antes comecei a andar de um lado para o outro impaciente. A toda hora encostava o ouvido na porta, perto da abertura, procurando ouvir os seus passos. Às cinco e vinte eu havia fumado um maço de cigarros e andado vários quilômetros dentro do apartamento. Minha orelha doía de tanto encostá-la com força na porta. Quando a campainha tocou, levei um susto.

Sonia carregava um grosso caderno na mão, desses de folhas soltas.

"Demorei a sair do colégio."

"Colégio?"

"Isto não é escritório, é?"

"Não, é mais um local de recolhimento, para ouvir música, descansar, ler, pensar."

"Que formidável! Quem me dera uma coisa dessas assim para mim."

Sentamos no sofá.

"Aquele é Modigliani", disse ela. "Eu vi o filme. Você viu o filme, com Gerard Philipe?"

"Vi."

"Quem são os outros?"

"Miró, Rouault, Braque, Picasso", apontei um a um.

"Picasso eu conheço."

Coloquei música na vitrola. Música francesa.

"Por que você quis que eu viesse aqui?"

"Não sei." (Eu achava que uma certa indecisão e uma razoável timidez funcionariam eficientemente.) "Acho que eu, ah, queria ficar sozinho com você." Disse isso como um tartamudo, passando a mão no rosto, rindo nervosamente.

"Eu também queria ficar sozinha com você. Isto não tem nada de mais."

"Pois é, mas — eh, sei lá..." (Pausa.) "Mas eu queria tanto!" (Olhar intenso meu no olho dela.) "Em que colégio você está?"

"Escola normal. Você não sabia? Termino este ano."

"Não, não sabia."

"Vamos dançar", disse ela, tirando os sapatos.

Dançamos. Em pouco tempo estávamos nos beijando.

"Que calor", disse ela.

"Estamos com muita roupa", disse eu timidamente.

"Você está propondo que eu tire a roupa?", perguntou ela, imitando a voz de uma pessoa muito chocada.

"Claro que não", respondi do mesmo modo.

"Eu ficaria com vergonha", disse ela, seriamente.

"Por quê? Você não vai à praia? Podíamos ficar como se estivéssemos na praia."

"Mas nós não estamos na praia."

"Eu faço uma praia para você. Aqui a areia", disse apontando para o sumier. "Abracadabra, pronto: areia branca e fina, e boa para deitar. Agora, aqui em cima construo um sol, assim, redondo, para bronzear nosso corpo. Viu, meu bem, sou um mágico." Beijei-a fortemente na boca. Deitamos no sumier. Aos poucos, enquanto a beijava, fui tirando a sua roupa. Que coisa difícil. Ela que gostaria, creio, de fingir que fora desnudada por mim contra a sua vontade, foi obrigada a colaborar, virando um pouco o corpo para eu desabotoar os botões da blusa que estavam nas costas e levantando um pouco o púbis para que eu pudesse tirar a sua saia.

"Está muito claro", disse ela.

Levantei-me e corri as cortinas sobre as persianas que já estavam fechadas.

Voltei para a cama.

O resto foi como não podia deixar de ser.

Só estou contando essas coisas para mostrar que fiz força para esquecer Norma. Tentei vários macetes, várias mulheres. Até prostitutas procurei. Arranjei uns números de telefones, para onde ligava e dizia:

"Dona Carmem?"

"Sim."

"Aqui é o Carlos." Dava o meu endereço.

Ela entrava logo no assunto: "Tenho aqui uma pernambucana, uma morena linda, completuxa, sabe?".

É claro que eu já sabia o que ela queria dizer com essa história de completuxa. Toda caftina tem a sua metáfora.

"Ela pode estar aqui dentro de meia hora?"

"Pode."

"Muito obrigado, dona Carmem."

"O nome dela é Edna."

Eram todas iguais. Não fisicamente. Umas eram louras, outras morenas, altas, magras, baixas, gordas, umas meninas ainda, outras balzacas, mulatas e até uma preta, para experimentar. Nomes: Suely, Zuleica, Elizabete, Inês, Maria de Lurdes, Rafaela, Cristina, Mercedes e outros já esquecidos. Mas eram todas iguais. Assim que acabava me dava uma vontade doida que elas fossem embora, às vezes mal podia esperar que se vestissem. Havia algumas que queriam ficar e voltavam, da indefectível visita ao banheiro, para a cama, onde se deitavam para conversar, contar coisas da vida delas, em detalhes. Não quero saber coisa alguma da vida de ninguém, prostituta, mulher de família, presidente da República, artista de cinema, a vida dos outros não me importa, o que importa é a minha vida. A minha vida.

Carlos

Os erros, como a palha, boiam na superfície; aquele que procura pérolas deve mergulhar fundo. Você se lembra quando me disse isso? Nós estávamos naquele hotelzinho de Cabo Frio, num dia de inverno, em que a cidade estava completamente vazia de turistas. Agora compreendo o que você queria dizer com aquilo. Tudo que é fácil é errado. Procurei o fácil, o casamento, a casa e tudo estava errado. Você se alegra em saber disso? Em saber que errei e que lamento ter errado? Você me aceita de volta?

Norma

PS: Rendição incondicional.

(O PS estava riscado; de maneira, contudo, que pudesse ser lido.)

Mostrei a carta para João.

"João, gênio dos gênios, grande mágico, poderoso senhor da profecia, deixe-me tomar a sua bênção."

João retirou a mão. Parecia contrafeito.

"Que que há? Você acertou no olho da perdiz, tudo o que você disse aconteceu. Não sei como agradecer. Serei teu escravo o resto da vida."

"Responde dizendo que não quer mais saber dela."

"Como? Não estou entendendo!"

"Essa mulher não serve, mesmo longe está te destruindo e perto vai acabar com você de uma vez."

"Você está maluco, João?"

"Não estou maluco, não. Você sabe o que todo o mundo anda dizendo? Que teu escritório já não vale mais nada, que todos os clientes estão te abandonando, que você não quer saber de trabalhar, que nunca é encontrado no escritório e por aí afora."

"Mas tudo isso é um exagero. A ausência de Norma tem me perturbado um pouco, mas não tanto."

"Com ela aqui vai ser pior."

"Deixa de bobagem, João. Por favor, não estraga o meu dia."

"Ela vai exigir coisas. Você pensa que vai ser como antes? Ela vai exigir que você abandone sua mulher. Você é um covarde, você terá peito de abandonar sua mulher?"

"Abandono. Você vai se surpreender com este seu amigo. Você vai ver."

"Norma não merece que ninguém abandone a mulher por ela, nem mesmo uma mulher cretina como a sua."

"Norma é boa, dê uma chance a ela, João, uma pequena chance que seja, não faça julgamentos apressados."

"Por que que ela riscou a *rendição incondicional*? E de maneira que você pudesse ver as palavras riscadas?"

Como odiei João naquele dia!

Aquele lorpa pensava que eu não tinha coragem de abandonar a minha mulher. Uma coisa à toa, milhões já fizeram isso. Largar a própria mulher não tem nada de mais. Os amigos falam, ela passa a te odiar, mas o que tem isso? E se ela disser que não? A gente vai para o litígio, paga-se uma pensão, se ela quiser arranjar outro homem que arranje, ela já não é mais tua mulher. Tudo simples, sem problemas, uma coisa fácil, fácil.

A partir do momento em que precisei falar com Célia, tudo começou a ficar difícil. Cheguei quase a desistir. Pensava nos outros homens que haviam abandonado mulher e filhos — que tipo de pessoas seriam? Qual a virtude ou força que os impelira a isso? Egoísmo? Paixão? Pragmatismo? Bom senso? Madureza? Um pouco de cada coisa? A exacerbação de uma delas?

Coragem? (Algo que não tenho. Vejo isso agora, sou um covarde. Sempre fingi ignorar os seus sintomas — a um sinal de perigo os ouvidos sendo bloqueados por uma cortina de chumbo que se fecha subitamente; a incapacidade de resistir, de discordar, de ferir e atacar de frente; de correr riscos.)

"Preciso falar uma coisa muito séria com você", eu disse.

Célia estava fazendo tricô. Ela vivia fazendo tricô. Para os pobres. Ela resolvia o problema dos pobres fazendo tricô.

"Sim..." Um sim seco, emitido por entre os lábios finos imóveis, como se ela fosse um boneco defeituoso de ventríloquo.

Fiquei algum tempo parado sem saber o que dizer. Ela continuou fazendo tricô, sem me dar importância.

"É muito sério o que quero dizer a você." Senti que minha voz tremia. Foi quando Célia me olhou, o olhar parado no meu rosto, lendo. Então pareceu ter percebido o que eu queria dizer. Seus lábios escassos começaram a se distender muito lentamente sem que se visse a sua progressão, como acontece com o ponteiro de um relógio: a largura da boca aumentava a cada instante, os lábios desapareciam, surgindo na boca fechada duas linhas retas exangues superpostas, fazendo com que seu rosto pálido de fundos olhos escuros parecesse o desenho de uma caveira. Enquanto isso ela virava vagarosamente a cabeça para trás de maneira que os ossos do maxilar inferior se definiam com tal nitidez que davam a impressão que iam romper a pele magra e fina a qualquer instante. Ficou naquela posição enquanto que eu, chocado, fechei os olhos, sem coragem de olhá-la.

"Então você vai me abandonar", disse ela.

Abri os olhos. Silenciosamente ela havia se levantado. Estava agora de pé, no outro extremo da sala, os braços finos caídos, dependurados nos ombros.

Titubeei; tentei dizer "quem te pôs esta ideia absurda na cabeça?", acompanhado de uma risada que sublinharia a graça que estava achando de tamanha tolice. Mas dei somente a gargalhada, o que acabou tornando o meu desquite litigioso e dispendioso. "Eu daria a ele o desquite", disse Célia a João dias depois, "sem maiores exigências, creio mesmo que o perdoaria. Mas depois daquela gargalhada de desprezo não podia haver acordo algum." A minha mulher realmente não me entendia.

Telegrafei para Norma a fim de que viesse imediatamente. Fui esperá-la no aeroporto e, ali mesmo, disse-lhe que me havia separado de Célia. Beijei-a na boca. Ela se afastou, olhando-me surpreendida. "É isso mesmo, na frente de todo o mundo", exultei, "a minha mulher agora é você." Norma perguntou: "O desquite já foi homologado?". Respondi que não. "Então não fica bem nós assim, em público, você não acha?..."

Em público. No velório do meu pai aconteceram coisas em público que teriam incomodado qualquer mortal. Estavam lá os colegas e clientes e amigos do meu pai, sujeitos velhos e solenes, de roupas escuras e colarinhos duros, vários de bengala e um de monóculo, que haviam ido levar sua homenagem ao comendador José Francisco; e também amigas de minha mãe, velhas de roupa nova e face compungida, querendo abraçá-la, vê-la chorar desesperadamente, estimulando o seu sofrimento com palavras de carinho, como assistentes de uma peça de teatro que aplaudissem o ator no meio da representação, para conseguir dele uma interpretação mais vibrante. Subitamente, no meio desse velório concorrido, a que o próprio presidente da República mandara um representante, surgiu uma das amantes ocultas do meu pai. Explodiu no meio da sala, com o rosto gordo congestionado de lágrimas, gritando. "Chico! meu Chico! Por que você foi morrer, meu Chico!", e correu para o caixão e beijou soluçando as mãos do morto. Tirei-a dali com muito custo. Ao chegarmos à rua, ante a curiosidade chocada das pessoas que nos seguiram e das que se apinharam nas janelas da capela, a amante de meu pai ajoelhou-se no chão e gritou com voz surpreendentemente forte para uma velha: "Foram trinta anos, foram trinta anos!".

Escândalo! Isso sim foi escândalo. Quando voltei, depois de ter despachado a mulher, ao subir as escadas que levavam à sala do velório ouvi um zumbido: eram os parentes cochichando excitadamente entre si. Em pequenos grupos, com as cabeças quase juntas, sussurravam com o ar de segredo e satisfação de quem escuta uma piada de sacanagem numa casa de família.

As velhas de roupas novas afastaram-se de minha mãe. Olhavam-na de viés. O seu rosto, pálido e imóvel, parecia de parafina.

Depois que saímos do aeroporto, dentro do carro Norma me perguntou: "Aonde você está me levando?".

"Ora, meu bem, para o nosso apartamento. Estou morando lá. Saí de casa. Célia ficou com o apartamento."

"Você não acha melhor esperarmos o desquite terminar?"

"Por quê?"

"Assim ninguém pode falar nada."

"Falar o quê?"

"Sei lá. Acho que não fica bem."

"Mas o desquite ainda demora algum tempo. É litigioso, depende de uma série de audiências, perícias, o diabo."

"Litigioso? O que ela está querendo de você?"

"Está querendo tudo."

"Mas você não vai dar o que ela quer, vai?"

"Eu vou dar o que for obrigado a dar."

Norma acabou indo para o apartamento da avenida Atlântica.

Não tivemos nenhum encontro mais íntimo enquanto o desquite não terminou. Víamo-nos quase que diariamente: íamos juntos a cinemas, teatros, restaurantes — depois cada um voltava para sua casa. Encarei a coisa como uma demonstração de dignidade, de virtude, de maturidade da parte de Norma. "Ela realmente cresceu", dizia para os meus botões.

Norma estava de fato diferente. Não brigava mais comigo; era tranquila e solícita; compreensiva. Tornara-se uma outra mulher. Assim eu pensava.

O desquite terminou com Célia ganhando praticamente tudo o que queria. (Nas ocasiões em que a vi no Foro ela estava de preto, como se estivesse de luto; e não me cumprimentou uma vez sequer.) O sujeito trabalha como um animal enquanto a mulher passa o dia na manicure, no cabeleireiro, na pedicure, na modista, no médico, na casa das amigas jogando cartas, nos desfiles de modas, ou então simplesmente na cama dormindo como uma preguiça retardada e na hora da separação vem um juiz cretino (como todos os juízes) e decide que metade de tudo aquilo que o sujeito ganhou pertence àquela parasita. A isso se chama Justiça.

Terminado o desquite, embarquei com Norma para o Uruguai, onde nos casamos. Ela queria passar a lua de mel em Paris. Mas isso não era possível.

"Como que não é possível?"

Eu estava sem dinheiro. "Não recebi uns honorários atrasados", expliquei. Isso era mentira, não tinha honorários atrasados para receber. Na verdade, tinha dívidas a saldar. "Os teus clientes não te pagam?", perguntou Norma. "Pagam, mas às vezes demoram. Advogado é assim mesmo, tem meses que não recebemos um tostão, o dinheiro fica todo acumulado. É por isso que precisamos sempre ter uma reserva."

Ficamos cerca de quinze dias em Montevidéu. Montevidéu foi uma decepção. Quando chegamos, senti algo de chocho nas nossas relações; como uma expectativa abortada. Para anular o desapontamento, tentei uma solução erótica; ficar dentro do quarto fazendo amor todo o tempo. Fizemos amor de todas as maneiras, de estômago cheio, bêbados, com fome, vestidos, na janela do hotel olhando a cidade, ouvindo música. O orgasmo vinha, mas o orgasmo depende sempre de outros elementos para ser bom. Passei a sentir uma coisa que não era tristeza, ou depressão — uma espécie de desalento, um vazio, após a cópula. Estaria a mesma coisa acontecendo com Norma?

Mas que diabo está acontecendo comigo?, pensava. Pois sexo não é a melhor coisa que existe? O prazer, num mundo de paliativos? A única possibilidade de fruição revivescente?

Voltamos para o Rio.

No princípio, íamos a todos os lugares juntos. Depois, passamos a sair separados. Ou melhor, ela passou a sair sem mim. Eu ficava em casa, bebendo sozinho, sem vontade de ler, ou ouvir música e, o que é pior ainda, vendo televisão, uma porcaria de programa atrás do outro, irritado pelo fato de Norma ter saído. Uma mulher não pode sair sem o marido, isso é um absurdo, uma coisa errada; o oposto pode ocorrer, o marido sair sem a mulher, isso sim. E aonde ia Norma? À boate, ao cinema, à casa das amigas jogar cartas. Voltava tarde.

"Aonde você foi?"

"À casa da Helena."

"Que Helena?"

"A mulher do Pedro."

"Pedro? Que Pedro?"

"O Pedro, aquele médico."

"Não conheço ninguém com esse nome."

"Por que você não desliga essa televisão? Não tem programa nenhum aparecendo."

"Eu gosto de ver assim. Você se incomoda que eu veja assim, hein?"

"Eu não me incomodo não, mas está gastando o aparelho à toa."

"E o que você tem com isso?"

"O aparelho estraga."

"E daí?"

"Depois você vai ficar furioso com o dinheiro que vai ter que gastar com o conserto."

"Não vou reclamar merda nenhuma. Eu reclamo o dinheiro que você gasta com besteiras. Você é uma máquina de moer dinheiro."

"Chega. Você está bêbado."

"Ah, agora chega, não é? Quando eu toco no ponto fraco, você diz chega, você só gosta de discutir quando tem chance de ganhar. Máquina de moer dinheiro. Você é igual a essas prostitutas que só andam de táxi e só usam perfume francês. Você também só anda de táxi, vai no armarinho comprar uma linha, táxi, vai no cabeleireiro, táxi, vai visitar uma amiga, táxi, táxi, táxi. Você é uma taxi-girl, hehehe... hahaha..."

"Eu pensei que você pudesse pagar pelo menos o meu transporte, eu pen..."

"Máquina de moer dinheiro!"

"Pensei, eu pensei..."

"Você não pensou nada. Toda mulher é burra, um desenvolvimento interrompido, uma coisa que ia ser e não foi."

"Se você estivesse trabalhando, o mísero dinheiro de um táxi não ia fazer falta, ouviu?"

"Como é que você quer que eu trabalhe? Eu estou doente, você não sabe que eu estou doente?"

"Está sim, muito pior do que você pensa."

"Mas não estou maluco não, viu?"

Eu tinha mononucleose. Como é que eu podia trabalhar com mononucleose? Ela é que devia gastar menos. Ia, dia sim, dia não, à manicure. Só vendo a unha dela: tinha uns quatro centímetros de comprimento. Devia ser uma maneira de ir à forra do tempo em que roía unhas. (Eram, além do mais, estreitíssimas, o que fazia com que sua mão parecesse a de um diabo de desfile carnavalesco.) Vivia nos salões de beleza. Terças, quintas e sábados: pela manhã, manicure e cabeleireiro; à tarde, ginástica rítmica e ballet. Segundas, quartas e sextas: pela manhã, pedicure e limpeza de pele; à tarde, sauna, duchas, massagens.

Ela estava virando uma outra pessoa. Parecia uma boneca: o cabelo sempre arrumado; equilibradas as várias cores das inúmeras pinturas com que uma mulher tatua desescarificadamente o corpo — o sunset-pink dos lábios combinando com o scarlet-hell das unhas, combinando com o blue-lagoon da sombra do olho, combinando com o ochre-gipsy do pancake, combinando com o moonlight-passion do pó de arroz.

Sentava-se na beirada das poltronas, as costas retas, a barriga para dentro, aparentando uma pose confortável.

"Quando foi que você deixou de roer unhas?"

"Foi na Bahia."

"Na Bahia?"

"Na Bahia."

"Assim, sem mais nem menos?"

"Como assim, sem mais nem menos?"

"Você acordou de manhã e pronto — não roía mais unhas?"

"Claro que não."

"Então como é que foi?"

"Sei lá, já nem me lembro."

"Isso não é possível!"

"O que não é possível?"

"Você não se lembrar como foi que deixou de roer unhas. Talvez algum trabalho de persuasão do tal Raimundo, hein?"

"E se foi, você tem alguma coisa com isso?"

"Não, não, meu interesse é puramente científico. Sabe-se que roer unhas é sintoma de tensão psíquica."

"Você adoraria que eu voltasse a roer unhas, não é?"

"Eu?"

"Sim, você."

"Por quê?"

Não respondeu. Norma vivia me atribuindo ações, pensamentos, desejos referentes a ela que nunca foram cometidos ou imaginados.

Estávamos sempre brigando, então. Só não brigávamos mais porque nos víamos pouco. Ela passava o dia revigorando e pintando as carnes do corpo, aparando os cascos, armando os pelos; de noite ia à casa das amigas, ia a boates, ao cinema. Estou me repetindo, ao dizer isto, mas acho que o papel da mulher é acompanhar o marido, sempre, do contrário o casamento não dura. O engraçado é que eu não permitiria que Célia fizesse aquilo comigo; Célia nunca saía sem mim.

"Célia nunca saía sem mim."

"Quem?"

"Célia."

"Vai ver que foi por isso que o casamento de vocês deu tão certo."

"E nós, meu bem..."

"E nós o quê?"

"O que que está havendo com a gente?"

"Você está diferente." Norma balançou a cabeça, olhando para mim.

"Eu?"

"Você."

"Eu?"

"Você não é mais o mesmo."

"Você não é mais a mesma."

"Ha, ha."

"Ha, ha?"

"Nós entramos na fase de acusações mútuas. É o fim."

"Você vai me abandonar?"

"Ora..."

"Anda, diz."

"Não sei..."

"Eu dou tudo a você..."

"Tudo?"

"Então não dou?"

"Carlos, você..."

"Eu o quê?"

"Você anda tão, tão... desanimado."

Ninguém bebe por gosto. O sujeito bebe com a cabeça e não com a língua. Eu bebo também com o coração, ele fica mais leve. É bom, para os que o têm pesado, fazê-lo leve. Meu Weltschmerz é no coração. Como ele dói! Eu ponho a mão sobre ele e digo — sossega, meu coração, como uma heroína de romance antigo. Mas meu coração só tem sossego quando bebo. Este é um fato. Sei que a bebida é tida como antissocial, pelos moralistas, pelos juristas (já fui um deles), pelos religiosos, pelos educadores, pelos pais de família, pelos governantes; e como veneno, pelos médicos, pelos psiquiatras.

A psicopatologia forense dos meus tempos de estudante falava numa forma de comportamento anormal associado ao alcoolismo e que podia levar o indivíduo ao crime. Mas o meu alcoolismo não levou a crime nenhum, por enquanto, pelo menos. (E o que acabarei fazendo não será crime, pois ninguém sofrerá, nem mesmo eu.)

Um dia ouvi o barulho de Norma chegando e ao abrir a porta — coisa que nunca fazia — deparei com ela beijando um homem. Era o João Silva. Não matei ninguém; na hora até achei divertido ver a cara perturbada de João, a surpresa, o susto que tirou o sangue da cara dos dois e fê-los balbuciar tartamudos palavras desconexas.

João desceu pelas escadas, retirante furtivo, sua coragem debandada, seu telurismo languifeito. Foi bom vê-lo assim. Uma raiva que surgiu de repente me fez agredir Norma. Após o primeiro soco, a raiva foi aumentando e quanto menos ela se defendia e quanto mais ela chorava, mais a minha fúria crescia. O que gostei mesmo foi de lhe dar pontapés.

Não sei como ela conseguiu fugir. Eu estava cansado para correr atrás dela. Deve ter ido morar com João Silva. É engraçada essa tendência que as mulheres têm de abandonar o sujeito e viver com um amigo dele. Isso acontece mais frequentemente do que se supõe. É a preguiça feminina.

Agora estou sozinho e sem vontade de fazer nada. Uma daquelas vagabundas que andou comigo me disse um dia, numa tarde de calor, enquanto suava de correr gotas pela cara e pelos braços, que queria morrer. "Morto não sente calor", disse ela. "Nem fome", disse eu. "Nem tristeza", disse ela. "Nem preocupações", disse eu. "Nem medo", disse ela. "Nem cansaço", disse eu — e fomos por aí afora jogando um pingue-pongue verbal para mim divertido e para ela catártico. Mas isso foi naquela ocasião. Hoje já não me divirto mais. A vida é uma prebenda. Mas não devo me angustiar. Como disse Epicteto,

a porta está aberta.

O caso de F.A.

"A cidade não é aquilo que se vê do Pão de Açúcar. Na casa de Gisele?"

"Foi", respondeu F.A.

"Aquela francesa é mesquinha e ruim. E também uma trepada de merda. Dizem."

"Eu dou qualquer dinheiro", disse F.A.

"Hum", respondi.

"Você disse que dinheiro compra tudo. Eu gasto o que for preciso", disse F.A.

"Sei. Continua."

"Quem me recebeu foi o... pederasta, a Gisele não estava. Fui correndo para o quarto, enquanto ele dizia, 'uma coisa especial, o senhor vai gostar, acabou de se perder'. Eu estava com medo de ser reconhecido, havia na sala algumas pessoas, dois homens, uma mulher. Quando entrei no quarto, ela encostou-se na parede com uma das mãos na garganta. Apavorada, entendeu?"

"Sei. E depois?"

"Eu disse: 'Não tenha medo, quero apenas conversar com você'. Ela continuou amedrontada, com os olhos arregalados, sem dizer uma palavra. Segurei sua mão muito de leve, sentei-a ao meu lado na cama. Ela estava dura de pavor, mal respirava."

F.A. passou a mão sobre os olhos.

"Estou com pressa", eu disse.

"Ficamos dentro do quarto duas horas. Não toquei nela. Falei, falei, falei, disse que também estava com horror daquilo. Estou mesmo, não aguento os encontros mecânicos com essas infelizes, sem amor, sem surpresa. No fim ela começou a chorar. Só falou uma vez, para dizer que desde que saíra de casa, eu era a primeira pessoa que a tratara como um ser humano. Eu tinha reunião do Conselho e não podia ficar mais tempo. Paguei e saí."

"Pagou a quem?"

"À Gisele. Ela havia chegado e estava na sala."

"A Gisele disse alguma coisa?"

"Acho que disse. Perguntou se eu tinha gostado, uma coisa assim. Eu disse que estava com pressa. Paguei o dobro."

"Por quê?"

"Não sei. Acho que quis impressionar a Gisele. Não, impressionar a garota."

"A garota não vai saber de nada. Você devia ter dado o dinheiro para ela."

"Fiquei com vergonha."

"Você já deu para outras. O veado estava na sala de espera?"

"Não. Só a Gisele."

"Alguém telefonou para você, depois?"

"Não."

"Você ligou para alguém?"

"Ah... liguei. Mandei chamar a garota. A Gisele disse que ela não podia atender, que eu fosse lá."

F.A. me segurou pelo braço: "A garota está numa prisão. Eu quero tirá-la de lá antes que ela se corrompa. Você precisa me ajudar."

"Você voltou lá?"

"Não..."

"Você só viu a garota uma vez e ficou tarado por ela?"

"Bem... eu a vi mais de uma vez..."

"Conta essa merda direito, porra."

"Voltei lá umas quatro vezes..."

F.A. calou-se.

"Desembucha logo, estou com pressa."

"A garota fugiu de casa, depois de fazer um aborto. O pai deu uma surra nela. Uma parenta do namorado arranjou o endereço da Gisele. A Gisele a obriga a prostituir-se, ameaçando-a com o juiz de Menores."

"Parece um romance intitulado: A escrava branca da avenida Rio Idem", eu disse.

"Você acha graça?", perguntou F.A. ofendido.

"Eu estou rindo? Continua."

"Não fui para a cama com ela nem uma vez. Ontem eu avisei que ia tirá-la de lá. Ela tremeu e disse para eu tomar cuidado."

"Cuidado? Um veado e uma puta francesa?"

"Você sabe, eu não posso me expor, um escândalo desses me arruinaria. Mas não são apenas os dois. Agora anda por lá um grandalhão de bigodes. Ele fica lendo estórias em quadrinhos na sala; quando passo me olha com desprezo."

"Esse sujeito falou alguma coisa com você?"

"Não. Mas eu tenho a impressão de que a qualquer momento ele vai me cuspir ou dar um soco na cara. É duro passar por aquela sala de espera. Não sei o que é pior, o gorila ou os... clientes..."

"Acho que não preciso saber mais nada. Espera uma notícia minha. Vá para casa. Deixa a chave daqui comigo."

"A chave daqui?"

"Você não está mais usando isto, está? Como posso trazer a garota para cá sem a chave?"

"Como é que você vai fazer?"

"Não sei."

"Não sabe?"

"Não sei."

"Mas você tem um plano, não tem?"

"Não tenho porra de plano nenhum."

"Mas como?... Me diz... de que maneira..."

Eu estava com pressa, sem paciência: "Vai pra casa, para perto de sua mulher, dos seus filhos, para perto dos seus colegas conselheiros, vê se não me aporrinha, deixa que eu quebro o galho".

F.A. passou a mão sobre os olhos, fez cara de infeliz.

"Anda logo, a chave", eu disse.

"Você está precisando de dinheiro?", perguntou F.A., enquanto me dava a chave.

"Por enquanto não."

"Quando é que você traz a menina?"

"Não sei."

"Quero levá-la comigo para Paris, no mês que vem. Vou em missão do Governo. Uma oportunidade ótima."

"Aposto que você já falou isso com ela."

F.A. se perturbou. O puto tinha falado. O ovo no cu da galinha.

"Vamos embora", disse para ele.

Descemos.

"Cuidado com o meu motorista. Não confio nele. Quem o empregou foi minha mulher", disse F.A.

"Me deixa na Gustavo Sampaio", eu disse.

Viajamos em silêncio. Várias vezes F.A. me olhou ansioso. Quando saltei, me apertou a mão com força, "telefone, dê notícias", disse.

Ziza, a empregada de Marina, me abriu a porta.

"Dona Marina está?", perguntei.

"Não senhor."

"Vou esperar por ela", disse.

"Sim senhor."

Fui para o quarto, liguei a vitrola, tirei os sapatos, deitei na cama, liguei o telefone.

"Gisele está?"

"Quem quer falar com ela?"

"Paulo Mendes."

"Um momento."

"Alô." Um sotaque francês forte.

"Quem fala aqui é Paulo Mendes."

"Pardon, mas não sei de quem se trata."

"Sou um amigo do Orlandino."

"Ah, oui, como está Orrlandim?"

"Ele está bem. Mandou um abraço para... a senhora."

"Muito obrigad."

"Eu estou precisando de sua ajuda."

"Oui..."

"Eu quero uma garota nova, sem muita experiência..."

"Aqui tem muitas garrotas... O senhorrr vem aqui ou querr que mande no seu aparrtamento?"

"Prefiro ir aí. A senhora tem uma garota desse tipo?"

"Acho que eu tenho o que o senhorrr querr. O senhorr tem o enderreço?"

"Tenho sim, o Orlandino me deu. Daqui a uma meia hora mais ou menos estou aí."

Calcei os sapatos. Ziza chegou com um cafezinho.

"Diga a dona Marina que eu volto mais tarde, daqui a umas três horas." Tomei o cafezinho.

Peguei um táxi.

O puteiro da Gisele era no sétimo andar. Uma porta de madeira trabalhada. Toquei a campainha. Uma empregada abriu a porta.

"Dona Gisele", eu disse.

"Tenha a bondade de entrar", disse a empregada. Uma sala de espera atapetada, cortinas, quadros. Tudo caro e de mau gosto.

Gisele tinha um jeito de gorduchinha no meio de um regime alimentar. Mas não era de se jogar pros cachorros.

"Senhorrr Paulo Mendes?"

"Sim."

"Querr me acompanharr?"

Passamos por outra sala. Nem sinal do grandão. Passamos por uma cozinha, sem fogão e sem armários. Saímos do apartamento, pelos fundos. Estávamos no hall de serviço.

"Precisamos tomarr cuidado. A polícia brrrasileirra é muito volúvel", disse Gisele, tocando a campainha da porta dos fundos de outro apartamento. No meio da porta, um olho mágico.

A porta foi aberta. Ao contrário do que eu esperava, não entramos numa cozinha. Uma sala de espera, com os mesmos tapetes vermelhos, os mesmos quadros e o grandalhão lendo estórias em quadrinhos. Ele me olhou rapidamente, o suficiente para gravar a minha cara e voltou a ler a revistinha.

Fomos para outra sala. Quatro garotas.

"Neuza", chamou Gisele.

"Boa noite", disse Neuza.

Baiana. Não era aquilo que eu procurava.

"Você é baiana?", perguntei.

"De Salvador. Como foi que você descobriu?"

"Música."

"Ela é exatamente como você querr", disse Gisele.

"Você quer me dar licença?", disse para a baiana.

Levei Gisele para um canto.

"Eu não gosto muito de nortista." Tinha que me arriscar: "Você não tem ninguém de Minas? Adoro as mineiras."

"Minerra?", perguntou Gisele com um sorriso forçado.

"Mineira... goiana... do centro, assim, sabe?"

"Minerra non tem."

"Está bem, o que posso fazer? Vou com a baiana mesmo."

"Tem uma do Espírrito Santo."

"Qual?", perguntei.

"Aquela de óculos."

Lentes claras, olhos frios, depravados. Já que eu tinha que trepar alguém, que fosse ela.

"Com ela, então", eu disse.

"Ela não é inexperriente", disse Gisele, com o mesmo sorriso suspeito.

"Com esse jeito de garota de colégio?"

"Magda", chamou Gisele. A baianinha me olhava ainda tentando disputar o páreo.

"Como vai, Magda?"

"Vou deixarr vocês sozinhos. O verrde", disse Gisele, desaparecendo em seguida.

O quarto tinha cortina verde, tapete verde, colcha verde, abajur verde, toalha verde.

Fiquei no quarto meia hora, tempo de otário, para não despertar suspeita na Gisele. Mas foi bom. Esqueci F.A. durante quase todo o tempo.

"Sou louco por mineira", disse para Magda, depois.

"Aqui não tem mineira nenhuma."

"Puxa, que azar. Só tem vocês quatro?", perguntei.

"Você gosta de variar, não é?"

"Gosto."

"Todo homem é igual."

"É verdade. Você é uma garota inteligente."

"Sou. Mas não entendo o que um homem bonito como você vem fazer aqui."

"Aqui só vem homem feio?"

"Não. Mas quando um homem bacana como você vem aqui é porque quer alguma coisa diferente. E você não quis nada diferente."

"Nós não fizemos exatamente papai e mamãe", disse para ela.

"Eu quero dizer coisas ainda piores do que nós fizemos..."

"Um dia eu venho aqui com mais vagar."

"Nós podemos nos encontrar fora daqui. Eu tenho um apartamento em Copacabana..."

"Ah, você não mora com a Gisele?"

"Não."

"Algumas das meninas moram?"

"Só três."

"Aquelas três que ficaram na sala?"

"Não, uma delas, a baianinha."

"Espere aí, você está me confundindo. Quantas vocês são afinal?"

"Nós somos seis. As outras duas você não viu, porque uma saiu para fazer compras e a outra não aparece nunca."

Puta merda, como o raio da mulher demorou a dar o serviço!

"Não aparece nunca por quê?"

"Não sei. A Gisele faz um mistério danado. Mas eu estou aqui há pouco tempo. Cheguei do Espírito Santo tem uns vinte dias."

"Ela é mineira, essa garota que não aparece?"

"Você tem mesmo a mania, hein?"

"Tenho sim. Ela é mineira?"

"Eu acho que não. Eu só a vi uma vez, no dia em que cheguei, mas parecia que ela falava como carioca. Não sei."

"Como é que ela é?"

"Ela é muito alta. Fuma muito. É bonita. É nervosa, vive roendo as unhas."

"Como é o nome dela?"

"Miriam. Mas não sei se é o verdadeiro."

"E o seu verdadeiro?"

"Eloína. Você gosta?"

"Gosto."

"Eu não. Onde é que você vai brincar o Carnaval?"

"Não sei. Eu brinco o ano todo, chega no Carnaval eu tiro férias. Mas às vezes uma dona atrapalha os meus planos. Eu tenho que ir embora. Pago a você ou pago a Gisele?"

"Como você quiser, bem. Me telefona, hein?, vamos fazer um programa quente."

Prometi que telefonaria.

Gisele na sala de espera conversava com o grandalhão e o veado. Calaram-se quando apareci.

Paguei a Gisele.

"A moça lhe agrradou?", perguntou Gisele.

"Muito", respondi.

"Quando eu não estiverr aqui, você pode falarr com o meu sócio, Célio."

Célio me estendeu a mão. Era uma mão suave como bundinha de criança. Ele estava maquilado como uma das putas da casa. Tinha um olhar febril. Os seus caninos compridos pareciam de um lobo.

"Muito prazer", disse Célio lambendo os lábios.

Saí, peguei um táxi, para a casa de Marina.

Ziza me abriu a porta. "Dona Marina já chegou", disse Ziza.

Marina estava deitada, vendo novela na televisão portátil.

"Você disse para Ziza o que vai querer para jantar?"

"Primeiro eu vou telefonar", respondi.

Telefonei para F.A.

"Ela é alta?"

"Muito."

"Fuma muito?"

"Não."

"Não?"

"Não, em todos os graus."

"Você não está podendo falar?"

"Exatamente", respondeu F.A. com alívio.

"OK. Ela não fuma, nunca, é isso?"

"Exatamente."

"Ela rói unhas?"

"Não, não."

"Porra!", exclamei.

"Às vezes...", disse F.A.

"Às vezes o quê? Às vezes rói?", perguntei.

"Positivamente não. As extremidades são longas, íntegras, cuidadas. É um comportamento parecido, esse que ocorre às vezes."

"Mão na boca, uma coisa assim?", perguntei.

"Parecido."

"Chupa dedo?", perguntei.

"É, é!", exclamou F.A.

"Calma."

"Você tem alguma... informação positiva?", perguntou F.A.

"Não. Falo com você amanhã, lá no seu randevu. Eu telefono."

"Espere... você —."

Desliguei.

"Tenho que sair, benzinho", disse para Marina.

"O quê?"

"Tenho uma porção de coisas para fazer."

Marina desligou a televisão e levantou-se.

"Eu pensei que você ia jantar comigo, e depois nós íamos a um cinema e depois... Já tem uma semana... Eu não sou de ferro..."

"Eu venho amanhã, sua ninfomaníaca", disse, dando uma palmada de leve no traseiro dela.

"Ninfomaníaca? Uma semana inteira? Acho que você tem outra mulher. Além da sua."

"Outras", disse e fui logo saindo. Ziza vinha com um cafezinho, mas não parei para tomá-lo. Discussão com mulher, se demora, engrossa, e não acaba mais. Com homem também engrossa, mas acaba logo.

Peguei um táxi para a casa de Mariazinha.

Hipóteses imaginadas dentro do táxi. 1) Eloína dissera a verdade e Miriam não era mineira, roía unhas, fumava e, portanto, não era a garota de F.A. 2) Eloína estava dizendo mentira e a Miriam era mineira, não roía unhas e não fumava e, portanto, era a garota de F.A.

Eloína dissera a verdade ou mentira?, pensava dentro do táxi. Ela não parecia estar mentindo. Ela podia ser má observadora, afinal só havia visto Miriam uma vez, vinte dias passados; mas normalmente o mau observador não vê e sim deixa de ver coisas. Eloína vira Miriam fumando, roendo unhas. F.A. vira a garota chupando dedo. Chupando, como? Eu precisava conversar com F.A. para saber de que maneira a garota chupava dedo. Ela podia estar usando unhas postiças e continuava com o hábito de levar os dedos à boca sem roer as unhas; porém podia ter deixado de fumar logo depois que Eloína a vira.

O táxi chegou na casa de Mariazinha.

"Não vou poder ficar muito tempo", disse para Mariazinha, "tenho que ir para casa cedo. Minha mulher está desconfiada."

"É mesmo?", disse Mariazinha assustada.

"Não sei como foi que ela desconfiou", respondi.

"Como é que vai ser?"

"Não sei, meu bem."

Disquei o telefone.

"O Raul está?"

"Não está. Não deve demorar."

Deixei recado.

"Pensei que você ia jantar comigo hoje", disse Mariazinha.

"E que depois nós iríamos a um cinema, não é?", continuei.

"É..."

"Meu bem, com a vida de cachorro que eu estou levando..."

"Você trabalha demais..."

"O que posso fazer..."

"Quando é que eu vou te ver? O Carnaval vem aí..."

"Eu te telefono amanhã. Juízo."

"Posso ir ao Le Bateau hoje? Com uma amiga e o namorado dela..."

"Pode, querida, eu confio em você."

Entrei num táxi. Hipótese: Eloína dissera a verdade, ou o que ela pensava que fosse verdade. Premissa aceita. Nova conclusão: apesar disso, Miriam era a garota de F.A. A garota de F.A. não se chamava Miriam, chamava-se Elizabeth. Mas puta não tem nome certo. Miriam-Elizabeth, portanto, era a mesma pessoa que roía unhas e fumava desbragadamente na frente de Eloína, no dia 2 de janeiro, e que, no dia 5 de janeiro chupava dedo com unhas compridas na frente de F.A. Unhas postiças colocadas talvez pela zwigmigdal Gisele-Célio.

Cheguei em casa, Celeste me abriu a porta e saiu correndo para botar a dentadura. Voltou com uns dentes enormes dizendo: "fiz um franguinho para o senhor." Tomei banho e fui direto para a mesa. Celeste me preparara um franguinho com farofa, rosbife com champignon, salada de aspargos frescos. Mandei abrir uma garrafa de Grão Vasco, que acabei de esvaziar comendo queijo da Serra da Estrela com torradas.

"Telefonaram hoje de novo chamando pela sua senhora", disse Celeste. Ela achava engraçado eu fingir de casado.

"Você atendeu?"

"Não senhor. Eu estava sem dentes. Ninguém ia acreditar que uma mulher sem dentes era a sua senhora."

"Por que você não botou os dentes?"

"Eu com estes dentes ainda não estou falando bem", disse Celeste. E era verdade.

"Se telefonarem de novo amanhã, você diz que é a minha senhora. Se for igual àquela vez que uma moça telefonou dizendo aqui fala a amante do seu marido, você desliga dizendo que não gosta de maledicências."

"Posso dizer fofocas, em vez disso?"

"Pode. Conto contigo."

"Pode contar, doutor. Essas mulheres são umas verdadeiras pragas em cima do senhor, Deus me livre, he, he."

O telefone tocou. Era Raul.

"Raul, você conhece uma francesa cafetina chamada Gisele? Tem um sócio veado chamado Célio."

"Conheço."

"Dá o serviço."

"Foi amante de um senador, logo que chegou da França, garotinha. Se estabeleceu em frente ao Senado, ali mesmo onde ela ainda está até hoje, acho que em outro andar. O Senado foi para Brasília, o senador morreu — você quer o nome dele?"

"Por enquanto não."

"Pouco depois da morte do senador ela começou a fazer programa, depois virou cafetina como toda francesa que se preza, hoje ela joga na dupla: programa e cafetinagem."

"Proteção?"

"Proteção?"

"Ora porra, Raul, você sabe o que eu estou falando."

"Comum. O velho esquema. Ela foi processada uma vez, há quatro anos mais ou menos."

"Quem é o advogado dela?"

"O Antunes, um manco. Você conhece?"

"Conheço. Foi meu colega de turma."

"O cara é vivo pra caralho."

"Eu sei. Vivo e safado. E Célio? O bicha é sócio da Gisele?"

"Ele tem um salão de beleza. Usa o salão de beleza para aliciar meninas. Nós queremos pegar o puto mas está difícil. Foi preso uma vez, mas Antunes tirou ele no habeas."

"E um grandalhão bigodudo que tem lá? Você sabe quem é?"

"Não tenho a menor ideia."

"Acho que ele está lá há pouco tempo. OK Raul, qualquer dia eu passo na delegacia para te dar um abraço."

Botei o despertador para as onze, deitei, o despertador tocou me acordando, levantei, botei o meu sarongue, desci pelo elevador de serviço, apanhei o meu carro.

A Noite do Havaí estava cheia. Mulher de sarongue e pareô às pampas.

"Ô bonitão!", disse uma mulher bonérrima.

"Oba", eu respondi.

Demos uma volta agarrados pelo salão. O pareô dela era todo aberto na frente, não estava preso na cintura, estava amarrado no rabo, aliás genial. O rabo.

"Deixa eu trepar nas tuas costas", ela pediu.

Eu fingi que não tinha ouvido.

"Deixa", insistiu ela.

"Procura outro cara", respondi, "não estou com a menor vontade de sair de cavalo na *Manchete.* Se você quer mesmo trepar nas minhas costas vamos para outro lugar."

"Para onde? Pro Bola?", disse ela fazendo-se de besta.

"Lá pra casa."

"E sua mulherzinha?", disse ela mostrando a aliança no meu dedo.

"Foi pra Pindamonhangaba visitar a mãe."

"Só se for no fim do baile. Eu agora quero pular."

"Então pula. Se no fim do baile nós continuarmos com a mesma ideia a gente vai, OK?"

Um esporro desgraçado no baile. Tudo misturado, puta, mãe de família, donzela, artista, estudante, ratazana de praia, filha da mamãe, comerciária, vedete, grã-fina, manicure. Mas o que tinha mais mesmo era puta. Tava assim de puta. E um monte de coroa de barriga grande e rapazinho musculoso. Nas costas de um deles passou uma dona com rabo genial, a cabeça dele entre as pernas dela. Ele pulava, suava e era fotografado, a dona era mesmo infernal.

Um cliente me deu um abraço.

"Se não fosse o senhor ia passar o Carnaval em cana. O senhor não, você, você, meu irmão, hein você? Quer um cheirinho da loló?"

Botou o vidrinho na minha mão. Larguei-o falando sozinho, fui para o banheiro e tomei uma prise. Depois outra, até um frio gelado descer por dentro de mim e bater no calcanhar. O barulho da orquestra e das vozes cantando aumentou como se todos, músicos e mulherio, estivessem ali dentro comigo. Quando voltei, o salão parecia mais cheio.

No meio do salão começou a maior briga. Eu estava cansado de ver briga. Saí e fui até a piscina. Na piscina a brincadeira era jogar mulher dentro d'água. Joguei uma mulher dentro d'água e voltei para o salão. Dei novamente de cara com o cliente. "O senhor quer outro?", ele perguntou. "Nós vamos para uma festa de embalo no Joá. Isto aqui está muito morrinha. Você quer vir?"

"Depende das mulheres." O cliente me levou pra mesa dele. Uma crioula, negra retinta, linda; e mais quatro mulheres, brancas e também bonitas, mas eu só via a negra. "Vou. Mas quero a crioula", disse.

O cliente conversou com um cara da mesa. Eram três barbados na mesa. Eu não ouvia o que eles diziam, mas era uma discussão cabeluda. Palavrão pra cá, palavrão para lá. A crioula merecia. Eu ri para ela, ela nada, mas me olhou um tempão.

"Não dá pé. O Rodolfo diz que ninguém fica com a garota dele."

"O Rodolfo que vá pra puta que o pariu. Ele não aguenta nem se levantar da cadeira, vai desperdiçar o material", eu disse.

Agarrei a crioula e fui saindo. Ninguém me seguiu. O Rodolfo ia demorar algumas horas para sair daquela mesa.

"Onde é que você está me levando?", perguntou a crioula.

"Pra minha casa. Eu preciso telefonar."

Fiz bastante barulho quando cheguei, falei alto, para a Celeste não mostrar a cara.

Fomos para o quarto. A garota deitou na cama e ligou a televisão.

"Olha o nosso baile", ela disse.

"Estou apaixonado por você. Mas primeiro vou dar um telefonema."

"Amor à primeira vista?"

"Isto mesmo. Alô? Dona Gisele está?"

"Quem quer falar com ela?"

"Paulo Mendes."

"Um momento."

"Teu nome é Paulo Mendes?"

"Pode me chamar de Paulinho. Alô, Gisele? Paulo Mendes."

"Meu nome é Sandra."

"Paulo Mendes... Ah! você esteve aqui hoje de tarrde..."

"Exatamente. Eu mesmo."

"Que deseja você?"

"Eu queria uma garota... mas não quero esse tipo de dona sovada que tinha aí hoje."

"Como?"

"Uma coisa mais... pura... esse tipo de garota que chora quando vai para a cama com a gente... sabe como é?"

"Estás me dando uma bandeira", disse Sandra.

"O Orlandim disse que não conhece o senhorr", disse Gisele.

"Como?"

"Disse que não sabe quem é o senhorr."

"O Orlandino está maluco. Que foi que deu na cabeça dele?"

"Ele diz que não conhece o senhorr."

"O que você quer que eu faça?", perguntei.

"Nada", respondeu Gisele.

"Vou com ele aí, o idiota. Mas Gisele... e a menina que eu falei?"

"Não crreio que tenha esse tipo de pessoa aqui. Talvez se o senhorr prrocurrasse em outrro lugarr."

"Que pena. Passo aí amanhã."

"Mas eu não tenho esse tipo de menina."

"Até amanhã, Gisele. Boa noite", terminei jovial, mas a francesa estava fria do lado de lá. Desconfiada?

"Eu não vou chorar na cama", disse Sandra.

"Chorar? Nós vamos rir, meu bem, tira esse pareô."

E rimos mesmo, rimos até eu não aguentar mais, a negra era fogo.

Às cinco da manhã Sandra disse:

"Me leva para casa antes que clareie. Não quero desfilar no bairro de Fátima de pareô debaixo de sol."

Larguei Sandra em casa.

Voltei. Botei o despertador para as oito. Antes de dormir fiquei pensando uns dez minutos na negra. Uma coisa bonita, Sandra rindo, deitada na cama, olhão grande, nem uma cárie.

Às oito horas:

"O doutor está?", perguntei.

"Ele está dormindo. Quem quer falar com ele?"

"É o general Souto."

"Ele ainda não acordou, general."

"Quando ele acordar peça para ligar para mim."

O puto estava dormindo. Meu pai era imigrante. O pai dele era ministro. Na época em que eu lavava chão e espanava balcões e vendia meias, das sete da manhã às sete da noite e corria pro colégio, sem jantar, onde ficava até às onze horas, o puto ganhava medalhinhas no colégio de padres e passava as férias na Europa.

O telefone tocou.

"O general Souto é você?"

"Sou."

"Logo vi. O general Souto que eu conheci morreu há quatro anos. Alguma novidade?"

"Como é o nome da garota?" (Eu queria uma confirmação.)

"Elizabeth."

"Existe uma Miriam. No dia 2 de janeiro ela fumava e roía unhas. No dia 5 ela tinha deixado de fumar e roer unhas, em vez disso chupava o dedo. Miriam é Elizabeth."

"Você viu essa Miriam?"

"Não."

"Você está sóbrio?"

"Acabei de comer a maior crioula."

"Estou falando sério."

"Eu também."

"Se você acha que essa Miriam é a Elizabeth, por que você não tira ela de lá e me mostra? Eu digo logo se é ou não é."

"A Gisele está desconfiada."

"Desconfiada de quê?"

"De mim."

"Meu Deus!..."

"Não faz drama. Deus não existe. E se existisse não ia fazer porra nenhuma por você."

"O que você vai fazer?"

"Não sei."

"Você gosta de me martirizar..."

"Ora, vai te foder!..."

"Pra que toda essa pornografia?"

"Digo, vá ter relações sexuais com vossa senhoria mesmo!"

"Eu quero essa garota!"

"Você vai ter a garota. Calma."

"Calma, calma, você só sabe dizer calma."

"Calma", eu disse e desliguei.

O telefone tocou, tocou. Fui para o banheiro, tomei uma ducha fria.

Toquei para Aristides, cafetão profissional.

"Alô", disse ele depois do telefone tocar umas vinte vezes.

"Aristides, sou eu."

"Quem?", voz cheia de sono.

"O doutor Mandrake."

"Ah, doutor, como vai o senhor?"

"Bem. Quero uma informação."

"Manda que eu traço."

"Gisele e Célio."

"Ela é francesa. Ele é bicha louca."

"Sei. E um cara de bigodes que tem lá?"

"Pilão. O nome dele é Pilão. Uns dizem que por causa do soco, outros que é por causa do pau do cara. A francesa é doida por ele. Portanto..."

"É por causa do pau. Que mais?"

"Foi tira. Expulso. Andou matando mendigo. Lembra?"

"Lembro." O Raul estava me sacaneando?

"Foi a única coisa boa que fez na vida. Fora disso só fez maldade. Não fica de costas para ele."

"OK. E uma puta de nome Elizabeth ou Miriam que tem lá? Você conhece?"

"Doutor, existem duzentas mil putas chamadas Elizabeth ou Miriam no Rio."

"OK. Obrigado. Tudo bem contigo?"

"Na mais perfeita. Olha, o veado é fogo. Lembra do Madame Satã?"

"Ouvi falar. Não sou tão velho assim."

"Eu também só ouvi falar. Os mais velhos dizem que o Célio é pior do que o Madame Satã. Quebrou a cara de seis meganhas no baile do São José, no ano passado. Fantasiado de Ave do Paraíso, cheio de plumas."

"OK... Um veado insólito. Um abraço. Tchau."

Desliguei. Liguei minha vitrola estereofônica, acendi um corona, deitei no sofá.

Surgiu Celeste.

"O senhor não quer tomar café?"

"Alfamagrifos."

"Senhor?"

"Diga: alfamagrifos."

"Minha dentadura é nova."

"Fome de farofa frita."

"Isso ainda é pior."

"Quero uma laranjada e um pedaço de queijo cavalo. Tem queijo cavalo?"

"Claro, doutor."
"Então, mãos à obra."
Liguei o telefone.
"Gilda?"
"Querido! Você está aqui?"
"Estou. De passagem."
"De passagem?"
"Estou indo para o Paraná."
"Eu não vou te ver?"
"Está difícil..."
"Ah, benzinho, o Carnaval vem aí..."
"Já me disseram..."
"Não brinca não. Estou doida de saudades de você!"
"Eu também."
"Você jura?"
"Juro."
"Por tudo que é mais sagrado?"
"Por tudo que é mais sagrado."
"Você quer ver sua mãe morta?"
"Quero ver minha mãe morta."
"Eu te adoro!"
"Eu também."
"Você me escreve?"
"Escrevo. Tchau."
"Tchau? Meu bem, olha, espera um pouco..."
"Não posso, estou falando do aeroporto. Estão chamando para o embarque. Está ouvindo?"
"O queijo cavalo acabou", disse Celeste.

"Está ouvindo? Meu avião vai partir. Um beijo. Adeus."

Desliguei. "Acabou o queijo cavalo?"

"Acabou, sim senhor."

"Então me dá só a laranjada."

Fiquei pensando. Gisele era ruim. O bigodudo matava mendigo, Célio, o veado, era mais macho do que Madame Satã. Quando eu era bem pequeno, fui à Lapa. Entrei na Bol e tomei meio litro de leite. Um velho garçom me disse: "A Lapa não é mais a mesma." Eu não acredito em conversa de velho. Acho que a Lapa foi sempre aquela merda.

Entrar no peito e tirar de lá Miriam-Elizabeth, como tirei Helô, a doida, de dentro do Sanatório de Botafogo?

Me vesti. Desci. Peguei um táxi.

Na sala de espera do escritório tinha um perneta e um zarolho. Clientes do meu colega L. Waissman.

"O garoto está no WC te esperando", disse L. Waissman.

"Porra, já de manhã?"

"Chateação começa cedo", disse L. Waissman. L. Waissman era o cara mais triste do mundo. Vivia lembrando o tempo em que havia bondes e cada perneta que aparecia ele provava que o cara tinha caído debaixo do bonde e ganhava uma indenização da Light. Naquele tempo ele tinha o maior viveiro de testemunhas do Rio, um olheiro em cada hospital e quase todos os escrivães distritais no bolso.

"O que é que vou fazer com esse perneta?", perguntou L. Waissman.

"Como é que foi?"

"Foi cortar um calo com uma gilete, infeccionou, gangrenou, cortaram a perna dele. Em Goiás. Médico do interior não brinca em serviço. Mandaram o sujeito pra mim. Mas não posso fazer nada. Não tenho mais ninguém nos hospitais. Não tenho mais testemunhas. Se o professor Barcelos ainda fosse vivo. Não havia juiz que não acreditasse nele."

Bati na porta da privada.

"Tem gente."

"Sou eu."

"Vou sair já, doutor."

Ia sair coisa nenhuma. Quando estava apavorado ele ficava cagando horas e horas seguidas. Logo na primeira consulta ele borrou as calças e teve que me contar o caso sentado na privada.

"Abre a porta, Evaristo."

Entrei.

"Desculpe, doutor."

"O que há?"

"Estive no cartório da décima quinta, doutor, e o escrivão disse que o juiz vai decretar minha prisão preventiva. Se eu for preso a minha mãe morre, o coração dela está por um fio."

"Você deu dinheiro a ele?", perguntei.

"Dei."

"Quanto?"

"Cinquenta." Pê-rê-rê! "Desculpe..."

"Fique à vontade. O que foi que aquele gatuno disse para você?" Pê-rê-rê.

"O escrivão. Que foi que ele disse?", continuei.

"Disse que ia quebrar o galho..."

"Aquele cara é um rato. Essa história de prisão preventiva é sacanagem dele. Não dá dinheiro para ele nunca mais. Pode ficar descansado."

"Que alívio, doutor!"

"Até logo." Fui saindo. "Fecha a porta, Evaristo."

Fraco neste mundo não tem vez, está fodido. Eu sei.

Dei uma olhada na papelada em cima da minha mesa.

Batista, meu secretário-contínuo-servente, entrou dizendo que um cliente queria me ver.

Era F.A.

"Você alguma vez amou na sua vida?", F.A. perguntou.

"Ha, ha!", respondi.

"Você é... uma pedra. Vai morrer sem amar. Como o Super-Homem."

"Eu amo seis mulheres. Sete, incluindo a crioula. Sete. Conta de mentiroso. Amo sete mulheres. Uma delas é preta e outra é japonesa."

"Não acredito."

"Amo mesmo. Amo qualquer mulher que vá para cama comigo. Enquanto dura o amor, amo como um doido."

"Você muda de mulher toda semana", disse F.A.

"Toda semana porra nenhuma. Mariazinha eu conheci no baile do Municipal, ela estava sambando em cima de uma mesa e eu dei uma dentada na bunda dela, vai fazer um ano que isto aconteceu."

"Por que você fez isso?", perguntou F.A.

"O quê?"

"Deu a dentada na, na moça."

"Sei lá. Tinha quinhentas mulheres trepadas na mesa, toda mesa tinha uma mulher em cima se exibindo, acho que aquilo me irritou. E a Mariazinha estava com a bunda quase de fora."

"E ela? O que foi que ela fez?"

"Ela deu um grito. Então os caras da turma dela engrossaram e partiram pra cima de mim e você sabe como é que é, tem sempre alguém levando as sobras e entrando na briga também, foi um sururu espetacular, durou só uns cinco minutos mas acho que até o governador gostou de ver. Quando saí da enfermaria ela estava na porta e disse 'bem feito'. Respondi 'eu te amo', e amava mesmo, e amo até hoje."

"Eu amo Elizabeth", disse F.A. Os olhos dele se encheram de lágrimas.

"O nome dela talvez seja Miriam. Ou talvez seja outro qualquer, Zuleima, Ester, Nilsa."

"Mas eu gosto de pensar nela como Elizabeth."

Com as costas das mãos F.A. limpou o rosto molhado.

"Eu estou triste", disse F.A.

Fiquei calado olhando para a cara dele.

"Por favor", disse F.A.

"Eu vou apanhar a garota. Liga para a Gisele e marca uma hora para você ir vê-la. Hoje à noite. Preciso ter certeza de que ela ainda está lá."

"Ficarei agradecido a vida inteira. A vida inteira", disse F.A.

"Telefone."

"O que digo para a Gisele?"

"Marca o encontro."

F.A. discou.

"Alô", disse F.A.

Corri para a sala de L. Waissman, onde tinha uma extensão do telefone.

"Como vai o senhorr?"

"Bem, obrigado. Dona Gisele, eu, eu gostaria de ir aí hoje."

"Pode virr a horra que o senhorr quiserr."

"Irei à noite. Nove horas. Vinte e uma horas."

"Estarrei esperrando."

"Eu, eu gostaria de ver a Elizabeth."

"Elizabeth? Não sei... está difícil..."

"Está difícil? Está difícil como?", a voz de F.A. tremia. O imbecil já estava em pânico.

"A menina é muito novinha... Não querr mais fazerr essa coisa..."

"Diga a ela que sou eu."

"Porr que o senhorr não fica com outrra?"

"A senhora sabe muito bem que eu não quero outra."

"A menina não querr mais..."

"Diga que sou eu. Diga que sou eu!"

"Ela não querr verr ninguém..."

"Eu preciso vê-la dona Gisele!"

"O senhorr é uma pessoa tão boa que eu vou verr se posso ajudarr. Vou conversarr com a menina. A mãe dela vai fazerr uma operração, prrecisa de dinheirro..."

"Eu pago a operação. Pago o que for!"

"Eu vou arranjarr tudo. Fique trranquilo. Pode virr às nove horras."

"Estarei aí às nove horas em ponto."

"Bom dia."

Voltei para minha sala. F.A. ainda estava com o telefone na mão, absorto. Desliguei o telefone.

"Você ouviu tudo?", perguntou F.A.

"Ouvi."

"Eu tenho um jantar hoje, na Embaixada da Índia."

"Fique tranquilo. Vá parra o seu jantarr, eu tomarr conta de tudo."

"Você tem algum plano?"

"Não tenho pô — tenho sim mas não vou contar para você. Até logo."

"Onde é que você vai?"

"Eu não vou a lugar nenhum. Você é que vai embora." Empurrei F.A. para fora do meu escritório.

Disquei o telefone.

"João?"

"É sim..."

"Quando é que você vai me pagar aqueles quinhentos?"

"Puxa, rapaz, você sumiu, nunca mais deu as caras. Aposto que parou, deve estar uma vaca."

"Quer sair pra uma? Pra ver?"

"Ha, ha!, doutor!"

"Você é que deve estar com uns cento e vinte de cintura."

"Estou treinando todo dia. Você precisa vir aqui. Eu remodelei tudo."

"Um dia eu vou. Olha, estou precisando de um cara parrudo, moita, e que não seja muito burro."

"Pra quê?"

"Pra ficar perto de mim numa diligência. Talvez ele não precise fazer coisa alguma. Talvez precise fazer muito. Além de parrudo ele tem que ter experiência. E falar pouco, evidentemente."

"Eu tenho essa pessoa. O nome dele é José. Ele é meio esquisito, calado demais. Mas é um cavalo de forte. Você combina tudo com ele. Posso aproveitar e fazer uma consulta?"

"Pode."

"Um amigo meu entrou num cento e cinquenta e cinco. Posso mandar aí no teu escritório?"

"O que foi que ele roubou?"

"Ele é pilantra. Roubou uns relógios, mixaria."

"Ele é muito teu amigo?"

"É o meu irmão."

"Manda ele aqui amanhã. E manda esse tal..."

"José..."

"José, agora mesmo. Um abraço."

O sujeito era grande, tipo bonitão, mas a cara dele era séria. Andou até a minha mesa, me olhou de frente e disse: "o João me mandou aqui", com voz baixa e seca.

Mandei ele sentar.

"Uma cafetina francesa e um veado prenderam uma garota dentro dum puteiro e eu quero tirar a garota de lá. Eles têm um guarda-costas, forte, ex-tira. Os três são capazes de todas as sujeiras. A francesa chama-se Gisele, o veado Célio e o guarda-costas nós vamos chamar de Grandalhão. O apelido dele é Pilão, mas eu penso no cara como Grandalhão. Ele foi expulso da polícia por homicídio, andou matando uns mendigos. Você conhece essa gente?"

"Não."

"O Grandalhão deve estar armado. Mas não acredito que ele use arma de fogo logo de saída. Ele vai começar usando um cassetete ou coisa assim. Ele tem que ser liquidado logo. A francesa e o veado também são muito perigosos. Esquece que ela é mulher. Esquece que ele é veado. Não vamos matar ninguém, mas se for preciso vamos quebrar alguns ossos. OK?"

"O Grandalhão é canhoto ou direito?"

"Não sei."

"O veado anda armado também?"

"Não sei."

"A garota que está presa sabe da nossa ida?"

"Não."

"Como é que vamos entrar lá?"

"Eu vou pela porta da frente. Mas devo sair num hall de serviço, para entrar de novo onde a garota está. Você fica escondido na escada de serviço. Quando eles abrirem a porta eu dou um assobio forte. Você tem três segundos para aparecer. Nesses três segundos eu garanto que ninguém fecha a porta."

"Está bem", disse José. "Vou levar duas cordas de nylon."

"Vamos nos encontrar às oito horas, na Cinelândia, em frente ao Odeon."

F.A. me telefonou duas vezes mas eu não atendi, mandei dizer que tudo estava bem.

Saí, fui até ao Foro ver o andamento de alguns processos. Quem pensa que advogado trabalha com a cabeça está enganado, advogado trabalha com os pés. Todas as petições são iguais, quanto menor melhor, para facilitar a vida do juiz.

Voltei para o escritório, atendi dois clientes (artigos 155 e 129) e depois liguei para as minhas mulheres. Todas queriam me ver, mas eu não podia ver ninguém. E não queria. Se fosse ver e comer alguém seria a crioula. Inventei as desculpas de sempre. Todas aceitaram, menos Neide, que disse:

"Se você continuar sumido eu vou te botar chifre."

"Sumido?"

"Você não me engana."

"Eu fui a São Paulo."

"Aqui", disse ela.

"Se você não quer acreditar em mim, não acredita."

"Não acredito mesmo", disse ela desligando.

Essas mulheres não têm juízo.

Às oito horas estava em frente ao Odeon. A essa hora o número de veados ainda é pequeno. Mesmo assim um parou perto de mim e começou a suspirar; eu fingi que não vi. Depois chegou um amiguinho dele e os dois começaram a desfilar na minha frente, de um lado para o outro, cochichando e soltando risinhos.

Quando José chegou os veadetes ficaram ainda mais alvoroçados. Vida de veado não é fácil.

Eu e José fomos até o Passeio Público. Procuramos um banco vazio.

"Você tem alguma dúvida?", perguntei.

"Fico na escada, ouço o seu assobio e entro correndo no apartamento. Quem estiver na frente eu jogo no chão."

"E se eu estiver na frente?"

"É bom você não ficar."

"OK. Trouxe a corda?"

José abriu o paletó; várias voltas em torno da cintura.

Ficamos em silêncio, olhando as calçadas cheias, do outro lado da rua, as luzes dos cinemas. Eu pensava "puta merda, eu gosto pra caralho desta cidade".

"Você está pensando em quê?", perguntei.

"Uma porção de coisas", disse José. Ele não queria muita conversa.

Às cinco para as nove eu disse: "Vamos."

"Que tipo de assobio você vai dar?", José perguntou. Meti dois dedos na boca e assobiei.

"É melhor você não usar os dedos. Você pode estar com as mãos ocupadas."

O cara não era bobo.

Subimos até o sétimo andar pelo elevador de serviço.

"A porta é esta", mostrei. Eram quatro portas. Descemos pela escada de serviço. No meio da escada, entre o sexto e o sétimo andares paramos. "Aqui ninguém te vê. A distância deve ser de uns oito metros, no máximo. Até já."

Não havia comunicação entre o hall de serviço e o hall social. Desci pelo elevador de serviço até o térreo, passei para o elevador social, subi, desci no sétimo andar.

Gisele abriu a porta.

"O senhorr?"

"Como vai, Gisele?"

"O senhorr querr alguma coisa?"

"Uma pequena."

"Aqui não tem as moças que o senhorr querr..."

Gisele virou-se e olhou para o fundo da sala. Estava em dúvida se me mandava embora. Uma suspeita, fundada apenas na intuição. Entrei.

"Hoje só está Neuza aqui. O senhorr não gostou dela..."

"A Neuza serve."

Gisele olhou o relógio de pulso, relutante.

"Está bem. Tenha a bondade", disse ela. Cruzamos a sala e a cozinha, saímos no hall de serviço. Gisele tocou a campainha do outro apartamento. Olhei a escada, nem sombra de José. Simulei um ataque de tosse.

O Grandalhão abriu a porta. Eu parei a tosse por um momento e assobiei forte. Continuei tossindo, e dei dois passos olhando a cara do Grandalhão. O Grandalhão estava alerta, parecia um cachorro surpreso, com as duas orelhas em pé. Ouvi o barulho dos passos de José se aproximando. Entrei, segurando a porta na maçaneta. O murro do Grandalhão me pegou no peito. Nesse instante surgiu José e o Grandalhão acertou-o na cara, mas José entrou também. O Grandalhão apareceu com um cassetete na mão. Um balão de José atirou-o no chão. Aquela briga ia demorar. Corri para os quartos. Gisele estava na minha frente, com um objeto de metal na mão. Dei um pontapé na sua perna. Gisele se curvou. Enfiei o punho com força na sua barriga mole. Gisele caiu ainda agarrando o objeto. Pisei sua mão.

"Onde está Elizabeth?", perguntei.

Gisele olhou para trás de mim. Me virei e Célio meteu as unhas nos meus olhos. Senti o rosto ardendo, como se tivesse sido cortado por uma navalha. Minha vista direita ficou nublada. Bati com toda a força no nariz dele. Ele se atirou sobre mim, me deu uma dentada no braço. Dei um murro na sua cabeça. Célio ficou inteiramente careca. Sem peruca ele ficava horrível. Célio me unhou no pescoço. Eu sangrava. Estava vendo cada vez pior da vista direita. Vai ver, o filho da puta tinha me cegado. Dei-lhe um murro na orelha. Célio caiu. Chutei a sua cara, bem em cima da boca, o puto ia ter que gastar muito com o dentista e o cirurgião plástico.

José surgiu. Suando, o paletó rasgado, um enorme hematoma no rosto, sangue escorrendo da cabeça.

"Ele está amarrado", disse José ofegante.

"Fica de olho nestes dois", eu disse.

Célio estava desmaiado no chão e a francesa estava sentada de olhos fechados, encostada na parede.

Na sala estavam Eloína, Neuza e uma outra. Assustadas.

"Você é que é Elizabeth?", perguntei.

"Não, não, o meu nome é Georgia."

"Onde é que está a Elizabeth?", perguntei a Eloína.

"Foi para o quarto."

"Me mostra." Agarrei Eloína pelo pulso, fui para o corredor. "Aqui", disse Eloína.

Elizabeth-Miriam estava no meio do quarto, de olhos arregalados.

"Não precisa ter medo", eu disse. Expliquei que o F.A. tinha me mandado. "Vamos embora", continuei.

"Eu não... Eu... Eu vou ficar aqui mesmo", disse ela.

Empurrei Miriam-Elizabeth até a sala. Ela foi batendo pelas paredes. Mostrei Célio e Gisele.

"Ou vem comigo ou vai ficar aí no chão como essas duas pústulas", eu disse.

"Vai com ele", disse Gisele, sem abrir os olhos. Mal se ouvia a sua voz.

Descemos pelo elevador de serviço. Pegamos meu carro no pátio interno.

"Obrigado", disse para José. "Onde você quer que eu te deixe?"

"No Flamengo. Perto da Buarque de Macedo."

"Você passa no meu escritório para receber. Quanto é que você quer?"

José ficou calado.

"Pode chutar alto. Quem vai pagar não sou eu. O cara é rico."

"Não é nada. O João pediu, eu fiz um favor para ele."

"Então deixa eu te mandar um presente. Tá bem?"

"Está."

"O quê?"

"Uma vitrola. Pode ser?"

"Vou te mandar uma estereofônica", disse.

José saltou no Flamengo.

"Onde é que você está me levando?", perguntou Miriam-Elizabeth, tremendo.

"Para o apartamento do F.A."

Chegamos ao apartamento. Tranquei as portas da frente e dos fundos, meti as chaves no bolso. Fui ao banheiro olhar os estragos feitos por Célio. Um corte no olho direito até o queixo; outro corte no pescoço. Os ferimentos já estavam coagulados. Meu rosto estava feio pra caralho. Tirei a camisa. O ferimento do braço era o pior de todos, os dentes pontudos daquele cão tinham entrado fundo na minha carne. No armário do banheiro havia um vidro de mertiolate, que despejei no braço e passei na cara.

"Qual é a operação que sua mãe vai fazer?", perguntei a Miriam-Elizabeth.

"Operação?"

Eu já estava enxergando melhor. Fechei o olho esquerdo e fiquei olhando para Miriam-Elizabeth apenas com o direito. Disquei o telefone para a casa de F.A.

"O conselheiro está?"

"Ele foi jantar fora. Ainda não chegou. O senhor quer deixar recado?"

"Diga que foi o senador Ferreira Viana." Desliguei. Continuei testando o meu olho direito. Estava vendo perfeitamente.

"Por que você não senta? Nós temos muito o que conversar", disse para Miriam-Elizabeth.

"Eu quero ir ao banheiro."

"Eu te mostro o banheiro."

Fiquei em pé na porta do banheiro.

"Dá licença?", disse ela.

"Sinto muito mas vou ficar aqui. Este banheiro tem um trinco por dentro e eu não quero perder você de vista. Eu não vou te olhar, não se preocupe."

"Eu fico constrangida", ela disse.

"Azar", respondi.

Miriam-Elizabeth entrou. Fiquei do lado de fora, apenas com um braço para dentro. Ouvi o barulhinho dela urinando. Voltamos para a sala.

"Qual é a operação que a sua mãe precisa fazer?"

"Estômago."

"Ela tem úlcera?"

"Tem."

"Em Minas?"

"Como?" Miriam-Elizabeth uniu com força as duas mãos como se estivesse rezando.

"Mulher com úlcera no interior de Minas?"

"Não estou entendendo..."

"É muito raro mulher ter úlcera de estômago, ainda mais no interior de Minas."

"O senhor é médico?"

"Qual a sua opinião?"

"Não sei. O senhor me pergunta coisas que eu não sei responder."

"Qual o seu nome?"

Miriam-Elizabeth me olhou nos olhos.

"Não minta para mim, sua puta!"

"Laura."

O telefone tocou.

"Estou telefonando para você desde as nove horas", disse F.A.

"Onde é que você está?"

"Na Embaixada da Índia. A garota está aí?"

"Está."

"Graças a Deus! Ela está bem? Falou em mim?"

"Nós conversamos pouco. Mas foi o bastante. Ela é uma vigarista, estava atrás do teu dinheiro junto com Gisele e o veado."

"Como? Como?"

"Ela mesma vai falar com você."

Passei o telefone para Miriam-Elizabeth-Laura.

"É verdade — me desculpe — me desculpe — como? — foi isso mesmo — estou, estou arrependida — você é muito bom..."

Miriam-Elizabeth-Laura me deu o telefone de volta. "Ele quer falar com você."

Coloquei o telefone no ouvido. F.A. falava baixo, com medo de ser ouvido.

"Eu amo essa mulher, entendeu, não me interessa o que ela é."

"Ela estava te enganando..."

"Não tem a menor importância."

"O dinheiro é seu."

"É isso mesmo!"

"Você quer que eu durma aqui?", perguntei.

"Quero. Amanhã, de manhã, passo aí."

Desliguei o telefone.

Segurei a mão de Miriam-Elizabeth-Laura.

"Vamos embora para a cama, ele só vem amanhã de manhã."

Sua mão apertou a minha. Miriam-Elizabeth-Laura não tinha mais medo.

A coleira do cão

O CARRO NÃO PÔDE SUBIR ATÉ AO ALTO DO MORRO, onde havia uma clareira. Vilela saltou, acompanhado de Washington e Casemiro. Havia chovido na véspera; o caminho enlameado sujava o sapato dos três. De cima, imóveis, umas seis pessoas observavam a aproximação dos que subiam; mas quando eles chegaram, viraram o rosto ou olharam para o chão.

Vilela chegou perto do corpo caído. Na testa negra havia um orifício avermelhado; a parte de trás da cabeça tinha desaparecido, em seu lugar havia um buraco onde se viam restos de miolos, lascas de ossos misturados com cabelos, coágulos de sangue escuro cheios de moscas. Sangue empapava a camisa, no peito e nas costas.

Washington se aproximou segurando uma mulher pelo braço.

"Ninguém viu nada. O senhor sabe como é que é." Riu, balançando a cabeça; o seu peito chiava. "Esta aqui é a mulher dele."

"A senhora é a mulher dele?", perguntou Vilela.

"É a mulher dele", disse Washington.

"A senhora é a mulher dele?", perguntou novamente Vilela. Mulher: (um som baixo, ininteligível).

"Mais alto, não ouvi", disse Vilela.

"Sou", disse a mulher.

"Qual é o nome dele?", perguntou Vilela.

"Claudionor", disse Washington.

"Claudionor?"

"Nonô", disse a mulher.

"Ele trabalhava para o bicheiro Barata", disse Washington.

"A senhora sabe quem fez isso?", perguntou Vilela.

"Não senhor", disse a mulher.

Washington afastou-se. Vilela ficou olhando a mulher em silêncio. Um carro da radiopatrulha parou embaixo do morro. Um guarda saltou e começou a subir. Subia apressado, equilibrando-se no chão escorregadio. "Quem é o delegado aqui?", perguntou ao chegar. "Sou eu", respondeu Vilela. "Tem outro serviço para o senhor lá embaixo", disse ele olhando sem interesse para o corpo caído. "Mataram um cara dentro do ônibus Triagem-Leme."

"Dentro do ônibus?"

"Cinco sujeitos, de quarenta e cinco, uma fuzilaria danada."

"Chama a perícia pelo rádio."

"Já chamamos."

"Alguém viu?"

"Todo mundo viu. Foi uma festa de São João."

"Onde é que está o ônibus?"

"Na Ricardo Machado."

"Quem ficou lá?"

"Errepê dezesseis."

"Desce e pede novamente perícia e rabecão para este aqui."

"Estão no barracão do tal Severino Marinheiro. Ouvi pelo rádio."

"Ainda?"

"O senhor anda mais depressa do que eles, doutor. Que domingo, hein?"

"É mesmo."

"Já pensou como é que vão sair os jornais amanhã?"

"É... Ainda não apareceu nenhum. Este é o terceiro local com cadáver-e-tudo e nenhum apareceu."

"O pessoal lá na Central está sacaneando esses escrotos. Eles agora vão ter que rebolar para fazer o boneco."

"Por quê? O que que há?"

"Coisas, doutor, coisas."

O guarda começou a descer, o quepe na mão sendo usado como ventarola. Vilela gritou: "Quem foi o cara que mataram?".

"No ônibus?"

"É."

"Um tal de Alfredinho. Espremedor do Batata."

Vilela caminhou até onde estava Washington.

"Mataram outro sujeito. Dentro do ônibus na Ricardo Machado."

"Eu sei doutor, ouvi o senhor conversar com aquele guarda. Meu ouvido é de morte, ouço da minha casa na praça da Bandeira o navio entrando no porto."

"Vou para a Ricardo Machado. Você fica aqui, espera a perícia. Depois arrasta quem achar necessário lá para o Distrito."

"Quem, doutor?"

"A mulher. E mais alguém que possa saber alguma coisa."

"Por quê?"

"Eu preferia ir com o senhor, lá no ônibus."

"Por quê?"

"Eu queria ver aquilo..."

"Você é muito curioso."

"O senhor já percebeu, não é? Mas não é só curiosidade, não. Tenho uma teoria."

"Depois você me diz, agora não."

"Quando o senhor quiser."

"Enquanto isto vai desenvolvendo a sua teoria."

"Está certo. A outra coisa é que é melhor o Casemiro ficar aqui, ele conhece a gente deste morro melhor do que eu. Vê só, já está cochichando com uns caras naquele canto, o senhor está vendo?"

"Casemiro!", gritou Vilela.

Casemiro demorou um pouco a atender ao chamado de Vilela. Continuou conversando com três homens. Quando veio, veio devagar. Era um homem pesado, que andava lentamente.

"Você fica aqui, Casemiro. Eu e o Washington vamos lá embaixo. Outro caso."

"Chumbaram o Alfredinho, aquele capenga, espremedor do Batata", disse Washington.

Casemiro balançou a cabeça. "O negócio está duro, mas acho que vou arranjar um canário para o senhor."

Vilela pareceu não ter ouvido. "Você espera a perícia, o rabecão, depois leva a mulher para o Distrito e um ou dois sujeitos que você achar que estão escondendo jogo." Vilela e Washington desceram o morro. À esquerda via-se a Barreira, com seus barracões alinhados assimetricamente, à direita, ao longe, as chaminés das fábricas. O peito de Washington começou a chiar novamente. "Morro miserável."

Ao chegarem no carro ambos bateram várias vezes com os pés no chão asfaltado, para tirar a lama dos sapatos. "Eu se fosse morar em morro ia morar no Cantagalo. Pelo menos via a Lagoa."

Havia muitas pessoas em volta do ônibus. As duas RP paradas ao lado. Um guarda estava na porta do ônibus. "É o delegado", avisou Washington. O guarda deu passagem para Vilela. Vilela entrou. "Lá no fundo, doutor", disse o guarda. Da entrada do ônibus Vilela nada via. Caminhou em direção à porta traseira. Abandonados, em vários bancos, um sapato, uma saca de feira com legumes aparecendo, um jornal, um guarda-chuva. No último banco, encolhido no fundo, braços e pernas dobrados, comprimidos contra o chão, a cabeça enfiada debaixo do banco, estava o corpo de um homem. Atrás de si, Vilela ouviu o chiado de Washington. "Ele tentou ficar pequenino, se enfiar debaixo do banco para ver se escapava, mas não conseguiu. Já vi um sujeito de um metro e oitenta se enfiar num desses nichos de medidor de gás, uma coisa incrível, se dobrou todo, ficou do tamanho de um gato. Mas não adiantou nada, foi estourado lá dentro mesmo. Foi um custo tirar ele do buraco."

Havia marcas de bala por todos os lados.

"Quem viu?", perguntou Vilela ao guarda, fora do ônibus.

"Esse aqui é o motorista do ônibus, doutor."

"Como é que foi a coisa?"

"Eles fecharam o ônibus, dentro de um táxi preto. Saltaram quatro homens de dentro do táxi; um foi logo dando um tiro no para-brisa; entraram no ônibus mandando todo mundo para fora, só ficou um passageiro que havia pegado o carro numa meia parada que fiz em frente ao galpão da Mercedes. Os homens estavam atrás dele. Ele gritava pedindo para não ser morto, de longe a gente ouvia. Deram mais de cem tiros. Depois ficou tudo em silêncio e eu voltei."

"Você viu a chapa do táxi?"

"Doutor, eu só pensava em dar o fora rápido e rasteiro. A pinta dos sujeitos era brava."

"Você já tinha visto eles antes?"

"Só vi que tinha uns crioulos."

"Eram todos pretos?"

"Não sei, doutor. Acho que uns dois eram."

"Quem mais viu?", perguntou Vilela ao guarda. "Olha, daqui você vai lá para o Distrito", disse para o motorista.

"E o ônibus, doutor?"

"O ônibus vai também. Você: me conta o que viu." O homem segurava a calça, tentando tapar um rasgão na altura da coxa.

"Eu saí pela janela. Os homens entraram dando coronhadas, socos e pontapés em todo mundo, até nas mulheres gritando, 'pra fora, todo mundo pra fora, pra fora!'. Depois que levei o primeiro soco tentei sair pela porta mas tinha uma porção de gente se empurrando pra fugir e só deu jeito mesmo de sair pela janela. Nem sei como é que foi, sei que de repente eu estava do lado de fora, correndo."

"Viu bem a cara deles?"

"Vi cara nenhuma. Parecia o fim do mundo. Só quis saber de dar o pira."

"E esse que te deu o soco?"

"Só vi um dente de ouro brilhando na boca dele."

"Aonde estão os outros passageiros?"

"Foram embora", disse o guarda. "E essa gente toda?"

"Curioso, doutor. Só vão arredar o pé quando o rabecão levar o cadáver."

"Quero o local isolado para a perícia. Ela deve chegar daqui a pouco. Vamos embora, Washington."

Na porta do Distrito estava o guarda Demétrio.

"Daqui a pouco vão chegar umas testemunhas. Você toma nota dos nomes e endereços. A RP tomou nota de alguns, talvez todos. Você confere, está bem?", disse Vilela.

"O Casemiro quer falar com o senhor."

Casemiro estava na sala do delegado.

"Quer falar comigo?"

"Arranjei um camarada para dar o serviço. Ele sabe quem matou o Claudionor."

"Ótimo."

"Mas disse que só fala para o senhor."

"Está bem. Traz ele aqui."

"Aqui ele não vem, está apavorado."

"Arranja então um lugar para eu falar com ele."

"Ele mesmo arranjou. Na cidade. Não quer se arriscar, quer falar só com o senhor, não quer que ninguém saiba, nem aqui no Distrito, que vai abrir o bico."

"Está bem. Em que lugar na cidade, a que horas?"

"No Passeio Público. Ele já deve estar lá esperando."

"Como é que eu vou fazer para identificá-lo?"

"Ele estava no Tuiuti, no meio daquela gente que espiava o corpo do Claudionor. Viu o senhor."

"Como é que ele é?"

"Mulato, puxa duma perna. Vende pentes, espelhos, lápis, no meio da rua, na zona comercial; o ponto dele é na rua Uruguaiana. O nome é Marreco."

"Marreco?"

"É conhecido como Marreco. O nome mesmo não sei. Cagueta pra nós tem muito tempo. Em paga, quando há uma onda dessas de perseguir ambulantes a gente sempre arranja um jeito de salvar ele."

Vilela chamou Washington e Demétrio. "Vou dar uma saída."

"Quer que eu vá com o senhor?", perguntou Washington.

"Não. Fica aqui ajudando o Demétrio a conferir os nomes das testemunhas. Depois, pode mandar todos embora. Não é necessário chamar o escrivão. Não há flagrante para lavrar; depoimentos podem ser tomados noutro dia."

No Passeio Público Vilela ficou andando de um lado para outro, durante uns quinze minutos. Ninguém se aproximou dele. Depois atravessou a rua e viu os cartazes do cinema. Um mendigo, cego, sentado num banquinho, com um pandeiro e um rádio de pilha, tocava e cantava, acompanhando a música que saía do rádio: "É hoje que eu vou me acabar, só voltarei quando o dia clarear". Vilela voltou para o Passeio Público. Sentou num banco. Subitamente o homem apareceu capengando e sentou-se ao seu lado.

"Pensei que você não vinha mais", disse Vilela.

"O senhor estava andando, doutor, dando na vista."

"O Casemiro disse que você tem algo para me contar."

"Tenho, seu doutor, mas o que vou lhe dizer é pra ficar entre nós dois. Não é mole não, e eu tenho família pra sustentar."

"Está certo, fica entre nós dois."

"Quem fez aquilo foi o gango do Bambaia. Bambaia comandou."

"Bambaia?"

"É um nego mau, doutor."

"Como é que você sabe que foi ele?"

"Eu sei. Quem me disse é de fé. Mas prefere morrer a contar pra polícia."

"Por que foi que eles mataram o Claudionor?"

"O Bambaia vive do levado do bicho e parece que o pessoal do seu Batata endureceu e eles castigaram para dar o exemplo."

"E o tal de Alfredinho? E o Severino Marinheiro? Trabalhavam para o mesmo banqueiro e também foram mortos. Você sabia?"

"Seu Casemiro me disse. Não posso garantir porque disso não fui informado, mas deve ser coisa do Bambaia também."

"Onde é que o Bambaia vive?"

"Tem uma maloca na Barreira, não sei certo onde é. Mas anda por todo lado, no Tuiuti, no Buraco da Lacraia, no Esqueleto. Ele é doente, mas não para, assombra em uma porção de lugares diferentes."

"E os demais integrantes do bando? Você sabe os nomes?"

"Quem doutor?"

"Os outros sujeitos que assaltam com ele, quem são?"

"Não sei, doutor. Só sei isso que lhe disse. Isso sei com precisão, o que não sei com precisão não digo. Ouço muita coisa, mas só conto aquilo que é certo. Aprendi que quando a gente fala errado a gente se estrepa."

"Pode dizer. Não vai acontecer nada com você."

"Sou caguete mas não faço sujeira. Não vou trumbicar a vida do inocente. Mas tem gente na Barreira que sabe."

"Quem?"

"Gente..."

Ficaram em silêncio. Marreco levantou-se. Ficou em pé algum tempo. Depois saiu mancando na direção da Lapa.

Vilela foi até o ponto do ônibus. Entrou no ônibus parado, tirou um livro do bolso e começou a ler imediatamente.

Washington estava sentado na cadeira de Vilela. Levantou-se, saindo da mesa, quando o delegado entrou.

"Está tudo sob controle, doutor. Os cadáveres estão na geladeira do Médico Legal; parece que as autópsias vão ser amanhã. As perícias já foram feitas e eu mandei desinterditar os locais. Botei aqui nestas folhas tudo o que o senhor precisa para o registro."

Vilela sentou-se.

"Liga para a perícia."

Washington fez a ligação.

"Aqui é o delegado Vilela. Eu queria falar com um dos peritos que estiveram no Tuiuti, na Ricardo Machado..."

"Alô", disse uma voz, pouco depois, "é o perito Martins, falando."

"Eu queria que o senhor me adiantasse uma informação, se possível."

"Pois não."

"Os ferimentos causados nas vítimas foram feitos pelas mesmas armas?"

"Ainda é cedo para sabermos", disse o perito. "Foram usados dois tipos de armas, quarenta e cinco e trinta e oito. Mas o exame dos projéteis é que poderá dizer se saíram dos mesmos canos. E isso vai demorar um pouco."

"Eu sei", disse Vilela. "Mas tenho que fazer umas investigações e queria saber se há possibilidade de os tiros terem sido disparados pelas mesmas armas."

"Bem, isso é possível. Coletamos projéteis e cápsulas dos dois calibres, nos três locais. Assim que no Médico Legal tirarem os projéteis dos cadáveres eu comparo tudo, faço os laudos e lhe mando imediatamente."

"Não tenho pressa dos laudos. Quando o senhor tiver algum resultado eu apreciaria muito um telefonema antecipando o laudo. O laudo pode ficar para depois. Está bem?"

"Pois não, doutor."

"Muito obrigado."

Vilela desligou.

"Cadê o Casemiro?"

Washington chamou Casemiro.

"Olha", disse Vilela para os dois, "eu já sei quem matou o Claudionor e acho que o sujeito participou dos outros dois casos também. É um tal de Bambaia. Vocês conhecem?"

"Quem lhe disse, doutor?", perguntou Washington.

"Não posso dizer."

Washington calou-se.

"Vocês conhecem esse sujeito?", perguntou Vilela.

"Já ouvi falar", disse Casemiro, "é um maconheiro, assaltante de ponto de bicho, um cara perigoso. Já andou preso aqui no Distrito, mas há muito tempo, antes do senhor vir para cá. Averiguações. O pessoal da Vigilância pegou ele, ficou uns dias no xadrez, mas depois mandaram embora."

"Isso tem mais de dois anos", continuou Casemiro. "Mas naquela época acho que ele não fazia nada assim muito importante. Dava para pegar ele na vadiagem, mas o xadrez já estava cheio de gente à disposição, que não ia pro Presídio porque não tinha vaga e o jeito era fazer poucos flagras. O delegado Pastor fazia tudo para enviar eles para o Presídio, ou mesmo para a Penitenciária, mas não teve jeito não, teve nego que ficou no xadrez mais de ano, aguardando o processo terminar."

"Teve dois caras que mesmo depois de condenados continuaram presos aqui no Distrito. O delegado Pastor dizia que isso era ilegal e absurdo, mas o que não é ilegal e absurdo neste país?", disse Washington.

"Você conhece o Bambaia?", perguntou Vilela.

"Já ouvi falar", disse Washington.

"O quê?"

"Pouca coisa, essa zona aqui eu conheço pouco. Vim de Madureira. Quem conhece aqui bem é o Casemiro", disse Washington, fazendo menção de retirar-se.

"Fica aqui, ainda não acabei. O Bambaia parece que mora ou morou na Barreira. Temos alguém lá?"

"Tem o Pernambuco-Come-Gordo."

"Quem é?"

"Cupincha do Demétrio."

"Chama o Demétrio."

Demétrio entrou.

"Demétrio, conta aqui pro doutor a história do Pernambuco-Come-Gordo."

"Doutor, hoje ele anda dentro da lei, quer dizer, mais ou menos. Mas antigamente, há muitos anos atrás, o senhor nem devia ser da casa ainda, o Pernambuco-Come-Gordo era o sujeito mais ruim que já andou por toda esta zona. Assaltava, marcava, matava — um mulato grande que dava facada e tiro, mandava e desmandava na Barreira e ninguém tinha peito de ir lá dentro pegar ele. Até que um dia veio aqui para o Distrito o falecido delegado Moreira. Era um homem que nunca ria. Chamou o pessoal da Vigilância e mandou atrás do Pernambuco. Vasculharam a Barreira, dia e noite, até que apanharam o Pernambuco, depois de um tiroteio danado. Para agarrar o homem foram precisos dez, e assim mesmo ele só veio desmaiado. Jogaram ele no chão da sala do delegado, amarrado de corda, todo arrebentado de cacete e borrachada, sangue saindo por tudo quanto era buraco que ele tinha, até do cu, com perdão da palavra. O delegado Moreira se curvou sobre ele, dizem que esta foi a primeira vez em que foi visto rindo, mas isso durou pouco pois quando verificou que o Pernambuco ainda estava vivo teve um acesso de raiva e pulou sobre o corpo aos berros '*eu mandei trazer morto!, eu mandei trazer morto!*'; enquanto sapateava feito um louco em cima do peito e da barriga. Pernambuco foi para o hospital, tinha osso partido, costela fincada no pulmão, bexiga estourada, rim solto, diziam que ia morrer. Ficou meses, mais pra lá que pra cá, mas afinal escapou. Andou sumido, muito tempo. Depois surgiu de novo, abriu uma tendinha na Barreira. Ficou amigo da gente. Amigo mesmo. Mas não afrouxou não, já matou dois, mas o delegado Freitas, encarregado do caso, fez vista grossa: agora é amigo nosso, a gente tem que arreglar as coisas pra ele, o senhor não acha?"

"Preciso falar com esse homem", disse Vilela.

"Quando?", alguém perguntou.

"Hoje, a qualquer hora."

"Posso mandar um recado. Ele não vai se incomodar de ver o senhor não. Mas é melhor ser na Barreira mesmo, ele não sai de lá", disse Demétrio.

"Então manda o recado. Enquanto isso eu vou fazer o registro das ocorrências."

O dia começava a escurecer. As luzes da delegacia foram acesas. Sozinho na sua sala, Vilela terminou de escrever no

Livro de Registro de Ocorrências: a hora que teve conhecimento dos fatos, por intermédio de quem, os fatos em si, sua capitulação no Código Penal, as testemunhas devidamente qualificadas, as providências tomadas.

Depois tirou um livro da gaveta e começou a ler. Era um livro pequeno, que lia com muita atenção, às vezes relendo algumas páginas.

Demétrio entrou na sala.

"O Pernambuco-Come-Gordo está à sua espera."

"Vou lá agora", disse Vilela.

"Vem comigo."

"Eu, doutor?", perguntou Demétrio.

"Você sim."

"Não é melhor então a gente jantar antes? O senhor ainda não jantou e deixar de jantar não é bom não, sabe, mesmo quando a gente é jovem e forte como o senhor."

"Qual o motorista que está de dia hoje?"

"Orlando", disse Demétrio torcendo o nariz.

"Avisa que vai sair com a gente."

Demétrio voltou com Orlando.

"Vamos sair, doutor?", perguntou Orlando.

"Vamos sim."

"É perto, doutor?", perguntou Orlando delicadamente.

"É perto, sim. Você já jantou?"

"Não senhor."

"Então vem jantar com a gente."

Saíram os três e entraram numa camioneta velha. A porta não fechava direito. O motor demorou a pegar.

"Que bom se nós tivéssemos uma camioneta igual àquela que o senhor foi no morro hoje de tarde, não é doutor?", disse Orlando.

"Aquilo é camioneta de especializada. Você pensa que uma delegacia mixa como a nossa vai ter camioneta nova? Estou há trinta anos na polícia, já vi entrar chefe atrás de chefe, prefeito atrás de prefeito, governador, presidente, muda tudo, só a polícia continua na mesma merda", disse Demétrio, procurando, sem conseguir, um jeito confortável de se sentar.

"Tem especializada que tem camioneta igual à nossa", disse Orlando.

Demétrio grunhiu, soprando forte pelo nariz, sem responder.

"Onde é que tem um bom restaurante por aqui?", perguntou Vilela.

"Tem o português perto da praça. Dizem que a comida é boa. Não sei, nunca fui lá, o que eu ganho não dá para frequentar restaurantes, nem mesmo esses mosqueiros de bairro", disse Demétrio.

O jantar transcorreu em silêncio.

Vilela pagou a conta e voltaram para o carro.

"Para onde, doutor?", perguntou Orlando palitando os dentes.

"Para a Barreira."

"Para a Barreira? O que o senhor vai fazer na Barreira a uma hora destas?"

"Tenho uma entrevista com uma pessoa", respondeu Vilela.

"Mas a uma hora destas? Doutor, aquilo lá é perigoso, não é, Demétrio? Doutor, deixa isso para amanhã de manhã."

"Vamos agora. O que você está esperando para ligar o carro?"

Orlando ligou o carro.

"Aquilo é uma zona brava", disse Orlando enquanto o carro se punha em movimento. "O senhor sabe, se a gente deixa o carro sozinho, numa daquelas ruas, os vagabundos são capazes de roubar tudo, calota, até pneu, mesmo de carro da polícia."

Silêncio.

"O senhor está armado? Ouvi dizer que o senhor nunca anda armado. Isso é arriscado como o diabo, e agora o senhor vai se meter lá dentro da Barreira..."

"Não estou armado. Mas você está, não está?", disse Vilela.

"Claro, doutor, não sou louco de andar limpo, prum vagabundo que me jurou me pegar à traição?"

"Vagabundo nenhum jurou você", disse Demétrio. "Você nem é polícia, não tem carteira, não podia nem andar armado."

"Eu não sou polícia?", perguntou Orlando.

"Você trabalha na polícia, mas não é da carreira. Você é assim como os datilógrafos e os escriturários lá na Central."

"Doutor, acho melhor o senhor deixar isso para amanhã", disse Orlando, enquanto enxugava o suor das mãos, esfregando-as alternadamente nas calças.

"Vai ser hoje mesmo", disse Vilela.

"Qual a entrada?"

"A principal", disse Demétrio.

Demétrio e Vilela saltaram, pouco depois.

"Quero falar uma coisa particular com o senhor", disse Demétrio.

Afastaram-se um pouco do carro.

"É melhor deixar o Orlando aqui", sussurrou Demétrio. "É um covardão, se acontecer alguma coisa vai sair correndo, por isso não adianta nada ir com a gente. Além do mais não é polícia de fato, e não tem obrigação de se arriscar."

"Você fica na camioneta", gritou Vilela para Orlando.

"Eu posso ir, doutor, se o senhor quer eu posso."

"Não, você fica. Vê lá se eles vão roubar os pneus da camioneta..."

"Não, doutor, pode deixar."

Vilela e Demétrio foram andando.

"Estamos correndo algum risco?", perguntou Vilela.

"Doutor, o senhor é um homem respeitado."

"Mas essa gente me conhece?"

"Conhece, eles sabem de tudo que se passa na delegacia. Mas se for preciso alguma coisa tenho aqui o meu capenga. O problema é que o último tiro que eu dei tem mais ou menos uns vinte anos."

"Vinte anos?"

"Vinte anos. Isso é pro senhor ver a polícia em que se meteu."

"Mas pra que você usa capenga? Deve saber que com esse revólver não acerta um elefante a cinco metros."

"Eu sei, eu sei, mas eu não atiro mesmo, e já que tenho de usar revólver prefiro usar um levinho. Estou velho, doutor, não estou mais em idade de carregar um cano médio, ou longo, na cintura. Dói nos rins."

Vilela e Demétrio continuavam caminhando. Os barracos por onde passavam agora estavam escuros e silenciosos, não se ouvindo o barulho de rádio tocando alto que haviam notado no início da caminhada. Um pesado silêncio descera sobre a favela.

"Todo mundo já sabe da sua chegada", disse Demétrio.

"Da minha chegada?"

"Da sua chegada ou da chegada de alguma coisa ruim. Ficam logo na encolha. Essa gente está cansada de sofrer."

"Como é possível uma coisa dessas?"

"Não sei, mas sei que é possível. O senhor mesmo está vendo."

Chegaram numa clareira, onde havia um barraco todo iluminado. Ouvia-se alto o rádio, transmitindo um programa humorístico. Vozes, risadas.

"Esse aí não recebeu o aviso", disse Vilela.

"É a tendinha do Pernambuco-Come-Gordo", disse Demétrio.

Aproximando-se Vilela viu um balcão, prateleiras com garrafas, mercadorias. De dentro da tendinha um homem enorme saiu ao encontro de Vilela. Andava de leve, como uma mulher ou um gato; era gordo, vestia uma camisa de meia branca, que punha em destaque seus grossos braços escuros e seu peito grande; seu rosto redondo brilhava, mas não de suor.

"Boa noite, doutor."

"Boa noite. Você é o, o..."

"Pernambuco-Come-Gordo, doutor. Como vai, seu Demétrio? Quanto tempo, hein?"

"É mesmo, Pernambuco, já vai ano."

"Estamos ficando velhos", disse Pernambuco-Come-Gordo.

"*Eu* estou ficando velho", disse Demétrio, "perto de mim você ainda é um menino de berço."

Os dois riram.

"O doutor quer saber umas informações suas, Pernambuco", disse Demétrio.

"Pois não, pois não", disse Pernambuco-Come-Gordo, "acho que já sei o que o senhor quer."

"Não quero prejudicá-lo", disse Vilela.

"Não se preocupe, doutor, não vou ser prejudicado não. Sabe por quê? Porque nunca abandono o meu amigo aqui", disse Pernambuco-Come-Gordo, batendo na barriga. Levantou a camisa e mostrou a coronha de uma parabelum, enfiada no cinto. "O senhor perdoe, doutor, sei que isso é ilegal e fere o consagrado no jurídico. Mas como disse o doutor Freitas, tenho licença especial pra ter essa arma, desde que não saia das limitações da jurisdição."

"Se o doutor Vilela quiser, o doutor revoga", disse Demétrio.

"É claro, é claro", disse Pernambuco-Come-Gordo.

"Sua permissão está prorrogada", disse Vilela.

"Obrigado, doutor. Olha, sem esta máquina já tinham me achado há muito tempo. Tem muito nego aí usando quarenta e cinco, mas eles têm que atirar de perto, não têm nem mão, nem braço, nem olho para usar esta arma. Este braço aqui já foi quebrado, doutor — a nossa gente mesmo que quebrou, mas quando eu estico ele, com a máquina na mão, ele nem treme. E quando atiro sou capaz de acertar em qualquer coisa que passar correndo na minha frente, bicho ou homem, acho até que passarinho... mas isso eu nunca tirei a prova, acho uma maldade... Eles sabem disso, esses bandidos aqui da Barreira, e não se metem comigo."

"Isso é a pura verdade", disse Demétrio.

Por momentos fez-se silêncio.

"Eu queria saber se você tem alguma informação sobre quem matou o Claudionor, o Alfredinho e o Severino Marinheiro. Você ouviu falar?"

"Ouvi, doutor. Foi o Bambaia com a turma dele."

"Todos os três crimes?"

"Os três."

"Quem é a turma dele?"

"Uma curriola de maconheiros e assaltantes: Waldir Crioulo, Valdir Beicinho, Zé Orelha-de-Cachorro, Groselha. Usam quarenta e cinco, com exceção do Zé Orelha-de-Cachorro, que usa um trinta e oito. Mas o senhor vê, doutor, três homens quarenta e cinco e tiveram que dar mais de cinquenta tiros para matar o Alfredinho."

"Não foram cinquenta", disse Vilela. "Foram no máximo uns vinte tiros."

"Essa gente exagera muito. Eu já tinha tirado metade. Número eu corto sempre pela metade."

"Faz muito bem."

"Tem também na quadrilha um garoto que carrega as armas. O Bambaia não é burro. Quando não estão assaltando, as armas ficam dentro de uma pasta grande, colégio, que o

Berico carrega, pra evitar que uma ronda besta dessas por aí pegue eles com as ferramentas."

"Onde é que eu posso encontrar essa gente?"

"Isso é difícil dizer. Eles zanzam por todos os morros aqui desta zona."

"Ele tem mulher? O Bambaia?"

"Não tem não, doutor. Também a doença não ajuda. A cara dele está muito feia."

"Ele está doente?"

"Andam dizendo que é lepra. Eu nunca vi, mas os que viram disseram que a cara dele está toda empolada e os olhinhos fechados que nem chinês."

"E os outros?"

"O único que é metido com mulheres é o Valdir Beicinho. Dizem até que já teve mina na zona do Mangue."

"Bem, se você souber de qualquer coisa mais me avisa."

"Mando falar pro seu Demétrio. Tá bom, doutor?"

"Está."

Vilela e Demétrio saíram da Barreira e foram para o carro. Seguiram para o Distrito onde Washington os esperava.

"Doutor, os repórteres estiveram procurando o senhor. Estão quicando dentro da roupa. Quiseram botar banca aqui dentro e eu tive que esculachar uns dois para acabarem com o fricote. Só o senhor vendo."

"Mas o que que houve, afinal?"

"Eles reclamaram muito porque não foram avisados. Agora não têm cadáver para botar na primeira página."

"Mas eles são sempre avisados? Quem avisa?"

"Todo mundo avisava. Mas agora é diferente."

"Por que que agora é diferente?"

"Ah! Doutor..."

"Ah doutor o quê?"

"O senhor é asa branca, não entende disso."

"Não interessa se eu entendo ou não. Ou você fala as coisas direito comigo ou então não merece mais a minha confiança a partir deste momento."

"O senhor me põe em cada aperto."

"Anda, fala logo."

"Eles andaram fazendo umas reportagens sobre corrupção na polícia dando o nome do pessoal que levava."

"Os jornalistas cumpriam a sua obrigação. Os funcionários honestos não têm motivo de queixa contra isso", disse Vilela.

"É, doutor, mas o caso é que eles também levavam."

"Os jornalistas?"

"Eles também levam, doutor, os repórteres. A raiva toda é que eles quiseram botar uns cavalos na Costumes, mas não deu pé. Então em vez de encarnar em cima do pessoal da chefia, que também está na boca, resolveram fazer uma ondinha pra assustar. O que querem é entrar de jóquei na Costumes. Quem toma na tarraqueta somos nós, os miúdos. O máximo que saiu no jornal foi nome de detetive."

Vilela foi para sua mesa, sentou-se. Washington continuou onde estava.

"Teve um repórter que pegou o seu livro aí de cima da mesa. Tive que arrancar da mão dele", disse Washington."

"Quer dizer que tem gente, acima de detetive que leva...", disse Vilela.

Washington ficou em silêncio.

"Aqui?"

"O único que não leva é o senhor."

"No cartório?", perguntou Vilela. "Todo mundo."

"Você?"

"Não sou santo, doutor", respondeu Washington, encarando o delegado.

"Não, você é outra coisa", disse Vilela.

"Eu tenho família para sustentar", disse Washington.

"Foi o que o Marreco me disse", disse Vilela.

"Quem, doutor?", perguntou Washington.

Vilela não respondeu.

"A gente aqui ganha uma miséria, nosso trabalho é de responsabilidade", disse Washington.

"Não vou discutir com você", disse Vilela.

"Doutor, o senhor não precisa ficar chateado. Dinheiro do bicho não é nada de mais. Todo mundo joga no bicho. É a coisa mais honesta que tem no Brasil."

"O Casemiro também está metido nisso?"

"É ele o apanhador, doutor. Todo fim de mês corre os pontos e apanha a parte de cada um."

Vilela ficou sozinho na sua sala. Depois saiu. Foi até ao lugar em que Demétrio estava sentado.

"Vou para o meu quarto. Só me chama se for flagrante, ou caso complicado."

O quarto tinha uma cama, uma cadeira, uma mesinha de cabeceira. Não havia lençol, nem fronha no travesseiro duro.

A luz era fraca, amarela. Vilela ficou no escuro. Deitou-se, depois de tirar o paletó e afrouxar o nó da gravata. Sobre o peito colocou um cinzeiro, onde jogava as cinzas que não via do cigarro que fumava lentamente. Ouviu a chegada de uma RP e se preparou para descer. Mas Demétrio não veio chamá-lo. Se quisesse podia dormir.

Levantou-se. Desceu as escadas.

"O que a radiopatrulha queria?"

"Trouxe um bêbado. Botei no xadrez", disse Demétrio.

"Tira", disse Vilela.

Demétrio levantou-se e foi até um dos xadrezes e abriu a porta. Havia uns doze homens deitados. Alguns acordaram. "Você aí", disse Demétrio, "vem cá." O homem saiu cambaleando. Demétrio trancou a porta.

"O que eu faço com ele, doutor?"

"Manda embora."

"Doutor, ele não aguenta nem andar."

"Então põe para dormir no depósito. Lá pelo menos o chão é de madeira."

Vilela foi para a porta da rua. Ficou olhando a rua vazia. Quando voltou, Demétrio dormitava. Washington e Casemiro haviam ido embora. Na delegacia só havia dois policiais, um deles dormindo.

O dia já começava a raiar quando Vilela ouviu a camioneta da ronda chegar. Subiu então para a sala do delegado, dizendo antes para Demétrio, que acordara com a chegada da ronda, "não quero ser incomodado".

ORGIA DE SANGUE
VIOLÊNCIA E MORTE EM S. CRISTÓVÃO

Três pessoas foram assassinadas ontem, em plena luz do dia, sem que a polícia tivesse tomado a menor providência para descobrir os autores desses monstruosos crimes.

A cidade está entregue à sanha dos marginais. A polícia nada faz. Os habitantes desta cidade já não podem mais sair à rua sob pena de serem assaltados e perderem os seus bens ou terem a própria vida estupidamente sacrificada. Mata-se a tiros, a facadas, a pauladas nesta cidade abandonada. Há meses que vimos combatendo a ineficiência da polícia, a corrupção dos seus quadros, apelando para as autoridades a fim de que seja dado um basta nisto tudo. Qual o resultado? As autoridades permanecem insensíveis aos nossos apelos e advertências e a polícia em vez de reagir com brio aos justos ataques que de nós tem recebido, melhorando os serviços que presta à infeliz população desta cidade, continua ineficaz e corrupta, inútil e desidiosa e para coroar essa acumulada de fracassos e vícios, procura esconder da imprensa ocorrências como as dos Massacres de São Cristóvão, fatos que o público tem direito de saber e a imprensa a obrigação de informar.

O delegado Vilela tentou de toda a maneira prejudicar o trabalho da imprensa, recusando-se a falar à reportagem e dando instruções aos seus subordinados para dificultar as nossas atividades. E isso fizeram, enquanto escondido em algum lugar, o delegado Vilela tranquilamente lia um livro de versos. Vilela veio da Escola de Polícia. Sempre apoiamos a Escola de Polícia. É pena que homens como o delegado Vilela contribuam para desmoralizar uma entidade que sempre mereceu o nosso respeito, talvez infundadamente, somos obrigados a constatar com tristeza. O delegado Vilela gosta de ler. Devia estar lendo versos na hora em que ocorre-

ram aquelas revoltantes e vergonhosas chacinas. Quando chegamos, para entrevistá-lo, somente encontramos, sobre a sua mesa, um livro que a subserviência do detetive Washington Luiz Gomes não conseguiu esconder de nós. Chamava-se Claro enigma. *É esse o enigma da polícia — um enigma claro, fácil de resolver, com uma limpeza dos seus quadros, uma razia nos seus núcleos de corrupção, uma reorganização dos seus serviços. Só assim a cidade poderá ter a polícia que precisa e que merece. (Outras notícias sobre o assunto na pág. 4.)*

"O repórter que esteve aqui, o Honório, disse que não foi ele que escreveu isso. Disse que foi o secretário do jornal. Acabou de me telefonar para dizer isso", disse Washington.

Vilela dobrou o jornal e colocou em cima da mesa.

"O que importa quem foi?", disse Vilela. O peito de Washington chiava. "Por que você não vai dormir um pouco? Você está com um aspecto horrível. Marquei para hoje à tarde uma reunião com uma turma da Vigilância que vai nos ajudar nesse caso do Bambaia", disse Vilela.

"A que horas o senhor quer que eu esteja aqui?"

"Quatro horas."

Washington saiu.

Vilela chamou Demétrio.

"Quero a relação dos detidos. Averiguações, flagrantes. Todos."

Demétrio trouxe a relação. Escrita em papel almaço, a tinta: Nome, dia e data da entrada, motivo da prisão, à disposição de, observações.

"Tem gente demais para averiguações", disse Vilela.

"Eles lá embaixo demoram a mandar o Boletim", disse Demétrio.

"Estas duas mulheres: já estão aqui há quatro dias."

"A Roubos e Furtos foi que trouxe."

"Eu sei. Manda alguém da Roubos e Furtos falar comigo."

"Não tem ninguém aqui, agora."

Às catorze horas Vilela recebeu um telefonema da Central dizendo que os homens da Vigilância só poderiam vir à noite.

Washington, Pedro, Melinho e Deodato saíram em diligência à noitinha. Voltaram logo após Vilela ter chegado do jantar. Traziam um mulato franzino, algemado.

"Esse é o Jaiminho, doutor", disse Washington.

"Quem é ele?", perguntou Vilela.

"O moleque sabe onde o Bambaia se esconde", disse Washington.

"Sabe mas não quer dizer", disse Melinho, enquanto tirava o paletó. Usava o revólver num coldre americano de couro branco, debaixo do braço esquerdo, a coronha quase encostada no sovaco.

"Não sei nada não, doutor", disse Jaiminho. Vilela notou que os dentes da frente eram quase todos cariados.

"Tira as algemas", disse Vilela.

Deodato tirou as algemas.

"Se você sabe onde o Bambaia se esconde é melhor dizer", disse Vilela.

"Não sei não, doutor, juro que não sei." Jaiminho só fechava a boca para chupar repetidamente o lábio inferior grosso e caído.

"Está se fazendo de bobo", disse Deodato. "Põe no xadrez", disse Vilela.

Deodato olhou para Washington rapidamente.

Washington segurou o braço de Jaiminho. "Vamos embora."

Na porta Washington disse baixo para Deodato: "O doutor está cansado".

Vilela ficou sozinho na sala.

Entrou na sala o guarda Aderaldo, que cumprimentou Vilela.

"Há quanto tempo você está na polícia?", perguntou Vilela.

"Vou fazer trinta, agora em fevereiro."

"É um bocado de tempo."

"Já estou merecendo uma aposentadoria."

Vilela saiu da sala. Pelo corredor de paredes brancas sujas seguiu na direção das salas dos fundos, onde estavam localizadas as seções de Roubos e Furtos e de Vigilância. A sala de Roubos e Furtos estava vazia, mas a da Vigilância tinha gente: Washington e os outros. Washington estava sentado na mesa, segurando uma palmatória. Pálido, seu peito chiava. Sobre a mesa estava uma lata de banha vazia, com água. Ao lado Jaiminho, boca aberta, beiço frouxo. Seu corpo curvado, sua cabeça caída estavam numa expectativa de cachorro que acabou de ser espancado.

"Eu mandei recolhê-lo", disse Vilela.

Ninguém respondeu.

"Deixa eu ver sua mão", disse Vilela.

Jaiminho estendeu as mãos inchadas para Vilela.

Vilela para Deodato: "Leva ele para o Aderaldo e diz que mandei recolher".

"Doutor, não sei nada, não sei por que estão fazendo isso comigo", disse Jaiminho.

"Leva ele", disse Vilela.

Vilela esperou que Jaiminho saísse. "Não quero isso aqui não, Washington. É o último aviso que dou."

"Mas é o único jeito, doutor."

"Já discutimos isso antes, Washington. Estou te avisando: se eu pegar você ou alguém fazendo isso outra vez mando a vítima a exame de corpo delito e abro inquérito. Estamos entendidos?"

Washington não respondeu.

"E essa lata de água?"

"É para molhar a mão. Molhada, a mão arde mais e incha", disse Washington.

Vilela e Washington se olharam. Washington baixou os olhos.

"Não gosto de ver os outros serem espancados", disse Vilela, quebrando o silêncio da sala.

"Isso é feito no mundo inteiro, doutor...", disse Melinho.

"Não é verdade", disse Vilela.

"Eu também já pensei muito nisso", disse Pedro. "Nós não temos os recursos de outras polícias. O jeito é meter medo. O dia em que eles não tiverem mais medo da gente está tudo perdido."

"A polícia está ficando mole", disse Washington, "e o resultado é este que o senhor está vendo: o número de assaltos e furtos aumenta dia a dia. Eu fiz o curso de detetive da Escola. Lá não tem um *stand* de tiro, mas em compensação ensinam psicologia e direito constitucional. He, he."

"Antigamente cortava-se a mão do ladrão para impedir que furtasse de novo. Você acha que isto estava certo?", perguntou Vilela.

"Até que era bom", respondeu Washington. "Garanto que diminuiria o número de furtos."

"Ia ter um bocado de maneta por aqui", disse Melinho.

"Mas essa prática não acabou com os ladrões", disse Vilela.

"Vai ver foi porque pararam de cortar as mãos deles", disse Washington.

"Pararam porque era inútil", insistiu Vilela.

"Não adianta, doutor, o senhor não vai me convencer que a gente deve tratar esses vagabundos com bondade", disse Washington.

"Não quero que sejam tratados com bondade. Quero é que sejam tratados sem ódio, entendeu?", disse Vilela.

"Mas eu não tenho ódio, doutor. Quando aperto é para confessarem os assaltos que fizeram, os furtos. É só para isso, para confessarem. Depois do caso resolvido deixo eles para lá. Dou cigarro, dou comida, deixo sair do xadrez para tomar banho de vez em quando. Uma vez até joguei no bicho para um que sonhou com a mãe morta e me pediu — chegou a ajoelhar dentro do xadrez — para jogar no milhar da sepultura. Joguei duzentos cruzeiros, dinheiro meu, pois ele não tinha nenhum. Se desse eu entregava a grana toda para ele."

"Eu me lembro desse caso, foi em Madureira", disse Melinho.

"E teve outro cara — isso foi na praça da Bandeira — um lanceiro de dedos compridos e pele fina — aquilo é que era pele fina, parecia mão de moça que nunca enfrentou uma cozinha — me chamou no xadrez e disse: 'Seu Washington, peguei um esquentamento de amargar, está ardendo pra burro'. Eu disse pra ele: 'Como? Aqui dentro?', mas estava gozando o cara, pois ele estava em cana há dois dias e esquentamento só aparece depois de três. 'O senhor está brincando comigo? Foi antes do senhor me prender e veja só, nunca pensei que fosse entrar nessa fria, a moça era de família!' Eu disse: 'Deixa eu ver, tira o negócio pra fora', espremeu, espremeu e não saiu nada. 'Como é?', perguntei, chateado. Ele ficou nervoso, chegou até a gaguejar. Disse pra mim: 'Puxa, seu Washington, agora que eu me lembro, acabei de urinar, é por isso que não sai nada!'. Eu disse: 'Está certo, daqui a duas horas volto e se você estiver mentindo vai ver uma coisa'. Mas antes de duas horas mandou me chamar e pela cara satisfeita dele vi que tudo tinha dado certo. Nem precisou espremer, o pus estava quase pingando. E o senhor sabe o que eu fiz? Mandei comprar penicilina, que eu mesmo apliquei, várias vezes, de acordo com a bula. No fim de alguns dias ele ficou bonzinho da silva. Se tivesse ódio eu fazia uma coisa dessas, me transformava em enfermeira pra tratar da saúde dele? Ódio... Quando prendi essa pinta estourei de julieta a mão dele, mas não foi de raiva, foi para ele dar o serviço. E o senhor sabe de uma coisa? Ele havia pungueado em tudo quanto era subúrbio, mas assim mesmo foi absolvido. Mas foi bom, porque se regenerou, virou vendedor pracista, o que aliás não me espantou. Tinha uma conversa danada de boa. Não sei por que se meteu na punga, tinha mais jeito de salivante."

"O dia em que você for expulso da polícia você também pode ir ser vendedor na praça", disse Melinho.

Todos riram, inclusive Washington. "O senhor vê, doutor, não sou mau. Mas também não sou mole. Acho que polícia nesta cidade não pode ser mole. Com mais de trezentos mil favelados espalhados pelos morros a gente não pode brincar de polícia inglesa."

"Existe um milhão de favelados", disse Vilela.

"E o número aumenta cada dia que passa, não é?", disse Washington.

"Um milhão!", disse Pedro no fundo da sala. "É gente pra burro."

"Não sei como essa gente aguenta. Eu não me incomodava de não ter água corrente pra tomar banho, lavar a cara. Mas não ter latrina! Isso é fogo!", disse Washington.

"Para onde vai essa merda toda?", perguntou Pedro.

"Eu não tinha pensado nisso", disse Vilela. "Devem existir fossas."

"Na próxima batida vamos procurar essa tal de fossa. Acho que vai ser mais difícil de achar do que o Bambaia", disse Melinho.

"Quando chove desce tudo pelas valas, misturada com urina, restos de comida, porcaria dos animais, lama e vem parar no asfalto. Uma parte entra pelos ralos, outra vira poeira fininha que vai parar no para-lama dos automóveis e nos apartamentos grã-finos das madames, que não fazem a menor ideia que estão tirando merda em pó de cima dos móveis. Iam todas ter um chilique se soubessem disso", disse Washington.

"Vocês estão cansados?", perguntou Vilela.

"Não estamos não, doutor. Por quê?"

"Eu estava pensando em dar outra batida ainda hoje, no Tuiuti. Deve chegar às onze horas uma turma da Vigilância que consegui pra hoje e eu não queria perder a oportunidade."

"Quantos homens, doutor?", perguntou Melinho.

"No mínimo uns seis", respondeu Vilela.

Pouco depois da meia-noite chegou o reforço da Vigilância. Trouxeram com eles dois carros de transporte de presos.

Saíram do Distrito em duas camionetas. Eram doze, não contando os quatro motoristas. Pararam embaixo, próximo à subida principal do morro. Saltaram das camionetas e reuniram-se em torno de Vilela. Alguns homens portavam metralhadoras.

"Quantas saídas tem o morro?", perguntou Vilela.

"Três", disse Pedro. "Tem uma pirambeira também, que fica logo depois do grotão lá de cima, mas por ali ninguém pode sair, é muito alta e lisa", disse Pedro.

"Ficam dois homens em cada saída. Um deles de metralhadora. Não quero que ninguém suba de metralhadora. Acaba um de nós sendo atingido. Pedro, distribui o pessoal pelas saídas. Quem atira de metralhadora?"

Cinco mãos foram levantadas. Três dos homens que levantaram as mãos já portavam metralhadoras.

"Vocês três ficam embaixo. Um em cada saída. Aqui ficam as duas camionetas e vai um carro de transporte para cada uma das outras saídas. Ninguém pode sair do morro. Quem descer é preso, colocado nos carros. Trabalhador a esta hora está dormindo. Estamos entendidos?"

Lanternas de mão eram acesas e apagadas pelos homens, que se mexiam.

Os dois carros de transporte partiram.

"Ninguém atira sem avisar: para, é a polícia. E quem ouvir essa ordem se identifica logo. É só dizer o próprio nome. Para evitar um acidente. Eu direi, Vilela. Você?" Vilela foi iluminando o rosto de um por um com a lanterna.

"Washington."

"Melinho."

"Pedro."

"Salim."

"Deodato."

Todos, com exceção de Vilela, carregavam nas mãos um revólver e uma lanterna. Vilela só tinha uma lanterna. Alguns tinham um cassetete de borracha enfiado no cinto da calça, sobre a barriga.

Chegaram a uma encruzilhada.

"Três vão por aqui", sussurrou Vilela. "Melinho, Salim e Deodato. Melinho chefia. Eu, Washington e Pedro vamos por este lado. Eles ficam numa tendinha lá no alto, Melinho sabe onde fica, não sabe?"

"Sei."

"Devem estar fumando maconha e bebendo cachaça. Não sei se vamos encontrar a turma do Bambaia, mas quem estiver lá vai querer resistir à prisão, por isso é preciso cuidado. Eu, Washington e Pedro vamos chegar primeiro. Você, Melinho, não faz nada até nós não chegarmos. Aí você surge colocando-se lateralmente, de maneira que se houver tiroteio não fiquemos uns em frente dos outros."

Os dois grupos se separaram.

"O senhor não precisava ter vindo", disse Washington.

Vilela não respondeu.

Pedro tomou a frente. Seguiam em fila indiana, muito próximos uns dos outros. A noite estava escura e mal se via o caminho de terra batida. Pisavam-se. Ninguém falava.

Chegaram ao local da tendinha. Uma lâmpada pequena, dependurada no teto por um fio comprido, iluminava fracamente o ambiente. Quatro homens bebiam e conversavam, de pé, encostados num balcão. Do lado de dentro um homem servia-os.

"Conhece algum deles?", disse Vilela, com os lábios encostados no ouvido de Washington.

"Acho que não. Não sei, de longe esses crioulos têm todos a mesma cara."

Na tendinha um dos homens levantou a mão como se fosse espancar outro. Este enfiou a mão na barriga do primeiro, num gesto rápido. Ouviu-se uma gargalhada.

"Estão se divertindo", disse Pedro.

"É a polícia, fiquem quietos", gritou Vilela. Os homens se viraram assustados. Nesse instante a luz da tendinha foi apagada. Vilela colocou o facho da lanterna em cima de um dos homens. Alguém atirou na direção da lanterna. Vilela apagou a lanterna. Ao seu lado estrondaram os revólveres de Pedro e Washington. Da tendinha atiravam repetidamente.

"Eles estão correndo", disse Pedro.

"Foram na direção da pirambeira", disse Washington, "lá eles estão encurralados." Seu peito chiava. No escuro, parecia um fantasma.

"Vamos", disse Vilela. "Onde está Melinho?"

Pedro meteu dois dedos na boca e soltou um silvo alto. "Vamos", repetiu Vilela. "Mostra o caminho, Pedro. O Melinho daqui a pouco aparece."

Pedro começou a correr. Vilela e Washington seguiram-no com dificuldade. Sem parar de correr Washington tirou o pente vazio da sua arma colocando em seu lugar, num golpe seco, um pente cheio. "Essa é a única vantagem da automática", disse.

Chegaram na pirambeira.

"Eles desceram", disse Pedro.

Correram até à beira. Apesar do escuro podia-se ver dois homens descendo, com o corpo grudado na pedra, como se fossem lagartas, progredindo lentamente. De cima, os policiais contemplavam admirados a descida dos dois homens. Ambos estavam descalços. O equilíbrio era mantido por um perfeito deslocamento de forças pelos músculos do corpo. Desapareceram.

"Acha que todos desceram por aí?", perguntou Vilela.

"Nunca pensei...", disse Pedro.

"Esses caras deviam estar no circo. Iam ganhar uma fortuna", disse Washington.

"... uma pirambeira dessas...", continuou Pedro.

Um estampido.

"Foi lá pros lados da tendinha", disse Washington.

Com Vilela à frente voltaram apressadamente pelo mesmo caminho que haviam percorrido. Em pé, sendo iluminado pela luz fraca da tendinha, viram Salim, com o revólver na mão.

"Foi você quem atirou?", perguntou Vilela.

"Fui. Acertaram o Melinho", disse Salim.

Dentro do barraco, Deodato estava sentado no chão. Deitado com a cabeça na coxa direita de Deodato, estava Melinho. Mais adiante, caído, o corpo de um homem. "É o dono da tendinha, está de olho aberto, mas já capotou", disse Salim.

Vilela ajoelhou-se perto de Melinho.

Melinho virou o rosto e olhou Vilela. Respirando devagar, de leve, cuidadosamente.

"Está doendo, Melinho?", perguntou Vilela.

"Não... Eu estou é com medo de respirar fundo."

"Isso não vai ser nada. Você vai passar uns tempos de papo pro ar no Filinto Muller."

"Foi um tiro só? Não tenho coragem de olhar."

Vilela abriu a camisa de Melinho.

"Foi um só", disse Vilela.

"Quarenta e cinco?", perguntou Melinho.

"O quê?", perguntou Vilela.

"É de quarenta e cinco?", perguntou Melinho, levantando a voz.

"Não. Deve ser trinta e dois, o orifício é muito pequeno, parece mais um arranhão", disse Vilela.

"Não é que um desses sacanas estava com revolvinho de brinquedo, ha, ha, ha! Depois dizem que essa gangue só carrega artilharia pesada...", disse Washington.

"Você vai descer o morro de cadeirinha", disse Vilela.

"Não era melhor alguém buscar uma maca?", perguntou Deodato.

"Não há tempo a perder. Não foi nada, mas não há tempo a perder. Olha, Salim, lembra como era cadeirinha no tempo de garoto? Isso, agora agarra o meu braço esquerdo. Você e Pedro fazem o mesmo, Washington; mas fica aqui perto de mim. Você aguenta levantar o Melinho sozinho, Deodato?"

"Aguento."

"Ele é halterofilista, doutor. Nosso Senhor Jesus Cristo não dá de saída um corpo desses pra ninguém", disse Pedro.

"Cuidado. Muito cuidado", disse Vilela.

Deodato tirou a cabeça de Melinho de sua coxa e pousou-a de leve no chão. Colocou a mão direita sob as pernas de Melinho e a esquerda sob as costas. Em seguida, apoiando o próprio joelho direito no chão, levantou lentamente o corpo de Melinho, colocando-o cuidadosamente na cama de braços que fora preparada.

Vagarosamente começaram a descer o morro. Na frente Deodato iluminava o caminho e segurava a cabeça de Melinho.

"Onde é que vocês estavam?", perguntou Washington.

"Atrás da tendinha, queríamos pegar eles de surpresa. De repente o tiroteio começou", disse Salim.

"Atrás, puta merda!, atrás", exclamou Washington.

“Quer dizer, quer dizer...”, começou Pedro.

“Cala a boca”, disse Vilela.

Melinho gemeu. Começou a respirar com dificuldade. Vilela sentiu o sangue morno de Melinho em suas mãos e braços. “Mais depressa um pouco”, disse.

O barulho rouco que saía da garganta de Melinho parou. Ouvia-se o chiado do peito de Washington.

Chegaram embaixo.

“Melinho foi atingido. Tem um cara morto lá em cima, na tendinha”, disse Vilela para os homens que vieram ao seu encontro. “Nós vamos para o Souza Aguiar.”

Puseram Melinho no banco traseiro da camioneta. Pedro ajoelhou-se no chão do carro, segurando Melinho. Na frente entraram Vilela e Deodato. Washington colocou-se ao lado do chofer dizendo: “Pé na tábua”.

“Ele está desmaiado?”, perguntou Vilela.

“Está”, disse Pedro. “Foi um de nós que atirou nele, não foi? Eu, ou o Washington, não foi? O tiro é de quarenta e cinco, o buraco só pode ser de quarenta e cinco.”

“O senhor achou que Melinho podia morrer e não queria que ele soubesse, não é, doutor? Agora estou entendendo o esporro que o senhor deu com a gente lá em cima”, disse Washington.

“Por que vocês não seguiram as instruções?”, perguntou Vilela.

“Foi o Melinho. Ele disse, vamos pegar os homens antes do doutor chegar. Logo que chegamos atrás da tendinha, e nos preparávamos para agir, o tiroteio começou.”

"Vocês chegaram a atirar?", perguntou Vilela.

"Não. Procuramos ver a situação como estava, mas aí o tiroteio já havia acabado. Vi então o Melinho caído e levei ele para dentro da tendinha. Quando acendi a luz aquele cara já estava morto lá dentro."

"Fui eu que atirei no Melinho", disse Pedro. "Fui eu, fui eu..."

"Calma, Pedro, pode ter sido qualquer um", disse Vilela.

"Ou eu ou o Washington. O senhor não deu tiro nenhum. Ou eu ou o Washington, mas sinto que fui eu", disse Pedro.

"Pode ter sido um daqueles vagabundos. A gente não sabe o que lhe aconteceu na hora do tiroteio. Eles podem ter visto o Melinho... como é que a gente vai saber...", disse Washington.

"É sim, isso pode ter acontecido", disse Vilela.

A camioneta chegou ao hospital. Melinho foi colocado em uma mesa de rodas. Enquanto seu corpo era empurrado pelo longo corredor, um enfermeiro lhe aplicava uma transfusão de sangue. "Para a sala de operações imediatamente", disse um médico. Melinho parecia estar dormindo. Seu nariz estava mais fino e seu rosto e suas mãos haviam adquirido uma tonalidade cáqui.

"Podemos assistir?", perguntou Vilela, na porta da sala de operações.

"É melhor os senhores aguardarem aqui fora", disse o médico.

"Ele tem alguma chance?", perguntou Vilela.

"Ter tem, mas o ferimento é grave e ele perdeu muito sangue", respondeu o médico, entrando na sala.

De pé, no corredor, os policiais esperavam.

"Melinho tem filhos?", perguntou Vilela.

"Tem filhos? Tem oito", disse Washington.

"Oito!", disse Vilela.

"É sempre assim. Não conheço um caso de tira morto ou aleijado em serviço que não fosse cheio de filhos."

"Eu tenho seis", disse Washington. "O senhor é solteiro, não é?", perguntou Pedro. "Sou", disse Vilela. "Mas quando me casar pretendo ter muitos filhos."

"É porque o senhor não é proleta igual a nós. Proleta é que tem muitos filhos", disse Washington.

A porta da sala de operações se abriu. O médico tirou a máscara e disse:

"Infelizmente não pudemos fazer nada. Hemorragia aguda. Sinto muito."

"Está morto?", perguntou Deodato.

O médico fez um gesto afirmativo com a cabeça.

Os policiais ficaram em silêncio. O médico afastou-se.

Vilela caminhou até a porta que havia para a rua. Washington seguiu-o.

"Que rua feia esta...", disse Vilela.

"Alguém tem de avisar à mulher dele. Ela deve estar em casa dormindo", disse Washington.

"Vou dizer ao investigador de plantão para tratar da remoção do corpo do Melinho para o Médico Legal", disse Washington.

"Você avisa à mulher dele?", perguntou Vilela.

"Eu não, doutor. Por favor."

"Vocês eram amigos..."

"Doutor, eu não tenho jeito para isso, é preciso alguém para acalmar a mulher, como é que eu vou acalmar a mulher? Dizendo para ela, olha, está tudo OK, agora, além de coser para fora, você vai ter que lavar também, é isso?"

"A mulher dele cose pra fora?"

"Sei lá, a minha cose."

"Então você não quer ir?"

"Me desculpe, mas não estou com coração nem com cabeça pra isso."

"E eu indo? Você vai comigo?"

Washington fez uma careta.

"Alguém tem que ir", continuou Vilela.

"O senhor quer ir agora?"

"Não, vamos de manhã. Agora vamos falar com o investigador de plantão para tratar da remoção do corpo de Melinho."

"Eu vou chamar", disse Washington. Pouco depois voltou acompanhado do investigador e mais Deodato e Pedro.

"Você trata da remoção do corpo. Não quero que a imprensa saiba de nada, nada mesmo", disse Vilela.

"Pode deixar", disse o investigador.

"Não quero que a mulher tome conhecimento da morte do marido pelo rádio."

"Não tem perigo. Vou dizer ao pessoal do Médico Legal para ficar na moita também", disse o investigador.

"Obrigado", disse Vilela, saindo.

Foram para a camioneta.

"Aí não, que está sujo", disse o motorista para Pedro que fazia menção em sentar-se no último banco.

Quando chegaram ao Distrito, Washington perguntou a Vilela: "O senhor vai para casa?".

"Estou pensando nisso", disse Vilela. "Só pra tomar banho, fazer a barba."

Washington e Deodato trocaram um olhar.

Entraram no Distrito.

"Tudo calmo?", perguntou Vilela ao guarda que estava de serviço.

"Tudo calmo."

"Eu vou ficar", disse Vilela.

"Mas o senhor precisa descansar um pouco."

"Deixa que eu cuido de mim", disse Vilela.

"Eu só queria ajudar, o senhor não precisa falar assim comigo", disse Washington.

"O que é que você está tramando? Você não gosta que os outros façam você de besta, gosta? Pois eu também não", disse Vilela.

Washington suspirou. "Eu só estou querendo interrogar aquele vagabundo lá dentro."

"O Jaiminho?"

"É sim senhor. Doutor, ele sabe onde está o Bambaia, se a gente não apertar ele não diz nada."

"Você só sabe trabalhar com a palmatória. É essa a maneira que você tem de descobrir a verdade..."

"Se não doer eles não falam."

"E se o sujeito for um masoquista?"

"Masoquista como?"

"Se gostar de apanhar? Não será inútil espancá-lo?"

"Ah, sei... Mas aí eu não estarei fazendo nenhuma maldade."

"Estará fazendo com você mesmo, entendeu?"

"O senhor é muito profundo pra mim. Eu não leio os livros que o senhor lê não."

"Você não sente pelo menos vergonha, quando espanca um infeliz desses?"

"Uma vez teve um cara que matou uma família inteira — marido, mulher e três filhos pequenos, pra roubar uns objetos de pouco valor. Eu disse pra ele: 'Nós sabemos que foi você, diz onde escondeu os objetos', mas ele nem sequer respondia, ficava olhando para o chão sem dizer uma palavra. Levou uma surra de criar bicho. Sabe o que aconteceu? Ele estava caído pelas tabelas, com um ar desgraçado e miserável, antes. Depois que apanhou como um boi ladrão levantou a cabeça, refeito, e contou tudo com voz firme. Eu disse: 'Se você tivesse dado logo o serviço não precisava apanhar tanto'. Ele respondeu: 'Não faz mal', e o senhor sabe de uma coisa? Eu acho que aquela surra fez bem a ele. Bem mesmo."

"É possível. O psicólogo da Escola não te explicou por quê?"

"Eu esqueci. Sei que isso já aconteceu muitas vezes."

"Mas é preciso que ele seja culpado etc. etc."

"Sempre somos culpados de alguma coisa. Às vezes não sabemos de quê."

"Se a pessoa não sabe, ela não é culpada."

"Jaiminho é culpado, e sabe que é culpado."

"Culpado de quê?"

"Culpado de esconder o Bambaia."

"Não adianta, Washington. Eu entendo que você quer cumprir o seu dever da melhor maneira. Mas você está errado."

"Eu também quero entender sua maneira, doutor Vilela. Palavra de honra. Não pense que essas coisas que o senhor me tem dito nesses últimos meses entram por um ouvido e saem por outro. Eu vou para casa e fico pensando. Mas essa história de interrogar na base da psicologia não me convence. O Jaiminho, por exemplo. Não vejo condição dele contar o que sabe a não ser, a não ser —".

Ficaram em silêncio. Vilela olhou Washington, as paredes, o chão. Depois: "Que horas são?".

"Três e quarenta e cinco."

"Então ainda dá tempo. Olha, preste atenção no que eu vou dizer. Será como se fosse uma peça de teatro. Você já trabalhou no teatro?"

"Eu, doutor?!"

"No tempo de colégio, coisa assim."

"Nunca, doutor."

"Será o teu primeiro papel. Chama o Deodato."

Durante quinze minutos Deodato e Washington ouviram Vilela.

"O senhor acha que isso vai dar certo?", perguntou Deodato.

"Eu acho", disse Vilela. "Mas nós não temos nada a perder. De qualquer maneira temos que fazer hora para ir à casa da mulher do Melinho, pela manhã."

Jaiminho dormia no xadrez. "Acorda", disse Washington empurrando-o com o pé. Jaiminho acordou imediatamente. Levantou-se. "Você não tem uma camisa?", perguntou Vilela. Jaiminho abaixou-se e apanhou a camisa dobrada, que servia de travesseiro. "Veste", disse Vilela. "Já é de manhã?", perguntou Jaiminho. "Você vai dar uma volta com a gente", disse Deodato.

Os quatro entraram na camioneta. Deodato dirigia. Quando o carro entrou na avenida Brasil, Deodato disse: "Isso é capaz de dar bolo, doutor".

"Dá bolo coisa nenhuma", disse Washington.

"Você trouxe a lona?", perguntou Vilela.

"O senhor me desculpe, mas eu não sei para que a lona. Só vai servir para atrapalhar o trabalho dos urubus."

"Eu quero que os urubus demorem a aparecer, entendeu?"

"Mas o lugar vive cheio de urubus. Eles moram lá, os urubus e os xepeiros", disse Washington.

"Como é? Você não vai dizer onde o Bambaia se esconde?", perguntou Vilela.

"Eu não sei, doutor. Juro por Deus", disse Jaiminho.

"Nunca vi ninguém jurar tanto na minha vida. Sujeitinho falso", disse Washington.

"Doutor", disse Deodato, "isso vai dar bolo."

"Estou te estranhando, Deodato. Que que há contigo?", disse Washington.

"É capaz dele não saber nada", disse Deodato. "A gente acaba liquidando o cara à toa."

"Você está querendo gastar muita vela com defunto barato", disse Washington.

"Não há risco nenhum", disse Vilela. "Se houver qualquer coisa eu quebro o galho."

Pouco tempo depois Deodato parou o carro. "Aqui está bom, doutor?"

"Está."

Saltaram.

Deodato botou um lenço no nariz. "Que fedor!"

"Vamos lá para o meio", disse Vilela.

Foram andando por entre o lixo. "Xô", exclamou Washington. "O senhor viu?, o filho da mãe nem voou." Com a lanterna iluminou um urubu que saltava, sem pressa, com as asas meio abertas.

"Que luz é aquela?", perguntou Vilela.

"Deve ser algum xepeiro. Tem um monte de xepeiros que vive aqui no meio do lixo. Eles fazem seu barraco e vivem do que apanham no lixo. O lixeiro antes tira tudo, pra vender, mas sempre sobra alguma coisa pro xepeiro", disse Washington.

"Não sei como aguentam o cheiro", disse Deodato.

"Eles se acostumam. Meu pai sempre dizia que o hábito é uma segunda natureza", disse Washington.

"Eu sinto o meu rosto cortando o fedor, como se fosse faca cortando queijo", disse Deodato.

"Vamos parar aqui. Tira a roupa", disse Vilela.

"Eu não fiz nada", disse Jaiminho.

Vilela iluminou o rosto cinzento de Jaiminho com a lanterna.

"Tira a roupa."

Jaiminho tirou a camisa e o calção. "O que vocês vão fazer comigo?", perguntou.

"Não se preocupe, daqui a pouco nós vamos embora e deixamos você sozinho no meio dos urubus; só que tem que você não vai poder sentir o perfume gostoso que está sentindo agora", respondeu Washington.

"Vou te dar a última chance", disse Vilela. "Onde é que o Bambaia e a turma se esconde — Beicinho, Groselha, a corja toda. Onde?"

"Não sei, doutor, juro que não. Quero ver minha mãe morta!"

"Não adianta, doutor", disse Washington.

"Você quer ir embora, vai agora, que eu vou matar esse cachorro", gritou Vilela para Deodato.

"Se o senhor diz que não vai dar galho eu fico", disse Deodato, dentro do papel, mas surpreendido com o grito de Vilela.

"Ajoelha", gritou Vilela, tirando do cinto uma automática negra.

Jaiminho ajoelhou-se. "Eu não sei de nada", soluçou. Seu corpo nu tremia.

Vilela encostou o cano da arma no peito de Jaiminho, que começou a bater os dentes.

"Na cabeça, doutor", disse Washington.

Vilela levantou a arma encostando-a na têmpora de Jaiminho, que acompanhou com os olhos arregalados o movimento da pistola. A lanterna acesa refletia em seus olhos.

Apesar da arma estar encostada na cabeça de Jaiminho, a mão de Vilela tremia.

"Vou matar esse cara!", gritou Vilela.

Washington deu um golpe na arma segura por Vilela, no instante da detonação. "Eu conto, eu conto!", exclamou Jaiminho. Ouviu-se as asas dos urubus assustados levantando voo, no curto silêncio que se fez.

Vilela começou a andar lentamente. Washington seguiu-o.

"Eu ia mesmo matar ele", disse Vilela.

"Eu senti isso. Só tive tempo de dar um safanão na arma."

"Me deu vontade de atirar na cabeça dele..."

Ouvia-se a voz de Jaiminho, falando apressadamente. "Deu certo, doutor, acabou tudo dando certo", disse Washington.

Vilela balançou a cabeça. Washington segurou-o pelo braço. Caminharam ambos na direção de Deodato. "Sabe onde é o esconderijo deles?", perguntou Deodato.

"Não", disse Washington.

"Na cara da gente. Num barranco que fica atrás do posto da Fundação Leão XIII. Vamos lá agora?"

"Não, agora não. Depois...", disse Washington.

"Mas eles podem..."

"Depois, depois...", disse Washington. "Agora nós vamos voltar para o Distrito."

Uma luz cinzenta começava a clarear o ambiente. Os monturos de lixo adquiriam nitidez. Via-se uma cabana baixa, quase escondida por uma alta pilha de lixo. Havia dezenas de urubus.

"Veste a roupa", disse Deodato para Jaiminho. Entraram na camioneta.

"Deu tudo certo, doutor, não deu?", disse Washington. Vilela não respondeu. A viagem foi feita em silêncio.

Quando chegaram ao Distrito, Washington disse: "Não é melhor o senhor ir para casa? Pode deixar, que eu vou visitar a mulher do Melinho".

"Eu vou também."

Às oito e quarenta e cinco chegaram à casa da viúva de Melinho.

Washington tocou a campainha.

Uma mulher abriu a porta.

"Bom dia, Marlene, este é o doutor Vilela, comissário do Distrito."

A mulher mandou que entrassem. Tentou esconder a aflição que sentia com a presença do comissário. O que viria ele fazer em sua casa? Marlene estava enxugando pratos quando os policiais chegaram e ainda segurava um retalho úmido de pano nas mãos.

Um menino de seis anos apareceu na sala e ficou olhando os dois homens.

"Você quer deixar a gente conversar um pouco com a sua mãe, meu filho?"

"Aconteceu alguma coisa com o José?", perguntou ela abraçando o menino.

"Houve um acidente e ele, e ele foi ferido."

"Posso ir vê-lo? Vai chamar dona Rosa para ficar aqui com você, mamãe tem que sair. Anda, vai correndo."

O menino saiu.

"Foi um ferimento grave", disse Vilela.

Os policiais ficaram em silêncio, como se a chegada de dona Rosa viesse tornar sua missão mais fácil. Quando a mulher chegou, Marlene pediu-lhe para ficar com o filho pois ia visitar o marido no hospital.

"Os ferimentos foram muito graves...", disse Vilela.

"Marlene... ele...", disse Washington.

"Ele pode morrer?"

"Calma, Marlene", disse dona Rosa. "Ela não está bem não, moço, anda doente dos nervos, não pode se aborrecer."

Marlene abriu a porta da rua. "Eu vou lá agora, o senhor me leva aonde ele está?"

"Minha senhora, é melhor eu lhe dizer a verdade. O seu marido não resistiu aos ferimentos e..."

"O que foi? O que foi?"

"Sinto muito. Ele está morto."

"O José morreu, dona Rosa", balbuciou Marlene.

"A polícia tratará de tudo. Assim que terminar a autópsia um carro virá buscá-la. Existem algumas formalidades... Sinto muito."

Enquanto Marlene se abraçava soluçando com dona Rosa, os tiras se retiraram.

Dentro do carro, ficaram calados algum tempo, antes de dar a partida.

"Flores artificiais sujas dentro de uma jarra de falso cristal. Móveis velhos estragados. Nem um livro sequer à vista. Roupas desbotadas. Um Sagrado Coração de Jesus na parede, também desbotado. O menino descalço. Houve um momento em que a tristeza das coisas foi maior do que a dor das pessoas."

"Puxa, doutor, até parece que o senhor nunca entrou em casa de pobre."

"Já entrei sim. Mas meus olhos nem sempre sabem ver."

"Tem vezes que o senhor fica muito difícil de entender", disse Washington bocejando, cansado.

Vilela levantou a mão e tocou de leve, carinhosamente, no ombro de Washington. Depois sorriu, com a boca fechada, um sorriso curto, que se desfez lentamente.

Relato de ocorrência em que qualquer semelhança não é mera coincidência

Na madrugada do dia 3 de maio, uma vaca marrom caminha na ponte do rio Coroado, no quilômetro 53, em direção ao Rio de Janeiro.

Um ônibus de passageiros da empresa Única Auto Ônibus, chapa RF 80-07-83 e JR 81-12-27, trafega na ponte do rio Coroado em direção a São Paulo.

Quando vê a vaca, o motorista Plínio Sérgio tenta se desviar. Bate na vaca, bate no muro da ponte, o ônibus se precipita no rio.

Em cima da ponte a vaca está morta.

Debaixo da ponte estão mortos: uma mulher vestida de calça comprida e blusa amarela, de vinte anos presumíveis e que nunca será identificada; Ovídia Monteiro, de trinta e quatro anos; Manuel dos Santos Pinhal, português, de trinta e cinco anos, que usava uma carteira de sócio do Sindicato de Empregados em Fábricas de Bebidas; o menino Reinaldo de um ano, filho de Manuel; Eduardo Varela, casado, quarenta e três anos.

O desastre foi presenciado por Elias Gentil dos Santos e sua mulher Lucília, residentes nas cercanias. Elias manda a mulher apanhar um facão em casa. Um facão?, pergunta

Lucília. Um facão depressa sua besta, diz Elias. Ele está preocupado. Ah! percebe Lucília. Lucília corre.

Surge Marcílio da Conceição. Elias olha com ódio para ele. Aparece também Ivonildo de Moura Júnior. E aquela besta que não traz o facão!, pensa Elias. Ele está com raiva de todo mundo, suas mãos tremem. Elias cospe no chão várias vezes, com força, até que a sua boca seca.

Bom dia, seu Elias, diz Marcílio. Bom dia, diz Elias entredentes, olhando pros lados. Esse mulato!, pensa Elias.

Que coisa, diz Ivonildo, depois de se debruçar na amurada da ponte e olhar os bombeiros e os policiais embaixo. Em cima da ponte, além do motorista de um carro da Polícia Rodoviária, estão apenas Elias, Marcílio e Ivonildo.

A situação não anda boa não, diz Elias olhando para a vaca. Ele não consegue tirar os olhos da vaca.

É verdade, diz Marcílio.

Os três olham para a vaca.

Ao longe vê-se o vulto de Lucília, correndo.

Elias recomeçou a cuspir. Se eu pudesse eu também era rico, diz Elias. Marcílio e Ivonildo balançam a cabeça, olham para a vaca e para Lucília, que se aproxima correndo. Lucília também não gosta de ver os dois homens. Bom dia dona Lucília, diz Marcílio. Lucília responde balançando a cabeça. Demorei muito?, pergunta, sem fôlego, ao marido.

Elias segura o facão na mão, como se fosse um punhal; olha com ódio para Marcílio e Ivonildo. Cospe no chão. Corre para cima da vaca.

No lombo é onde fica o filé, diz Lucília. Elias corta a vaca.

Marcílio se aproxima. O senhor depois me empresta a sua faca, seu Elias?, pergunta Marcílio. Não, responde Elias.

Marcílio se afasta, andando apressadamente. Ivonildo corre em grande velocidade.

Eles vão apanhar facas, diz Elias com raiva, aquele mulato, aquele corno. Suas mãos, sua camisa e sua calça estão cheias de sangue. Você devia ter trazido uma bolsa, uma saca, duas sacas, imbecil. Vai buscar duas sacas, ordena Elias.

Lucília corre. Elias já cortou dois pedaços grandes de carne quando surgem, correndo, Marcílio e sua mulher Dalva, Ivonildo e sua sogra Aurélia e Erandir Medrado com seu irmão Valfrido Medrado. Todos carregam facas e facões. Atiram-se sobre a vaca. Lucília chega correndo. Ela mal pode falar. Está grávida de oito meses, sofre de verminose e sua casa fica no alto de um morro, a ponte no alto de outro morro. Lucília trouxe uma segunda faca com ela. Lucília corta a vaca.

Alguém me empresta uma faca senão eu apreendo tudo, diz o motorista do carro da polícia. Os irmãos Medrado, que trouxeram vários facões, emprestam um ao motorista.

Com uma serra, um facão e uma machadinha aparece João Leitão, o açougueiro, acompanhado de dois ajudantes.

O senhor não pode, grita Elias.

João Leitão se ajoelha perto da vaca.

Não pode, diz Elias dando um empurrão em João. João cai sentado.

Não pode, gritam os irmãos Medrado.

Não pode, gritam todos, com exceção do motorista da polícia.

João se afasta; a dez metros de distância, para; com os seus ajudantes, fica observando.

A vaca está semidescarnada. Não foi fácil cortar o rabo. A cabeça e as patas ninguém conseguiu cortar. As tripas ninguém quis.

Elias encheu as duas sacas. Os outros homens usam as camisas como se fossem sacos.

Quem primeiro se retira é Elias com a mulher. Faz um bifão pra mim, diz ele sorrindo para Lucília. Vou pedir umas batatas a dona Dalva, vou fazer também umas batatas fritas para você, responde Lucília.

Os despojos da vaca estão estendidos numa poça de sangue. João chama com um assobio os seus dois auxiliares. Um deles traz um carrinho de mão. Os restos da vaca são colocados no carro. Na ponte fica apenas a poça de sangue.

Correndo atrás de Godfrey

MADAME THEREZA. GIFTED READER and adviser. Ela não faz perguntas mas lhe dirá tudo aquilo que você quer saber. 767 Third Avenue.

Botei o papel no bolso. Eu tinha que ir à Igreja de St. Thomas na Quinta Avenida, encontrar Godfrey.

Fiquei ouvindo órgão meia hora. Godfrey não apareceu.

Eu podia ir ver sister Dorena. Outro papel no bolso: Guarantees results in 3 days — você está sofrendo? Sick? Precisa de ajuda?

A véspera tinha sido domingo e durante horas milhões de judeus vestidos de azul e branco desfilaram pela Quinta Avenida comemorando o aniversário de Israel.

Estávamos pois no verão, no começo, quando aconteciam coisas estranhas na cidade. Barthelme viu uma mulher aos gritos na sarjeta e um bêbedo tentando estrangular um cachorro preso no parkmeter. Mas isso foi noutra cidade, onde os policiais usam quepe branco. Aqui eles usam quepe azul.

Long-distance call: Jenkins em Detroit. Ele talvez soubesse onde estava Godfrey. Mas Jenkins estava em Istambul, numa convenção. Merda.

Sister Dorena atendia na rua 59. "Vá vê-la, go, antes que seja tarde demais. People vem de muito longe, from far away."

Sister Dorena or madame Thereza? "Blind, sick, or crippled? Cego, doente ou aleijado?" Era comigo, mas eu tinha que ir a Toronto.

Peguei o avião da AA às 12:50 a.m., no La Guardia, voo 549-3.

A aeromoça olhou meu livro, *Unspeakable practices. Unnatural acts.* "Sounds interesting", ela disse.

Depois ela foi até onde eu estava sentado e perguntou: "Você me empresta o livro? É muito obsceno?".

Uma mulher linda querendo coisa comigo. Dei-lhe o livro. Mas não pude marcar nada, eu tinha que ver Godfrey. Nunca vi pernas tão bonitas na minha vida.

Jeffrey havia dito: "Não vai ser fácil encontrar o Godfrey." Eu sabia.

Depois: "Mas você pode encontrar o McLuhan e o MacDermott, os dois heróis da vila."

Jeffrey estava me gozando. MacDermott estava rico em N.Y. — aquarius, aquarius. E o McLuhan... merda, o que me interessa isso?

Foda-se o McLuhan.

"Godfrey está no Royal York Hotel, numa convenção."

O Royal York tinha doze salões de convenção. Godfrey não estava em qualquer deles.

Liguei para Dick Hart em N.Y. Ele tinha ido a uma convenção em Portland.

Merdíssima.

Em Toronto as pessoas andavam de sobretudo na rua. Que verão!

Peguei o avião em Toronto às 12:50 a.m. do dia seguinte, depois do banquete, AA 406-6, back to N.Y.

"Are you filled with misery?", perguntava madame Thereza, mas eu não podia me comprometer antes de encontrar Godfrey.

Do La Guardia fui direto à Igreja de St. Thomas. O órgão tocava. Godfrey não estava.

Fui ao cinema com uma mulher vestida de couro. "I am hustling", ela disse.

"Quanto?", eu perguntei.

Ela me olhou de alto a baixo: "Com você eu não sei." Fomos para a casa dela. Ficamos vendo TV.

"A Igreja cristã sempre esteve do lado da opressão, contra o negro", disse o doutor Cone, preto, magro, barba curta, voz estridente cheia de ódio.

"Você é a favor da teologia negra?", ela me perguntou.

Desliguei a televisão.

Estávamos nus quando ela falou outra vez.

"Is Carmichael here or in Conakry?"

Essa foi a mesma coisa que no dia anterior mrs. Leitch me perguntara no banquete em Toronto.

"Is Cleaver here or in Moscow?"

"I dont't know", respondi.

"Brown."

"Don't know."

"Daqui a cem anos qual será a língua universal? Chinese? English", mrs. Leitch perguntou.

"I don't know."

Monsieur Lapinte exclamou:

"Toutes les formalités compliquées pour changer de l'argent chaque fois que l'on passe une frontière!"

"E a China? O que pensa você da China?", continuou mrs. Leitch.

"A China está perto", eu disse.

"Meu marido não é um liberal", mrs. Leitch disse. "You know, he is not like us, ele não é como nós."

Durante o Drambuie mr. Crookstone me puxou para o lado e disse:

"Esta casa foi construída em 1746."

Olhamos os dois para as paredes.

"O que querem eles? Destruir tudo? Versailles está lá, uma obra de arte, para o povo. Alguém poderia hoje construir todos aqueles magníficos chateaux de France?", perguntou mr. Crookstone.

"We have to fight, temos que lutar", mr. Crookstone respondeu a si mesmo.

"OK", ele prosseguiu, "we are the Establishment. Eles querem destruir o Establishment. Para quê? O que têm eles para oferecer em troca? Nothing! Esta casa foi construída em 1746. Uma obra de arte. *Nós* fizemos isto tudo, esta joia antiga e também as modernas como o edifício do Dominium Bank. A ciência! A tecnologia! A arte! Tudo produto do Establishment!"

"Usted quiere altro whisky? Yo soy italiano pero hablo spagnol. I worked três años in Venezuela", disse o garçom.

Back to N.Y.:

Liguei para a prostituta de couro: "Vou para aí." Ela estava com uma camisola de nylon.

Eu disse: "Mr. Crookstone acabou de me contar a seguinte história: o fusível da casa dele ficou defeituoso. Ele chamou um eletricista. Cobraram oitenta e três dólares e vinte e cinco cents. Oitenta e três dólares de mão de obra e vinte e cinco cents pelo fusível."

"Você já chupou sangue?", ela me perguntou.

"A que ponto chegou a situação trabalhista, me disse mr. Crookstone", eu disse.

"You are boring me", ela disse.

Ela tinha lábios grossos e sardas no nariz.

"I want to screw all night", ela continuou.

"OK. Mas primeiro tenho que dar um telefonema", eu disse. Liguei para monsieur Lambert, in Montreal, collect.

"Dont't you know", me disseram do outro lado, "mr. Lambert died last week, morreu na semana passada."

Merdíssima. Lambert talvez soubesse do paradeiro de Godfrey.

"Você quer ver Tonight?", ela me perguntou.

"Johnny Carson é um cretino", eu disse.

"Joey Bishop então", ela disse.

"He is another jerk", eu disse.

"Você quer que eu desligue a TV?", ela perguntou horrorizada.

O nome dela era Joan Stimson.

"Você já chupou sangue? Pois esse rapaz, this boy, ele era doido, deu um corte no peito e disse chupa, suck it, eu chupei o sangue dele, his blood, se não chupasse ele me matava, ele era doido, crazy, mad. Um gosto diferente. Às vezes eu sinto vontade de chupar sangue outra vez. Você acha isso perverse?", ela perguntou.

"Se você puser um pouco de sal e pimenta não", respondi.

"I like to fuck with music", ela disse.

De manhã, quando me levantei ela disse: "Stay oh!, please stay." Mas eu tinha que procurar Godfrey.

Fui até 225 East, 59th Street mas não tive coragem de subir one flt. up, fiquei parado na porta. Stop in and see her before it is too late. Sister Dorena.

Em Toronto um detetive chamado Boyd matou a tiros um jovem português chamado Ângelo Nóbrega. The Nóbrega Affair. Ainda no *Globe and Mail:* quem não é wasp não tem oportunidades nos altos círculos de Toronto.

Avis de Convocation de l'Assemblée Annuelle et Générale Extraordinaire des Actionnaires. Notice of Annual and Special General Meeting of Shareholders. Avis est par le présent donné que l'assemblée annuelle et générale extraordinaire des actionnaires se tiendra dans la salle Ontario (étage des Congrès) de l'hôtel Royal York 100 west, rue Front, Toronto (Ontario), Canada, le mercredi, 4 Juin, a 11 h du matin (heure d'été de l'Est). Les questions suivantes sont à l'ordre du jour: Notice is hereby given that the Annual and Special General Meeting of Shareholders will be held in the Ontario Room (convention floor), Royal York Hotel, 100 Front Street West, Toronto, Ontario, Canada, on Wednesday, June 4, at 11:00 a.m. (Easter Daylight Time), for the following purposes:

"Onde está Godfrey?"

Back to N.Y., mr. Halpern me disse:

"Toda gente espera que os judeus sejam os únicos cristãos verdadeiros deste mundo! Ganhamos a guerra mas acham que não podemos ditar os termos da paz. As coisas permitidas às outras nações não são permitidas à nossa. Outras nações expulsaram milhões de pessoas. Russia did it. Poland and Czechoslovakia did it; Turkey drove out a million Greeks e Algeria um milhão de franceses; Indonesia expulsou heaven knows quantos chineses — e ninguém disse uma palavra sobre refugiados. Mas todos falam nos refugiados árabes."

No West Side, na rua dos diamantes, eu e mr. Halpern comíamos um cheesecake:

"Like mr. Hoffer says, todos gritam quando alguém morre no Vietnam ou quando dois negros são executados na Rodesia. Mas quando Hitler massacrou seis milhões de judeus ninguém disse nada. The Jews are alone in this world! Os judeus estão sós neste mundo!"

Mr. Halpern acabava de entrar para a The Jewish Defense League (156, Quinta Avenida, Nova York 10010), cujo motto era Never Again, Nunca Mais. Nunca mais mortos como carneiros, nunca mais no gueto, nunca mais cuspidos.

"Israel must live!", gritou mr. Halpern.

"I like Malamud, Roth, Bellow and I'm looking for Godfrey", eu disse.

Telefonei para Jeffrey.

"Any news from Godfrey?"

"I don't know where Godfrey is. I know that seventy per cent of all Canada's industry is in the hands of Americans", ele respondeu. "And listen, Lennon está aqui, no Windsor."

Comi sweetbread e fumei um Dunhill, Montecristo, habana.

Back to N.Y.: não existem mais wasps in N.Y. Se você encontra um branco ele não é protestante; se você encontra um protestante ele não é anglo-saxão. Etc.

"O tempo está correndo, se cometermos um erro está tudo perdido. Isto aqui será uma enorme favela", disse o senador Jacob K. Javits, abarcando a cidade com um gesto largo.

"Precisamos manter aqui a classe média", respondeu o prefeito.

Fui para cama novamente com Joan Stimson. Ela estava muito amável comigo.

"Depois de amanhã eu vou para Roma", eu disse.

"Você gosta do meu corpo?", ela me perguntou.

"Em Roma", eu disse, "existe um lugar chamado Capela Sistina. Ali existe um afresco monumental pintado por Miguel Ângelo."

"Miguel Ângelo — eu sei quem é", disse Joan.

"Pois um dia eu fui lá", continuei, "e fiquei um tempo enorme olhando para o teto até o meu pescoço doer. Um tempo enorme e no entanto alguma coisa se escondia de mim, alguma coisa estava fechada entre mim e o teto. Eu sabia tudo sobre o teto, tinha toda a informação mas nenhuma revelação acontecia, entendeu? Foi quando despregando os olhos do teto vi uma mulher a pouca distância de mim. Seu corpo era perfeito, ela era linda e ao vê-la o teto e os mosaicos, os afrescos, o marfim, o bronze, o mármore, o ouro, o tempo, tudo adquiriu significado, pois essas coisas *eram* aquela desconhecida, um corpo humano vivo a caminho da galáxia. Assim, minha bem amada Joan Stimson, respondo à sua pergunta dizendo que sim, que amo o seu corpo, e apenas o seu corpo e nada mais que o seu corpo. Agora vamos para a cama pois tenho que escrever uma carta depois."

O corpo de Joan Stimson era feito de um alabastro que filtrava a luz vermelha do seu sangue como o do altar de São Pedro; cada dente seu era uma pequena obra-prima de marfim.

"Oh Godfrey, já se passou uma semana e houve outro desfile na Quinta Avenida, desta vez dos porto-riquenhos, milhões de porto-riquenhos desfilando e muitos mais gritando arriba Puerto Rico, viva Puertorico.

"Hoje eu estou aqui com uma mulher mas ontem eu passei o dia no Cloisters vendo a caçada do unicórnio. Eles não querem aprisioná-lo, no último tapete, ou talvez no penúltimo, eu percebi, e também o unicórnio, que ele não será aprisionado e sim morto. Uma lança no seu pescoço, outra no peito (o homem que lhe enfia a lança tem o meu rosto de miserável faminto), três cães dilaceram as suas ancas, o sangue corre sobre o seu corpo imaculado. Com o longo chifre único o unicórnio tenta se defender, inutilmente. O próprio rei comanda a matança. Por quê?"

"Você já acabou?", perguntou Joan.

"Já. Mas não sei para onde enviar a carta."

"Você vai para Roma procurar esse..."

"Vou. Talvez ele esteja na Messa Degli Artisti na Basílica de S. Francesca Romanda ao tocarem o Concerto Spirituale de Fusco. Ou talvez na Chiesa de S. Ignacio, na piazza do mesmo nome. Não sei. Não se pode confiar em mais ninguém neste mundo."

A matéria do sonho

Começando do princípio: li o anúncio no jornal e quem me abriu a porta foi dona Julieta. O seu Alberto estava na cama e ela disse: olha, você tem que dar banho nele, mudar-lhe a roupa, dar-lhe comida, colocá-lo na cadeira de rodas e passear. Da cama o seu Alberto sorriu para mim, um velhinho muito magro de olhos azuis. O trabalho não era fácil, seu Alberto fazia cocô na roupa e xixi na cama. Era magrinho mas dar banho nele custava muito. E também carregá-lo do quarto pra sala e da sala pro quarto. Dona Julieta ajudava, e a comida que ela fazia era a coisa mais gostosa do mundo. À noite nós víamos televisão ou então ela me mandava ler. Precisas ler, apanha lá um dos livros do meu filho. Em pouco tempo eu deixei de ver televisão, só lia. O doutor R. era o filho deles. Ele aparecia pouco e a dona Julieta vivia reclamando, ele nunca vem ver o pai. O doutor R. era um homem magro e calvo. Muito. Eu queria ser ele, mas não tão magro nem tão careca. Queria ser filho dos dois velhinhos. Doutor R., qual o melhor livro, perguntei um dia, *Crime e castigo* ou *Fausta vencida?* Ele gostava mais de *Crime e castigo* mas a *Fausta vencida* era a sua infância. Mas também está certo gostar mais de *Fausta,* como você. Li:

Guerra e paz, O príncipe e o mendigo, O monge de Císter, Winnetou, Pardaillan, A vingança do judeu, Scaramouche, Pimpinela Escarlate, Buridan, Os três mosqueteiros, O homem invisível, Drácula, Crime e castigo, Fausta, Fausta vencida, Eu Claudius, O Conde Belisarius, A montanha mágica, Os Thibault, Como jogar basquete, O lobo da estepe, Tarzan, o rei das selvas, Os homens de borracha, As mulheres de bronze, O processo, Eurico, o presbítero. A maioria dos livros era muito antiga, com datas de mais de vinte ou trinta anos. Mas havia alguns novos. Trabalhei dois anos na casa de dona Julieta. Li centenas de livros. Um dia o doutor R. abriu a porta do banheiro quando eu estava lá dentro. Dona Julieta e seu Alberto estavam dormindo. Era de tarde, o doutor R. nunca aparecia àquela hora. Eu me tranquei dentro do banheiro. Muito tempo depois dona Julieta bateu na porta e eu perguntei o doutor está aí, e ela disse: o doutor não veio hoje. Saí do banheiro e pedi minhas contas. Dona Julieta chorou. Seu Alberto também. Eu também. Não estás feliz aqui?, perguntou dona Julieta. Limpei minhas lágrimas e fui-me embora. Agora é que surge Gretchen. Ou melhor, daqui a pouco. Arranjei uma vaga na rua do Catete, acho que não quis ir para muito longe dos velhos. Todo dia eu ia pra frente do apartamento deles, do outro lado da rua. Ficava sentado no paredão do parque infantil, olhando a porta do edifício. No quinto dia o seu Alberto apareceu empurrado por um mulatinho. Ele usava o meu paletó e fumava. Eu fiquei vigiando ele de longe, mas a não ser fumar ele não fez nenhuma outra bobagem. Deu uma volta e depois entrou com o seu Alberto. Eu fiquei ali. De tarde ele saiu, sem o paletó branco. Veio pro parque e jogou bola com uns garotos, uma meia hora mais ou menos. Depois voltou para o edifício. Eu continuei ali. Sete horas da noite ele saiu. Eu continuei ali. Quando chegou meia-noite eu vi que ele não vinha mais. Dona Julieta ainda não confiava nele. Comigo tinha acontecido o mesmo. Então voltei para a casa onde estava. Éramos quatro num quarto, todos roncavam e não me deixaram dormir a noite toda. Nove horas da manhã o mulatinho saiu com o seu Alberto. À tarde os garotos não estavam jogando bola. Eu cheguei perto dele e disse, hoje não tem bola, os garotos não vieram. Ele disse, mas eu também não tenho muito tempo para jogar, arranjei um emprego com uns velhinhos e não quero que eles se chateiem comigo. É um velhinho e uma velhinha, gosto mais deles do que do meu pai. Como é que pode?, eu perguntei. Sei lá, ele respondeu. Gostar de alguém, mais do que dos pais, eu disse irritado, como é que pode? Ele disse, você não conhece os velhinhos, nem o meu pai. O mulatinho tinha um olho cego, devia ter sido furado em criança. Vai ver o pai furou o olho dele. Ele também parecia um pouco veado. Não fui mais pra frente do apartamento, os velhos estavam bem entregues. Passei a ficar o dia inteiro deitado, em pé eu ficava tonto. Foi quando o doutor R. apareceu. Eu quis me levantar da cama mas caí no chão. Mal pude falar. Ele me colocou na cama e saiu. Voltou depois de um minuto. Sentou na cama. Você não devia ter saído da casa dos meus pais, ele disse. O motorista dele chegou com uma enorme bandeja. Há quantos dias você não come? Quatro, cinco? Então toma primeiro um copo de leite. Acendeu um charuto. Me mandou comer o resto. Comi: bife, ovo, batata frita, pão, pudim. Agora vamos conversar, você estava se masturbando dentro do banheiro e ficou preocupado porque eu vi. Já teve relações sexuais com uma mulher? Para o doutor R. dava uma vontade de contar tudo. Quando era garotinho eu comia galinhas. As galinhas eram quentinhas, eu gozava. Depois cresci e passei a comer bichos maiores; cabras e éguas. Qual a melhor? A galinha ou a cabra?, perguntou o doutor R. da mesma maneira que eu perguntei qual era melhor *Crime e castigo* ou *Fausta vencida.* A cabra, respondi. Isso é muito comum entre os pastores na Arábia, comer cabras. O Lawrence conta isso. Você leu *Os sete pilares?* Eu não tinha lido *Os sete pilares. Os sete pilares da sabedoria.* Lá em casa tinha, disse o doutor R. Aquilo aumentou a minha tristeza. Você frequentou o colégio? Não senhor. Aprendi a ler e a escrever, mas só sei multiplicar até o número oito. Quando foi que você começou a se masturbar? Foi quando vim para o Rio de Janeiro. Você já teve relações sexuais com uma mulher? Não quero não senhor, eu respondi. Ele me olhou com aquele olho cheio de olheiras e disse: você está falando a verdade. Você está falando a verdade, repetiu o doutor R. após meditar. Depois ele andou pelo quarto e disse, primeiro, você vai trabalhar no meu escritório, segundo, quando voltar de viagem vou trazer Gretchen. Agora, toma, compra uma roupa e me procura amanhã neste endereço: os seus problemas estão resolvidos. A sala do doutor R. era coberta por um tapete vermelho e estava sempre gelado lá dentro, no inverno ou no verão. A secretária dele era uma mulher loura que mudava de vestido todo dia. Até o dia da viagem eu vi o doutor R. poucas vezes. Entrei duas ou três vezes na sala dele, e ele estava sentado à sua mesa, olhando pensativo pra janela. Isso, mais tarde, aconteceu sempre. Da janela via-se um pedaço do céu e um pedaço do morro de Santa Teresa. Vai na casa dos meus pais e diz que eu fui viajar. Fui. O mulatinho abriu a porta. O nome dele era Ivo. Vais ficar para almoçar, disse dona Julieta. Ajudei o Ivo a vestir o seu Alberto. Então estás trabalhando com o meu filho? Olha, vê se faz ele comer um pouco mais. Eu prometi, mas não tinha coragem de chegar e dizer, doutor, vê se come um pouco mais, ou, doutor, sua mãe mandou o senhor comer um pouco mais, o senhor anda muito magro. Mas prometi. O Ivo é tão bonzinho quanto você, disse dona Julieta. O seu Alberto, que não falava, pelo mesmo motivo que não andava, sorriu. Aquilo deu um aperto no meu coração. Eu gostava muito daqueles velhinhos. Passei a ir lá todo dia, enquanto o doutor R. não voltava. Apanhei e li: *O muro, Canção do amor e morte do porta-estandarte Cristóvão Rilke, Mowgli, o menino lobo, Os sete pilares da sabedoria, A vida errante de Jack London, Os criminosos na arte e na literatura, Gil Blas de Santilhana, Babbitt, Últimos dias de Pompeia, Winesburg, Ohio, Os Buddenbrook, Uma mulher fugiu a cavalo, Bel Ami, Almas do purgatório, Na pista do alfinete novo, Pardaillan e Fausta, O cão amarelo, Agência Thompson & Cia., O príncipe Oto, O grande amor de Anthony Wilding, Os caçadores de cabeças, A dama de espadas, Viagens de Gulliver, Pelo Curdistão bravio, O lobo do mar, Moby Dick, a fera do mar, Tarzan e os homens formigas, Pássaros feridos, Judas, o obscuro.* Quando chegou, o doutor R. perguntou: Você ainda está morando naquela vaga? Estou. Com Gretchen isto não é possível. Foi então que eu vi o que significava aquela palavra. Muda para um quarto só seu. O doutor R. tocou a campainha. Veio a secretária. Aumente o ordenado dele, para que ele possa, primeiro, alugar um quarto só para ele, segundo, comprar livros. Ah! já me esquecia, terceiro, comprar uma vitrolinha e discos. Precisamos preparar o ambiente para a Gretchen. Aluguei um quarto num apartamento na rua Buarque de Macedo para ficar mais perto dos velhinhos. O apartamento era de uma viúva que tinha dois filhos, um rapaz de quinze anos e uma moça de dezesseis. Mas me decidi a mudar para lá somente depois que Gretchen viesse com o doutor R. A viúva parecia muito cansada, magra, enrugada. Trabalhava muito e vivia preocupada com os filhos, mas acho que isso acontece com todas as viúvas. O doutor R. levou Gretchen para o escritório dele. Leva ela para casa, ele me disse, depois de conversarmos longamente. Você tem mais alguma pergunta a fazer?, ele me perguntou. Eu não tinha. Então leva ela pra casa. Por via das dúvidas esperei uma hora em que a viúva e os filhos estivessem dormindo. Deitada na cama Gretchen parecia ainda maior do que no escritório. Eu deitei-a ao meu lado e comecei a ler *O vampiro*, de Karnstein. Acabei o livro e olhei para Gretchen. Não sabia o que fazer com ela. Comecei a ler *O que sussurrava nas trevas*. Mas logo nas primeiras páginas parei e olhei para Gretchen, ali ao meu lado. Passei a mão de leve nos seus braços, encostei o meu rosto no dela. Que coisa macia. Deitei-me sobre ela. Eu ainda estava aprendendo. Dormi abraçado com ela. Quando saí pra trabalhar, tranquei o meu quarto. Pela primeira vez. Depois li um pedaço do *Rei de ferro*. Eu lia muito depressa. Muitas palavras eu nunca tinha visto nem sabia o som que tinham, mas sabia o que significavam. Eu parava a toda hora para pensar em Gretchen. Eu estava doido para voltar para casa. Para Gretchen. O doutor R. me chamou. Estava olhando pra janela. Disse: as pessoas podem ser salvas pelo anjo, mas todo anjo é horrível, como no poema, ou no filme. Ou então podem ser salvas pela morte, mas a morte é também o fim. A verdadeira salvação é uma revolução-revólver como nos Beatles. Gretchen é uma transfiguração, você foi virado pelo avesso e você agora é outra pessoa. O Governo brasileiro devia providenciar uma Gretchen para cada homem solitário como você por motivos sociais e/ou psíquicos. Assim falou o doutor R. Foi exatamente isso que ele me disse. As duas vezes mais confusas eu escrevi num papel. Gostaria muito de poder descrever a maneira de o doutor R. falar. A mão direita próxima da boca, meia direita, ponta de lança. Às vezes ele dizia uma palavra e depois pegava ela pelo meio no ar e espremia e eu sentia o barulho da palavra arrebentando dentro da mão apertada do doutor R. e ele olhava a gente de frente com os lábios crispados e os olhos brilhando como o Pardaillan fazia até mesmo nos momentos em que comia uma omelete com vinho borgonha numa daquelas estalagens. Como é o vinho borgonha?, perguntei ao doutor R., eu nunca tomei vinho borgonha, o doutor se lembra do Pardaillan tomando vinho borgonha e comendo omeletes? Ele tinha um imenso apetite, disse o doutor R. Os brancos são quase sempre secos e os tintos são encorpados, de uma forma aveludada. É uma região de muitos vinhos. Os romanos amavam o vinho da Borgonha. Carlos Magno plantou várias vinhas lá, mas eu prefiro o — ele escreveu: o bordeaux, da região, um St. Emilion, distrito, um Chateau Ausone, marca, mas não creio que o Chateau Ausone existisse na época de Pardaillan. Quando cheguei em casa disse para Gretchen hoje vou te chamar de Mônica. Mônica. Beijei-a dizendo: Mônica, Mônica. E gozei dizendo Mônica. Mônica era muito melhor do que uma galinha. Quer dizer, Gretchen era muito melhor. Evidentemente Gretchen não reclamava de eu chamá-la de outros nomes. Kátia. Roxane. Anamaria. Regina. Cabrinha. A viúva bateu na minha porta um dia, eu devia estar falando muito alto. Enquanto escondia Gretchen, nervoso, a viúva podia ouvir o barulho do meu coração, o ar saindo de dentro de Gretchen, mas quando abri a porta ela perguntou se eu estava sonhando. Doutor R., a viúva perguntou se eu estava sonhando. Muito interessante, disse o doutor R. Nossos sonhos não terminaram, começaram. Esses nossos atores, como foi dito anteriormente, eram todos espíritos e dissolveram-se no ar, no ar fino, e, tal como a infundada estrutura dessa visão, ou o tecido sem base dessa imaginação, se preferir uma opção de tradução, as torres cobertas de nuvens, os deslumbrantes palácios, os templos solenes e o próprio grande globo, tudo se dissolverá, assim como este espetáculo sem substância desbotou sem nenhum tormento deixar. Nós somos a matéria de que os sonhos são feitos, e nossa pequena vida está envolta pelo sono, e acrescento, eu acrescento, continuou o doutor R., envolta pelo sonho. O que é a mesma coisa. A viúva está certa, tem o discernimento dos sofredores. Passou algum tempo. Descobri uma ruga na testa do doutor R. Amei Gretchen todas as noites falando no seu ouvido para a viúva não ouvir, mordendo sua orelha, seu peito, o bico do seu peito, ah, Gretchen, submissa. Li. Visitei os velhinhos. O Ivo estava cada vez melhor. Dona Julieta me disse estou tão cansada, ele me cansa tanto. Ele era o seu Alberto: o tempo tinha mesmo passado. Li: *Carpinteiros levantem alto o pau de fileira, Mas não se mata cavalo?, O manuscrito de Saragosa, A peste, O gato de botas, Sem olhos em Gaza, Servidão humana, A vida curta e feliz de Francis J. Macomber, Santuário, Os moedeiros falsos, Beau sabreur, O escaravelho de ouro, Humilhados e ofendidos, Luz de agosto, O Estado-Maior alemão, O naturalista do rio Amazonas, Aventuras de Sherlock Holmes, Vivanti, As joias dos Ostrekoff, Vítimas e algozes, O mistério de Malbackt, A família Molereyne, Triboulet, O bilhete de loteria n° 9672, Aventuras de um mestre de armas na Rússia, A mocidade do rei Henrique IV, Rocambole, O último dos moicanos, Tarzan triunfante, À procura do absoluto, A musa do departamento, André Cornelis, O morro dos ventos uivantes, Amor de perdição, A brasileira de Prazins, O apóstolo, Epíscopo & cia., Tartarin de Tarascon, Portugal e a sua história, Os segredos de lady Roxana, Os possessos, O romance da família Chuzzlewit, Valério Publícola e o advento da República romana, A morgadinha dos canaviais, Aventuras do sr. Pickwick, Flavius Josephus, A formosura da alma, As aventuras de Tom Sawyer, A ponte dos suspiros.* Centenas. Um dia aconteceu uma desgraça que até tirou a minha vontade de ler. Não sei como pude, com apenas uma ou duas dentadas, fazer aquilo com Gretchen. Não podia nem olhar para ela, disforme sobre a cama. Cobri-a com um lençol. Tentei ler. Não podia. A toda hora olhava para o lençol. Tentei vários livros. Inútil. Estava tão deprimido que resolvi ler *O fim de Pardaillan.* Guardava esse livro para um momento especial. O último livro do Pardaillan! Esse livro eu li com a maior atenção. Mas depois foi pior. Nunca fiquei tão triste em toda a minha vida. O fim de Pardaillan e o fim de Gretchen. Era demais. Era demais. Deitei no chão. O que ia fazer de minha vida? Fiquei no chão até que o doutor R. apareceu e eu quis me levantar e caí outra vez. Há quanto tempo você não come? Não respondi. Ele foi até a minha cama e olhou debaixo do lençol. Eu sabia, disse o doutor R. Foi então que vi o embrulho que ele carregava. O doutor R. desembrulhou o embrulho. Esta aqui é ainda melhor do que Gretchen, disse ele soprando. O nome dela é Cláudia. Suas medidas são 36, 24, 36. Polegadas evidentemente. Altura: cinco pés e quatro inches. O doutor R. foi soprando, soprando e Cláudia foi crescendo, os peitos estufaram, as pernas, os braços, o rosto. O doutor R. botou uma peruca de cabelos negros nela. Me ajuda a vesti-la, ele pediu. Minha fraqueza acabou de repente. Deixa que eu visto, eu disse. O doutor R. foi buscar comida. Coloquei as calcinhas de seda nela, o porta-seios, a anágua, o vestidinho. Cláudia era linda. Enquanto comíamos, o doutor R. disse: vinil quando arrebenta adeus. Depois foi até a cama e disse: vou levar Gretchen comigo, vê se esquece ela. No mesmo papel em que trouxera Cláudia embrulhou a pobre desinflada Gretchen.

O quarto selo (Fragmento)

I. O Exterminador colocou a automática num coldre especial nas costas, logo acima da região glútea. A arma ficava deitada, o cabo para a direita ou para a esquerda, indiferentemente: o Exterminador atirava com as duas mãos. Com incrível rapidez, o Exterminador sacou a sua 54 Superchata, apontando-a para o peito do Cacique. O Cacique nem piscou. Ele mesmo tinha ensinado aquele ardil ao Exterminador.

"Aprendi isso numa antiga novela americana sobre terroristas negros", disse o Cacique. "É um truque velho, mas surpreendente. Hoje ninguém mais lê. Porém, tudo que eu sei aprendi nos livros." Um leve sorriso na sua boca de lábios finos. O Exterminador tinha vindo de fora. Era identificado pela letra R.

"E o Exterminador RJ? Por que ele não faz o serviço?"

Havia cinco exterminadores infiltrados em São Paulo, Rio de Janeiro, Recife, Belo Horizonte e Porto Alegre. Sua função era matar as autoridades, técnicos e burocratas de alto nível que nunca apareciam em público e assim estavam longe do alcance dos ESQUADRÕES. (*ESQUADRÕES: grupos de especialistas em atentados pessoais com explosivos.*)

"O trânsito dele está difícil", respondeu o Cacique.

"Qual é o alvo?", perguntou o Exterminador com sotaque carioca, os *ll* soando como *uu.*

"O GG." (*GG: Governador Geral.*)

"Não vai ser fácil", disse o Exterminador com sotaque gaúcho, o *l* vibrando no céu da boca. Uma pequena demonstração de habilidade para impressionar, ou divertir, o Cacique. R podia ser infiltrado em qualquer parte do país ou do exterior. Ele assumia qualquer papel. Nem o IVE percebia sua impostura. (*IVE: Identificador Vocal Eletrônico.*) R controlava os mínimos gestos — comer, andar, sentar, correr, fumar, até a maneira de pensar ele condicionava ao personagem assumido. O treinamento dos Exterminadores para enganar e matar era tão elaborado e difícil quanto o dos antigos astronautas.

"Você vai receber um aviso. Este é o nosso último contato até você fazer o serviço. Use a primeira oportunidade que aparecer", disse o Cacique.

"OK", disse o Exterminador.

"Outra coisa", disse o Cacique, "dentro de um mês os BBB vão iniciar uma nova programação. Isto talvez ajude você. É só." (*BBB: especialistas em incêndios e saques, sigla derivada do grito dos terroristas negro-americanos do século XX, burn, baby, burn.*)

O Exterminador olhou a impassível cara enrugada do Cacique. Depois, retirou-se em silêncio.

2. Pelo vidro inquebrável, o GG verificou que quem estava na antessala era a sua secretária, d. Nova. O GG apertou

um botão que acionou um mecanismo trancando uma das portas blindadas da antessala e abrindo ao mesmo tempo a outra porta que dava acesso à sua sala.

A secretária entrou com as duas mãos para o alto, o bloco de ditado enfiado no cinto.

"Como está a minha agenda?", perguntou o GG.

A secretária baixou as mãos lentamente, sempre com as palmas para a frente; quando chegou na altura do cinto, com as pontas dos dedos da mão direita retirou o bloco, enquanto mantinha a mão esquerda espalmada horizontalmente. Depois segurou o bloco com as duas mãos, mantendo-as afastadas quarenta e cinco centímetros do corpo. Exigências do RDE. (*RDE: Regulamento de Defesa Especial.*)

"Quarta-feira está livre", disse a secretária.

"Pan Cavalcânti desembarca hoje no Galeão. Avisar DEPOSE para alguém ir esperá-lo. Quero me entrevistar com ele na quarta-feira. Dezesseis horas." (*DEPOSE: Departamento de Polícia Secreta.*)

"Intercom, circuito fechado, ou vis-à-vis?"

"Circuito fechado", disse o GG.

3. Na portaria do hotel, em grandes letras de vapor de mercúrio, estava escrito: SE VOCÊ NÃO CONHECE HÁ MUITO TEMPO ESSE(A) HOMEM (MULHER) QUE ESTÁ COM VOCÊ, NÃO VÁ PARA A CAMA COM ELE(A). PROTEJA SUA VIDA.

"Se o povo fosse atrás disso, ninguém ia mais para a cama com ninguém", disse a mulher.

A mulher riu. O Exterminador continuou sério.

"IS?", perguntou o porteiro. (*IS: Identificação Social.*)

O Exterminador balançou a cabeça negativamente.

"Sobretaxa de vinte por cento", disse o porteiro.

"OK", disse o Exterminador.

"Quantas horas?", perguntou o porteiro.

"Não sei", disse o Exterminador.

"Mais dez por cento", disse o porteiro.

"OK", disse o Exterminador.

O Exterminador e a mulher foram para o quarto.

O Exterminador trancou a porta.

O Exterminador e a mulher tiraram a roupa.

A mulher deitou-se na cama.

O Exterminador abriu a bolsa da mulher e retirou um IAAP de couro e alumínio. (*IAAP: Instrumento de Algolagnia Ativo-Passiva.*)

Da cama, excitadamente, a mulher perguntou: "Você não é um ss, é?". O corpo dela estava todo arrepiado. (*SS: Super Sádico, pessoas que somente sentem prazer matando o parceiro ou parceiros no ato sexual.*)

"O que você acha?", perguntou o Exterminador friamente.

"Não sei", disse a mulher.

"Vira de costas", disse o Exterminador.

"Você vai me matar? Se você vai me matar, deixa eu tomar antes um EEE", disse a mulher. (*EEE ou 3-E: Estupefaciente de Efeito Estuporante.*)

"Vira de costas", disse o Exterminador, golpeando o IAAP com força sobre os seios da mulher.

A mulher cobriu os seios com as mãos.

O Exterminador golpeou a barriga da mulher.

Finos riscos de sangue brotaram na pele da mulher.

A mulher virou de costas. Suas nádegas estavam contraídas. Gemidos abafados saíam da sua boca. O Exterminador golpeou as costas e as nádegas da mulher.

O Exterminador deitou-se ao lado da mulher, sobre as marcas de sangue que o seu corpo deixara no lençol. O Exterminador abraçou a mulher com força, mordendo-a na boca até sentir o sangue doce molhar sua língua.

"Amor, me ama, amor", disse a mulher, pronunciando passionalmente A Grande Palavra do CO.

"Amor, amor", disse o Exterminador. (*CO: Código de Obscenidades, coleção de palavras de uso rigorosamente interdito.*)

4. Pan Cavalcânti sentou-se no CTCF, olhando para o quadrado de plástico à sua frente. (*CTCF: Compartimento de Transmissão de Circuito Fechado.*)

O quadrado preto se iluminou e apareceu o rosto do GG.

"Pan, como vai? Há quanto tempo não nos vemos?"

"Um ano", disse Pan.

"Você está bem. Estou gostando da sua cor."

"Isso é a TV. Na verdade não estou cor-de-rosa, não. Estou verde", disse Pan.

"Eu também", disse o GG. Os dois homens ficaram se examinando, cada um em seu quadrado.

"Eu estou precisando de você", disse o GG.

"Como?", perguntou Pan.

"Quero que você assuma o DEUS", disse o GG. (*DEUS: Departamento Especial Unificado de Segurança.*)

"OK. Mas alguém tem que me substituir em Pernambuco", disse Pan.

"Já foi indicado", disse o GG.

"OK", disse Pan.

"O IPTMM tem observado uma crescente inquietação nas FUVAGs. É quase certo que o BBB se aproveitará disso", disse o GG. (*IPTMM: Instituto Pesquisador de Tendências Motivacionais da Massa. FUVAG: Favela Urbana Vertical de Alto Gabarito.*)

"Talvez sim, talvez não. Muito óbvio."

"Não podemos correr o risco. São vinte milhões de pessoas nas FUVAGs. Lembre-se que da última vez morreram quinze mil, só na Zona Sul", disse o GG.

"Eu me lembro", disse Pan.

"O ministro do Planejamento foi morto na semana passada. Foi morto na cama, ele e suas duas mulheres. Estamos ainda no escuro, investigando. Era absolutamente impossível o vis-à-vis com ele. Esta notícia é secreta. Repito: secreta."

"OK."

"Informações, com fator de exatidão oitenta, dizem que o Cacique entrou no país, vindo dos Estados Unidos."

"O Cacique?", disse Pan excitadamente, "aqui?"

"Oitenta por cento de exatidão", disse o GG.

"Então precisamos mesmo ficar preocupados com o ambiente nas FUVAGs. Qual o estoque de GASPAR?" (*GASPAR: Gás paralisante.*)

"Suficiente. Pan, ouça, não quero que você se preocupe com as explosões urbanas. Isso é rotina. Quero que você se concentre no Cacique. Nós queremos apanhar o Cacique. Será uma grande vitória psicossocial."

5. Segunda-feira, dia 18. O movimento na estação do metrô, na rua Uruguaiana com Presidente Vargas, era intenso. Às dezessete horas explodiu a primeira bomba, próximo de um dos guichês. Em seguida, mais cinco explosões, a última destruindo vários vagões de uma composição. Muitos gritos e gemidos. Cheiro de roupas e carnes queimadas.

Às dezessete e trinta cerca de duzentas mil pessoas começaram a destruir os botequins, armazéns, farmácias e lojas dos cortiços da avenida Nossa Senhora de Copacabana. Os duzentos mil, em seguida, se deslocaram em direção ao centro da cidade, ao encontro da massa que destruía as estações do metrô.

Grupos de BBB, comandados pelo rádio, armados de metralhadoras, espalharam-se pela cidade atirando bombas EXPLA nos edifícios. (*EXPLA: Explosivos Plásticos.*)

6. Terça-feira, dia 26. Pelos cálculos eletrônicos, apenas oito mil pessoas morreram nas agitações da semana. Sociólogos se surpreenderam com o pequeno número de perdas. As Forças de Repressão Antissocial, usando GASPAR e IE-IE-IE, dominaram a situação. Trezentas mil pessoas ficaram desabrigadas. (*IE-IE-IE: Irritante Epidérmico Triplo Concentrado.*)

7. Num carro com vidros à prova de bala, Pan percorreu os dois grandes guetos da Zona Sul, as FUVAGs de Copacabana e Ipanema. Os caminhões da Limpeza Pública recolhiam os cadáveres para levá-los aos fornos cremató-

rios subterrâneos da praça XV de Novembro e do largo da Carioca. Os cadáveres não eram identificados. Seriam cremados com as roupas que usavam. Do terraço de um velho prédio em ruínas alguém atirou num dos guardas da Limpeza Pública. Dois guardas examinaram o colega caído no chão. Depois colocaram-no junto com os outros cadáveres num dos caminhões.

Pelo rádio, em código, Pan transmitiu a seguinte mensagem: ATENÇÃODEUSATENÇÃODEUSCHEFESDEDIVISÃOREUNIÃOHOJEDEZOITOHSLEVOPRISIONEIROIMPORTANTEPAN.

Dirigindo em alta velocidade, Pan chegou a Santa Cruz. Parou o carro na garagem de um edifício novo, subiu ao 74º andar.

Na porta do apartamento 7404 estava embutido um microfone tendo em cima escrito IVE.

"Encomenda para o Chefe", disse Pan encostando a boca no microfone.

A porta abriu. Dentro da sala estava um jovem de óculos. O disparo de Pan furou a lente dos óculos, entrou pelo olho e varou a cabeça do rapaz, que caiu no chão. Os óculos continuaram no seu rosto. O barulho da arma foi pouco maior do que um sopro. Supersilenciador.

O Chefe, que estava deitado na cama, levantou-se quando viu Pan entrar no seu quarto. Pelo movimento do corpo, Pan viu que o chefe era canhoto. Com grande precisão Pan atirou no cotovelo esquerdo do chefe, partindo o seu braço. "Eu quero você vivo", disse Pan.

8. Nos subterrâneos do DEPOSE, um velho guarda ensinava um guarda mais jovem a montar o PERSAB. (*PERSAB: Persuasão Absoluta, instrumento de tortura física. Não confundir com PERCOM, Persuasão Compulsiva, também um instrumento de tortura, mas apenas psíquica.*)

"O PERSAB é fácil de montar", disse o velho, "basta apenas conhecer um pouco de mecânica e um pouco de eletrônica."

O velho ligou o fio dos dois audiofones do painel eletrônico.

"Se a luz vermelha acender quando você apertar este botão, é sinal que a ligação está correta. Vê como é simples."

O guarda jovem seguia atentamente tudo o que o velho fazia.

"As ligações do eletrochoque são enfiadas aqui nesta tomada. É preciso não confundir a parte de choque com a parte de som. Uma é letra S, está vendo? A outra é C. A verificação é feita com uma luz vermelha também. Viu?" Click.

Constritor testicular, sonda uretral escamada, clister gasoso e líquido, agulhas especiais — o guarda foi colocando todos os instrumentos sobre uma mesa coberta com uma toalha branca ao lado da cama de ferro.

"Este trabalho é muito fácil de fazer. Vou lhe dar um conselho: agarre esta oportunidade com unhas e dentes. Aqui você tem um bom emprego para o resto da vida. Enquanto a índole do nosso povo for a mesma, você está garantido. E mudar a índole do nosso povo é impossível, você não acha?"

9. O Chefe estava deitado na cama de ferro.

A câmera e o microfone de TV, operados na sala do GG, aproximaram-se do rosto do Chefe.

"Nós só queremos saber em que lugar está o indivíduo denominado Cacique", disse o GG, através do alto-falante.

"Não adianta falar", disse Pan, "nós arrebentamos os tímpanos dele. As perguntas têm que ser feitas por escrito. Ele ainda enxerga alguma coisa."

Num dos cantos da sala o guarda velho balançou a cabeça. Pan escreveu numa cartolina branca, em letras de fôrma grandes: O GOVERNADOR GERAL ESTÁ VENDO VOCÊ PELA TELEVISÃO. ELE QUER SABER ONDE PODEMOS ENCONTRAR O CACIQUE. SE VOCÊ DISSER SERÁ POUPADO.

"Limpem os olhos dele", disse Pan.

Os dois guardas enxugaram com esponjas e lenços os olhos do Chefe.

Ao ver a cartolina, o Chefe fechou os olhos.

"Ele é duro", disse Pan, "nem sequer conseguimos saber há quanto tempo ele chefia os BBB."

"O seu trabalho, Pan, tem sido altamente comendável, brilhante mesmo", disse o GG.

Pan deu uma volta na roda do aparelho constritor testicular.

O guarda velho disse baixinho para o jovem: "Nunca vi serviço tão malfeito. Assim ele vai matar o homem. Mas quem está dirigindo o serviço é ele, que parece não ter experiência, mas está com as ordens, entendeu?"

Pan escreveu numa outra cartolina a palavra EUNUCO e colocou-a na frente dos olhos do Chefe. (*EUNUCO: Eunuco.*)

O Chefe fechou os olhos.

"Você me põe a par do que for acontecendo", disse o GG, desligando a televisão. A câmera e o microfone recuaram para o nicho da parede.

O Chefe estava imóvel na cama.

"Acho que ele foi apertado demais", disse o guarda velho.

"Como assim?", perguntou Pan.

"O doutor Baltar, que era sociopsicólogo, às vezes deixava o sujeito preso um mês, sem encostar a mão nele, sem botar no aparelho, pra deixar o medo crescer."

"PERSAB ou PERCOM?", perguntou Pan secamente.

"No PERSAB."

"Esse doutor não tinha pressa e eu tenho. O que aconteceu com ele?"

"Foi apanhado", disse o guarda velho constrangido. "Um Exterminador."

Pan virou as costas para os guardas, curvando-se sobre o corpo do Chefe. Pan colocou o ouvido sobre a boca do Chefe.

"Silêncio", disse Pan, para os guardas.

Pan levantou a cabeça do Chefe, uma das mãos no seu queixo, a outra na sua nuca. A boca de um e o ouvido de outro ficaram algum tempo colados.

"Ele acabou de confessar tudo. Preciso falar com o GG", disse Pan.

Pan saiu apressadamente.

"A rotina é esta: ao terminar o serviço, o CONTROLE é consultado e decide, de acordo com o computador eletrônico, para onde vai o preso, se é liquidado ou recuperado", explicou o guarda velho. (*CONTROLE: Controle.*)

O guarda ligou o INTERCOM e pediu CONTROLE. (*INTERCOM: Intercomunicação direta.*)

"Preso C-TBS-1487-018. Destino."

"Um momento", respondeu CONTROLE.

Pouco depois CONTROLE decidia, para surpresa do guarda, que o preso devia ir para Recuperação.

10. Pelo INTERCOM Pan ligou para o GG.

"Scramble", disse Pan.

"Pronto. Ninguém pode entrar na linha. Adiante", disse o GG.

"O Chefe falou. Preciso entrevista urgente. Supersecreta. Vis-à-vis", disse Pan.

"Vis-à-vis? Você sabe que vis-à-vis só em casos excepcionais", disse o GG.

"O caso é excepcional. Sua vida corre perigo. Não confie em ninguém", disse Pan.

"Está bem. Pode vir", disse o GG.

11. Pelo vidro o GG observou Pan. Pan parecia calmo. O GG apertou o botão.

Pan entrou com as mãos para o alto.

"Não temos tempo a perder. Dona Nova é um Exterminador. Temos que pegá-la imediatamente", disse Pan.

"Dona Nova? Impossível", disse o GG.

"O Chefe confessou tudo. Ele não podia ter inventado, o trabalho de dona Nova é secreto."

"Eu digo que é impossível", disse o GG.

"Não vamos perder tempo", disse Pan, com impaciência.

"Vou chamá-la", disse o GG.

"Não. Ela pode ter um miniexplosivo de alta potência escondido no corpo. Há outra saída daqui? Eu gostaria de surpreendê-la."

"Há uma saída de emergência atrás da estante", disse o GG.

"Então abre que eu vou sair por ela", disse Pan.

Uma luz vermelha acendeu o INTERCOM.

"Um momento", disse o GG tirando o receptor do gancho.

O GG escutou algum tempo.

"Era CONTROLE", disse o GG desligando o INTERCOM. "Disseram que o Chefe foi morto no DEPOSE. Quebraram o pescoço dele."

Por um segundo o GG olhou o rosto de Pan. Subitamente o GG enfiou a mão dentro do paletó. Mas o Exterminador foi mais rápido. Sua 54 Superchata detonou abrindo um buraco em cima do olho direito do GG, que caiu de bruços sobre o braço que segurava a própria arma ainda dentro do paletó.

O Exterminador curvou-se sobre o corpo caído. Apoiou o cano da arma na base do crânio do GG e detonou uma segunda vez.

É preciso tomar cuidado, a medicina de hoje está muito adiantada, pensou o Exterminador enquanto pisava nos miolos do GG espalhados pelo chão.

Editora responsável
Janaína Senna

Produção editorial
Ana Carla Sousa
Maria Cristina Antonio Jeronimo

Revisão
Reginaldo Garcia
Zaira Mahmud

Projeto gráfico
Leandro B. Liporage
Priscila Cardoso

Diagramação
Celina Faria

Este livro foi impresso em julho de 2010, pela Ediouro Gráfica, para a Editora Nova Fronteira. A fonte usada no miolo é Centaur MT 13/16. O papel do miolo é pólen soft 70g/m², e o da capa é cartão 250g/m².